ニーベルンゲン

三部のドイツ悲劇

フリードリヒ・ヘッベル
磯崎康太郎＝訳

幻戯書房

わが妻クリスティーネ・ヘンリエッテ・(旧姓) エンゲハウゼンへの献辞

ある晴れた五月の日に、まだなかば少年だった私は庭にいて、テーブルに置かれた一冊の古い本を見つけた。私はその本を開き、ひとたびこれを読み始めると、たとえ語り口こそ子どものそれであるにせよ、その魔性の力に従わざるをえなかった。恐怖と戦慄にとらわれたにもかかわらず、この本は読み終えなくてはならない呪文書であるかのように、私の心をつかんで放さなかった。私はこの本をひったくり、園亭のなかでももっとも人目につかない一軒に忍び込むと、ジークフリートとクリームヒルトの歌謡を読んだ。私には、この本が語りだす魔法の泉のほとりに自身が腰を下ろしているような気がした。陰気な水の精たちは、この世の戦慄という戦慄を私の心に注ぎかけた。かたや、私の頭上では、若い鳥たちが生に酔いしれて小枝のなかで身体を揺さぶり、世界の素晴らしさを歌っていた。晩も遅くになってようやく私は、こわばった体で無言のまま、その本を元の場所に返した。それから私がふたたびその本を眺めるときまでに、多くの年月が過ぎ去った。しかし、その本の登場人物たちは忘れがたく私の脳裏に刻印されており、たとえ水に描くのでも、砂に描くのでもいいから、いつかかれらを描き出してみたいというひそかな願いは消しがたいものだった。他の何かがうまくいったように思えたときには、私はよく、なかば勇気を奮い起こした指で自分のペンを握ってみたのだが、書き始めるには至らなかった。そこであるとき、私はミューズの殿堂[001]を訪れた。その場所では、生気のなかった詩人の影法師たちが、オデュセウスに群がる亡霊でもあるかように、他人の血によって生気を帯びる。人々のささやき声が劇場に走り、幕が上がるとすぐに神々しい沈黙が生まれた。復讐者《ふくしゅうしゃ》クリームヒルトとして、あなたが登場したからだ[002]。あなたに台詞を与えていたのはアポロの息子ではなかったが、それでもこの台詞は、テュフォン[003]が血を流して倒れたときに、金の矢筒から鋭い音を立てて抜かれた矢でもあるかのように、たしかに命中したのだ。胸には壮絶な苦しみを抱き、青ざめた唇から恐ろしい呪いの言葉を唱えるあなたが、二度目の婚礼の夜のために衣装を身にまとったとき、満場の大歓声が鳴り響いた。どんな人の心にあっても最後の氷が溶け、熱い涙となって目から流れ落ちた。しかし、私はそのときには何も言わず、今日になってようやくあなたに謝辞を述べる。あの晩に私の青春時代の夢が蘇《よみがえ》ったというわけだ。ニーベルンゲンの全登場人物が、まるでかれらの墓が粉砕されたかのように、私のところに迫ってきて、ハーゲン・トロニエが最初の台詞を口にした。だからこそ、あなたが魂を吹き込んだこの絵をあなたに受け取ってほしい。というのも、この絵はあなたのものであるからだ。そしてもしも、この絵が後世に受け継がれうるものならば、ただもうあなたの名誉となり、あなたとあなたの芸術の証《あかし》となってくれ！

親愛なる読者諸氏へ

この悲劇の執筆目的は、珠玉の劇的素材である『ニーベルンゲンの歌』を実際の舞台の用に供することであって、その歌謡自体が帰属する古代北欧の広範な伝承圏の詩的、神話的内容を究明することではない。あるいはまた、二十年弱も昔に出版された私の若書きの序文を、おまけに悪意ある曲解がなされたそれを根拠にして、ある文学史のなかではやくも予言されたような何らかの現代的生活を例示することが目的でもない。私にできることの限度は容易に見定めることができたので、ほとんどしくじりようもなかったのである。なぜならば、われらの民族的叙事詩を創りだした巨匠は、その着想からして劇作家以外の何物でもなかった人物であり、みずからで厳密に限度を定め、登場人物が寓意像へと転じたり、魔法の薬が普遍妥当なモチーフの代わりになったりして五里霧中をさまようことのないようにおそらくは気をつけていたからである。その巨匠の意図にしかるべき畏敬の念をもち、叙事詩と戯曲の形式の違いが何とか許してくれる範囲内で、その足跡にどこまでも従うことは、筆者の義務であると同時に名誉なことでもあると思われた。われらの国民文学史の書き手たちがすでに繊細に察知し、はっきりと指摘してきた齟齬に出くわしたときにのみ、筆者はやむなく、さらに古い典拠や歴史的な補遺へと遡及したのである。

やはりその偉大な詩人が、何たる芸術的見識をもって自身の詩の神秘的背景を、一見するとそこに絡み合っているかに見える人間世界から切り離しえたのか、巨人、侏儒《しゅじゅ》、ノルネ004、ワルキューレ005といった魅力的な題材が多彩にひしめくにもかかわらず、人間的行動に十分な自由を保持する術をいかに心得ていたか、という点は、限りない讃嘆の念を抱かせるものである。この二つの要点だけ強調しておくと、その偉大な詩人は一方で、事件をつないでいく際に、主人公の重婚や、それをもたらすはずの不可解な飲み薬を必要としなかった。ブルーンヒルトの動因としては、報われない愛だけでその詩人には事が足りるのである。その愛は、燃えあがるとすぐさま抑圧されるもので、彼女の早合点の挨拶を通じて、心の機微に聡い人にのみ明かされるものである。その愛は、幸せな恋敵に対面したときになって嫉妬の黒い炎として燃えあがり、意中の人物を恋敵に委ねるくらいなら、どんな危険があろうとも殺したほうがいいということになるものである。しかし他方でその詩人はまた、それが往々にして非難され、かつその非難には理由らしきものがないわけでもなかったのだが、事件の解決に際して、人間的なものが没し、悲劇的興味が消え失せてしまう一線を越えることがほぼない。アイスキュロスは自作において、惨殺された娘の霊魂を弔うためというより、あるいは少なくともその目的に加えて、わがものとした二番目の夫を手放さないために前の夫を謀殺する、新しい情欲に焚きつけられたクリュタイムネストラ006を描いたが、そのアイスキュロスほどの大胆な企てを、その詩人がやってのけるわけではない。つまり、クリームヒルトの行為がわれわれにどう見えたとしても、詩人はそれをゆっくりと一段一段高め、一段たりとも飛び越すことなく、どの階梯においても果てしなく増すばかりの悲嘆を呈示することによって彼女の心を露わにしていき、ついに彼女を目のくらむような頂上に到達させる。そこで彼女は、辛い心の痛みを伴いつも捧げてきた、もはや取り返しのつかない数々の犠牲に最後の途方もない犠牲を付加する、別言すれば、彼女の魔性の敵たちを辱めるためにかけがえのない自身の人生を諦めなくてはならない仕儀となる。そうして詩人は、恐ろしい復讐行為のさなかにあっても、彼女が他者に加えている外的な苦しみより、彼女自身の内的な苦しみのほうがはるかに大きいことを示し、そのことでわれら読者を彼女と完全に和解させるのである。

　というわけで、この悲劇のすべての要素は、叙事詩自体から与えられたものである。その叙事詩が往々にして錯綜した、まとまりのない形態をとっていたり、何とも素気ない短詩であったりしても、それは歴史的変遷をたどってきた古い詩の常である。この度の課題は、その叙事詩を劇的な配列へと構成することであり、必要とあらば、そこに詩的息吹を吹き込むことであった。この課題のために筆者は約七年を作業に費やしたが、ワイマールで催された公演により、筆者の目論見は失敗ではなかったことが示された。というのも、フランツ・ディンゲルシュテットの天才的な指揮は、大部において豪華とはみなしえないスタッフを用いて成功を収め、そこには観客を唖然《あぜん》とさせる奇術を用いた現代風の離れ業など少しも関与していないので、今回の成功は善き意志のもとでこの劇を迎えてくれるすべての舞台上でこの劇の有望な前途を約束するものとなるからである。近いうちにベルリンとシュヴェーリンでの公演が続くことになっている。だが、この悲劇は「ニーベルンゲンの災い」[007]を後ろ盾とする作品なので、作中にも「ニーベルンゲンの災い」以外のものを求めないように、また、諸事情によりこんなことを頼むのをどうかご寛恕くださるように、親愛なる読者にはお願いする。

目次

ロゴ・イラスト――丸山有美
装丁――小沼宏之[Gibbon]

第一部　不死身のジークフリート

一幕の序幕

登場人物

グンター王
ハーゲン・トロニエ
ダンクヴァルト……ハーゲンの弟
フォルカー……楽士
ギーゼルヘル……王の弟
ゲレノート……王の弟
ルーモルト……料理長
ジークフリート
ウーテ……ダンクラート王の寡婦
クリームヒルト……ウーテの娘
武人
民衆

第一場

ブルグント、ライン河畔のヴォルムス。
グンター王の城。大広間。早朝。
グンター、ギーゼルヘル、ゲレノート、ダンクヴァルト、楽士フォルカーやその他の武人たちが集まっている。

トロニエのハーゲン[008]が入場。

ハーゲン　どうした、狩りはやらんのか？
グンター　今日は祭日だろうに！
ハーゲン　司祭なんぞは、あいつが噂している当の悪魔にさらわれるがいい。

グンター　これ、ハーゲン、口をつつしめ。

ハーゲン　今日はいったい何があるのだ？　あのかたの誕生日はとっくに過ぎたではないか！　あれは——ええと、待ってくれ！——そう、そう、雪がちらつく時期だったな！　あのかたのお祝いがあったために、われらは熊狩りに行けなかったわけだ。

ギーゼルヘル　伯父上は誰のことを言っているのだ？

ハーゲン　十字架にも掛けられて、死んで埋葬されているおかたのことだ。——そうだったよな？

ゲレノート　伯父上は救世主のことを言っているのだ。

ハーゲン　まだ終わらんのか？——私に同調する者はいないのか？　私が夜に食う肉は、昼まで皮にぶらさがっていたものだけだ。葡萄酒《ぶどうしゅ》もな、私は角の杯からしか飲まない。だから私はその角を、野牛からまずもぎ取らなくてはならない！

グンター　いいか、ならばそなたには魚をかじっていてもらわなくてはならない。復活祭の朝に狩りに行くわけにはいかないのだ。

ハーゲン　われらはいったいどうすればいいのだ？　あの司祭はどこだ？　どんなことなら許されるのだ？　鳥たちがピーピー鳴くのが聞こえるのだから、人間がヴァイオリンを弾いてもらっても悪くはなかろう？（フォルカーに対して）では、弾いてくれ、最後の弦が切れるまでだ！

フォルカー　私は日中にはヴァイオリンを弾かないのだ。楽しい仕事は夜のためにとっておく。

ハーゲン　そうか、つまりそなたは、敵の腸でヴァイオリンの弦を張り、敵の骨の一本を弓にして弾きたいのだろう。

フォルカー　その条件でならは、そなただって楽士になりたいのではないか？

ハーゲン　そなたの考えは心得ているぞ、わがフォルカーよ。こういうことではないのか？　弾くことが許されないときにだけ、そなたは語り、殴ることができないときにだけ、弾くことにしているというわけだ。

フォルカー　おう、そんなところだろう。

グンター　何か話をしてくれ。さもなくば、今日という日は長すぎる。強い武人たちのことや誇り高い女性たちのことを、そなたはいろいろと知っておる。

ハーゲン　差し支えなければ、生きている者の話だけにしてくれ。話に出てくる人々が、男なら私の剣の前へ、女ならこの腕のなかへ、まだ手に入るのだ、と自分に言いきかせることができるようにな！

フォルカー　私は生きている人々のことを語るつもりだが、そういう大それた考えは捨てたほうがいいな。私は、そなたが決して挑むことのない武人のことや、決して求愛することのない婦人のことも知っているのだ。

ハーゲン　何だと！　女のことも知っているのか？　武人のことはいいとして、女のこともか？　そなたが言っているのは、竜を退治した、バルムンクの太刀使い、不死身のジークフリートのことだな。

こいつは一度、汗水たらしてがんばったときに竜の血を浴び、そのことでふたたび汗をかくことはなくなったという。——だが、女とは誰だ？

フォルカー 女のことは教えてやらん！　そなたならば、女を連れ帰ろうとして、出かけていくかもしれないが、あの女を花嫁にして、ともに家に帰ってくることはなかろう。竜を退治したあの男だって、求婚者としてブルーンヒルトのところを訪れるかどうかは、思案するところだろう。

ハーゲン まあ、ジークフリート殿にやれることなら、私だってやれるのだ。ただし、あの男に刃を向けることはしない。それは鉱物や岩に刃向かうようなものだろうからな。私の言うことを信じる、信じないはそなたたちの好きにすればいいが、私ならば、竜の血を浴びたりはしなかっただろうな。死ぬことのできない者は、実際、人に戦いを挑むことも許されないのではないか？

ギーゼルヘル （フォルカーに向かって）ジークフリートについては、もう何千という人々の口から話を聞いてきた。だが、鳥たちがいくらあれこれとさえずろうとも、何の歌物語にもならなかった。さあ、そなたの口から話してみてくれ。

グンター まず女について話してくれ。それはどんな女なのか？

フォルカー 場所ははるか北方だ。そこでは夜が終わることはない。琥珀《こはく》を採集し、海豹《あざらし》に殴りかかることができるほどの光も太陽からは届かず、沼地から立ち昇った火の玉から——

（遠くで吹奏する音が聞こえる）

ハーゲン　ラッパを吹いておる！

グンター　それでどうしたというのだ？

フォルカー　その土地ではな、驚くほど美しい王女が育ったのだ。その比類なきことといったら、自然がその娘に完全なる魅力を授けるために、はじめからやりくりして節約し、女性の最高の魅力を誰にも与えないでおいたかのようなのだ。そなたもルーン文字のことは知っているだろう。いわくありげに夜の暗がりのなかで誰とは知れない者たちの手によって多くの木々に刻み込まれていた文字のことだ。その文字を眺めた者は、もう二度とその場から離れられず、その文字が意味するところを考えに考えるのだが、思い当たることはない。考えあぐねている者の手からやがて剣が滑り落ち、その髪は灰色になり、その者は死んでもなお思案しているという。そんなルーン文字が彼女の顔には書かれている！

グンター　どういうことだ、フォルカー？　その女はこの世に生きている者でありながら、いまようやく私の耳に入ったということか？

フォルカー　先を聞いてくれ！　話はこうだ。氷と雪に埋もれ、鮫《さめ》や鯨《くじら》の目の保養となるしかなく、山がときおり地の底から赤い稲妻を吐き出さなければ、まともにその娘を照らし出すことさえない空のしたで、どんな乙女よりも素晴らしい乙女が花盛りとなった。しかし、彼女を生んだこの荒れた土地は、みずからの唯一の宝にも嫉妬し、妬ましくも不安に駆られながら彼女を見張っている。そのさまは、まるで彼女が夫に従って初夜の床に入った瞬間に、周囲を取り巻いてざわめいている海にのみ込まれてしまうとでもその土地が思っているかのようなのだ。彼女は炎の城に住み、その城までの道を、陰険な侏儒族が監視している。すばやく周囲から襲いかかり、絞め殺しにかかるこの侏儒たちは、野蛮なアルベリヒ009の指図に従っている。それに加えて、その乙女は英雄さえも破滅させるだけの力に恵まれているときている。

グンター それはどういうことだ？

フォルカー 彼女に求婚する者は、同時に自身の死に求婚することになる。なぜなら、求婚者が彼女を連れて帰らなければ、その求婚者はもう二度と帰郷しないということになるからだ。彼女のもとに到着するだけでも困難なことであるのに、彼女にふさわしい人となるには、さらに困難を極める。いまや冷たい大地に覆われている求婚者の数は、彼女の体の節々《ふしぶし》の数に近づいている。これまで多くの者が、向こう見ずにも彼女のところへと出向いたが、いまだ誰一人として戻ってきた者はいないからだ！

グンター そうか、この話はな、その女こそ私の運命の女だということを告げているのだ！　よし！　私の長い花嫁選びは終わりとなる。ブルーンヒルトこそブルグントの女王となる！

（ラッパの音がとても近くに聞こえる）

何があったのか？

ハーゲン　（窓に歩み寄る）あれはニーダーラントから来た勇者だ。
グンター　あの男のことを知っているのか？
ハーゲン　ともかく見てくれ！　あの男でなければ、たった十二人の従者しか連れずに、あれほど大胆不敵にわしらのところに入場してくることはなかろう！
グンター　（同様に窓に歩み寄る）なるほど、そうだとみえるな！　だが、どうして彼がやってきたのかを知りたい。
ハーゲン　何がやつを引き寄せたのかは、私にも分からん！　そなたにぬかずくために来たわけではなかろう。人が所望しうるものは何でも持っている男だからな。
ギーゼルヘル　気高い勇士だ！
グンター　彼をどのように迎えるべきだろうか？
ハーゲン　やつの挨拶の出方に応じるのがよかろう。
ギーゼルヘル　彼を出迎えるのだ！
ゲレノート　私もそうしよう！
ハーゲン　出迎えても、恥じることはあるまい！　やつがみずから申し出るまでもないように言っておこう。やつは甲羅の皮膚に包まれているばかりではなく、バルムンクの剣を脇に差している。やつはニーベルンゲンの宝の持ち主でもあり、アルベリヒの隠れ頭巾を身につけている[010]。別にお世辞を言うわけではなく、こうしたものはすべて、彼の力によって得たものであり、術策によって得たものではない。ゆえに、私も行くことにする。

グンター 行くのが遅すぎたな。

第二場

ジークフリート　（配下の十二人の武人を従えて入場する）ブルグントのグンター王よ、ご挨拶申しあげる！――ジークフリートを間近に見て、そなたは驚いているのか？　ジークフリートは、そなたの国を賭けて戦おうとやってきた！

グンター　自分がすでに所有するものを賭けて戦う者など、ここにはおらん！

ジークフリート　では、そなたに足りないものを賭けようではないか！　私が所有する国は、そなたの国と同じくらいの大きさだ。もしそなたが私を打ち負かすなら、そなたは私の国の主君となる。それ以上のものを望むというのか？　そなたはまだ剣に手が伸びないのか？　ここには武人のなかでももっとも勇ましい者たちが集められていると聞いている。この猛者たちは、どこかのオークの林でトール[011]に出くわせば、トールと雷をめぐって戦うほど向こう見ずであり、打ち負かして分捕《ぶんど》った獲物をはねつけるほどに誇り高い、というからな。その話は間違っているのか？　どうなのだ？　それとも、私の賭け物を疑っているのか？　私の父親がまだ生きているから、わが国を私からそなたに授けることはできないと思っているのか？　ジクムント殿は、私が帰還したらすぐに退位する。あのかたは、その瞬間が来ることを切に望んでいるのだ。王笏《おうしゃく》ですら、ご老体には重すぎるからな。そなたに仕えるはずの武人一人につき、こちらは三人で償い、村一つには町一つで償い、ライン河の一部に対し、こちらはライン河の全部をそなたに差しだそう！　さあ来い、剣を抜け！

ダンクヴァルト　王と話すのに、そんな口の利き方をする者はいないぞ。

ジークフリート　王だと！　私がいまのように申したのは、一介の武人同士の話をしているからだ！　何かを所有するに当たって、自身の所有が妥当だと証明しなかったならば、その者は所有者としてふさわしいといえようか？　この世に生きる最強の者を投げ倒し、足蹴にすることなくして、身辺の不満の声を押さえることができようか？　そなたこそ、最強の者ではないのか？　そうでなければ、そなたが恐れる者が誰なのかを私に教えてくれ。私はすぐにでもここを去り、そなたの代わりにその者に剣での決闘を挑むことにする。そなたは自分より強い者の名を挙げることも、武器を手に取ることもしてくれないのか？　私はな、自分の領地を倍にしてくれる、あるいは奪っていく猛者と力比べがしたくてたまらないのだ。この気持ちは、そなたにも分からぬものではなかろう。そなたの従者たちを眺めただけでも、私にはそう思える。そなたが私と同じ気持ちを持っていないとすれば、これほどの誇り高い男たちがそなたに従うことはなかろう。

ダンクヴァルト　竜の鱗《うろこ》を身にまとって以来、そなたはそのように戦いに夢中であるのだろう？　しかし、誰もがそなたのように死神を欺く真似をするわけではない。われらのところには死神への門戸が開かれているのだ。

ジークフリート　私のところにも、おそらく門戸は開かれている！　感謝するぞ、老いた菩提樹《ぼだいじゅ》よ。私が竜の血を浴びていたとき、そなたがひとひらの葉を投げかけてくれたことにな。ああ風よ、そなたが菩提樹を揺さぶってくれたことに感謝するぞ！　何しろこうして、嘲りながらもびくびくしている、この皮肉屋にあつらえむきの返事をもらったのだからな。

ハーゲン　ジークフリート殿よ、私はハーゲン・トロニエと申す者だ。そしていま話したのは、わが弟である！

フォルカー　（ヴァイオリンを一弾きする）

ジークフリート　ハーゲン・トロニエよ、挨拶いたすぞ！　だがもし、私がここで話したことが気に入らないのなら、そう言ってくれればいいだけのこと。グンター王子のことは脇へ置くのがよかろう。そなたがグンターその人であるかのように相手をいたそう。

グンター　ハーゲンよ、そなたの王が話さないうちに、これ以上話してはならぬ。

ジークフリート　さては、そなたの立派な剣が私の固い皮膚で砕けるのではないかと心配しているのか。ならば、申し出を変えよう。一緒に裏庭まで下りてくれ。あそこには岩塊が一つある。これはそなたにとっても私にとってもまったく同じ重さであるから、これを投げ合い、力比べをしようではないか。

グンター ニーダーラントから来た勇者よ、歓迎するぞ。ここにそなたの気に入るものがあれば、持っていけばいい。ただし、それを持ちだす前に、われらと酒をくみ交わしてくれ。

ジークフリート これはまた寛大な話だな。そなたが優しく諭したいのなら、私をすぐに父親のところに送り返してもらうほうがいいのかもしれない。父は私を懲らしめることのできる唯一の人だ。とはいえ、すぐには悪行をやめない小さな子どものようだと思って、私の好きにさせてくれ。来い、私と投げ比べをしてくれ。そうすれば、そなたたちと酒を飲もう！

グンター ではジークフリート殿、そのようにしよう。

ジークフリート （ダンクヴァルトに向かって）そなたのことで言えば、私はそなたの三本目の腕をつねったことになるのではないかな。だが何も痛いことはなかった。知ってのとおり、三本目の腕などないからな！（全員に向かって）私はここに入ってきたとき、これまでの人生で感じたことのないような恐怖に襲われたのだ。突如冬になったかのような寒気がした。それで自分の母親のことが思い浮かんだ。母は、私が発つときに泣いたことなどなかったのだが、この度はまるで世界の水という水が彼女の目を通って流れたかのように泣いたのだ[012]。そのことが私の頭をぐちゃぐちゃに混乱させており、ここに着いても馬から降りる気などなくしていたのだよ――いまとなっては、そなたたちのおかげで、すぐに馬上に戻ることはなくなったがな。（全員退場）

第三場

ウーテとクリームヒルトが登場。

ウーテ　その鷹がそなたの夫だよ！[013]

クリームヒルト　お母さん、そなたが夢をそうとしか解釈できないのなら、その先を言わないでください。恋愛はつねに短い喜びと長い苦しみをもたらすものであると、私はいつも聞いていました。お母さんを見てもそれが分かります。ですから、私は決して恋をしません。ああ、決して、決してしません！

ウーテ　娘よ、何てことを言うんだい。たしかに恋は、最後には苦しみももたらす。どちらかが先に死ぬことになるからね。そして先立たれる苦しみがどんなに辛いかを、そなたは私の姿から見てとっているのだろう。だが、私が流すすべての辛い涙は、私がかつてそなたのお父さんから受け取った初めての口づけによって前もって贖《あがな》われているのだよ。お父さんだって、死ぬ前から慰めを手にしていたのだ。だって、私が勇敢な息子たちを誇りに思い、そなたをいま胸に抱くとすれば、それは恋をしていたからこそ起こりうることだからね。だから、ことわざのようなものに怯《おび》えてはならない。私は長い喜びと短い苦しみを味わっていたのだよ。

クリームヒルト　失うくらいなら、最初から持たないほうがはるかにましです！

ウーテ　この世に生きている以上、失わないものなどあるものか！　そなた自身だってそうだよ。いつまでもいまのままでいられるのかい？　私をよくごらん！　そなたは笑うかもしれないが、私だって昔はそなたのような姿だった。いいかい、そなただっていつかは私のようになるのだ。わが身さえ当てにならないというのに、何を当てにするというんだい？　だから、なるようになりなさい。私たちが皆そうしているように、心にかなうものには手を伸ばしなさい。たとえ、死神がそれを吹き散らして塵《ちり》にするとしてもだよ。死神が望めば、すぐにそうなるだろうさ。それを摑《つか》んでいるそなたの手だって、散り散りになる。

クリームヒルト　（窓に歩み寄る）お母さん、私のいまの気持ちでは、誓って言うことができましょう。私は決して

――

（彼女は窓の外に目をやり、話をやめる）

ウーテ　なぜ話をやめるの？　真っ赤になっているじゃないか。どうしてそんなに動揺しているんだい？

クリームヒルト　（窓から退く）知らないお客さんが入ってきたのに、私たちがそれを知りもしないなんてことが、いつからこの宮廷の慣わしになったのですか？　ライン河畔ヴォルムスの誇り高いこの城が、誰でもお望みとあらば、昼となく夜となくもぐり込むことができる羊飼いの小屋と同じようになったのですか？

ウーテ　何だってそんなに興奮しているんだい？

クリームヒルト　そう、あれは私がちょうど裏庭で、ふざけて転がりあっている若い熊たちを見ようとしたときのことです。私が何気なく鎧戸を開けると、一人の武人が私の顔をじろりと見つめたのです。

ウーテ　ではその武人が、そなたの言いかけた誓いを最後まで言えないようにしたんだね？

（彼女も同様に窓に歩み寄る）

なるほどね、あの人があそこに立っているのを見れば、誓いを先まで言うかどうかは考えてしまう。

クリームヒルト　お兄さんの客たちがどうして私の心を煩わせることがありましょうか。私はあのかたがたをいかにして避けることができるかを知れば、それでいいのです。

ウーテ　まあ、そなたの頬を赤らめた理由がただの怒りだったということで今回は喜ぶとしよう。そなたと熊たちの間に入った、あの若い英雄は、とうに結婚していて息子までいるのだからね。

クリームヒルト　あのかたのことを知っているですか？

ウーテ　もちろんさ！

クリームヒルト　あのかたは何という名前ですか？

ウーテ　それは知らないよ！　だけど、もうそなたの心は察しているよ。そなたは死神のように血の気が失せてしまったじゃないか！――たしかにそなたがこの鷹を捕まえるのなら、鷲のことなどは心配に及ばない。あの人は、誰にもひけはとらないね。私が請け合うよ！

クリームヒルト すでに話したように、昨夜見た夢の内容はそうではありません！

ウーテ そう言うものではない、クリームヒルトよ！　私はそなたをからかっているのではない。われわれはよく夢のなかで神の摂理を見ることがある。だから、いまのそなたがそうであるように、目覚めてもなお、びくびくと恐れおののくとき、私たちはたしかにこの摂理を見ていたのだ。ただ、それがわれわれに与える合図を間違って理解してはならないし、不安だからといって、できもしないことを誓ってはならない。そなたのところに飛んできた鷹が、陰険な鷲によって引き裂かれないように守ってあげるのだ。この鷹を追い払おうなどと考えてはいけないよ。そうすれば、鷹とともに人生の喜びまで払いのけることになるのだよ。なぜなら、まだそなたの乙女の心では感じられないのかもしれないが、この世に高貴な武人の愛に勝るものなどないからね。たとえそなたに授けられるのがあそこにいるあのかたなのだとしても、私なら追い返さないよ。

（ウーテは窓の外を眺める）

クリームヒルト あのかたはきっと求婚などしてきませんので、私は追い返す必要もありません。

ウーテ （笑う）おや、私は年寄りだが、いまだにあの距離なら跳躍するよ。

クリームヒルト 外では何が起こっているのですか、お母さん？　お笑いになるとは。

ウーテ どうやら投げ比べをしているようだ。そなたの弟のギーゼルヘルが、最初に投げた。まあまあ、ギーゼルヘルがいちばん年下だよ。ほらごらん、今度はあの異国の武人の番だ。ああ、わが息子よ、そなたはどうなるのか。ほら、いまあの武人が位置について、いま身構えた、いまだ——さあ、岩がまるで鳥にでもなったように飛ぶことだろうよ——ほら、こっちにおいでよ。私の後ろに立つんだよ。もう一度見ようとしても、そうはいかないよ。きっといちばん遠くまで飛ばすよ。あの武人は一投で試合を終わらせようというのさ！　いまだ——はて、私はきちんと見えているのか、そうでないのか？　何だい、あれだけのことか。

クリームヒルト　（近づく）褒めるのが早すぎましたね。

ウーテ　三〇センチしか違わないではないか！

クリームヒルト　（ウーテの背後に歩み寄る）一ツォル[014]だけの違いというよりは、もう少し飛びましたわ。

ウーテ　三〇センチの違いで、あの子を負かすとは——

クリームヒルト　大した差ではありません！　それでもふんぞり返っているから、なおさらつまらない差に見えます。

ウーテ　それに何とまあ、あの武人は息を切らしていることか！

クリームヒルト　あれだけの巨体からして、何とも滑稽なこと！　もし女の私があの距離を投げれば、哀れみはかけてもらえるでしょう。女の子にしては、それなりに一仕事ですからね。

ウーテ　さて、われらのゲレノートが投げる番だよ。あの子にふさわしい仕事ではないかね。あの子は息子たちのなかでも、いちばんそなたのお父様に似ているからね。さあ、勇気を出してやるんだ、わが息子よ！――よし、投げた！

クリームヒルト 熊まで驚いていますわ。自分でも予期せぬ結果となり、ゲレノートの動きが急に機敏になりました。

ウーテ これならいつでも好きなときに、冒険の旅に出るがいいさ！――といっても、ゲレノートはまだここに残るけれど。

クリームヒルト 続きはどうなりました？――いえいえ、どいてくださなくていいのです。ここで見えています。

ウーテ 今度は、ふたたびあの武人の番だ！　だが、もう無理をすることはない。すでに勝利を諦めているように見えるね。人は見かけによらないものさ！――あれ、あの男は何をするんだい？　後ろ向きになったよ――目標に目を向ける代わりに、背を向けるとは――あの男が、頭越しに、肩越しに高く放り投げた――なるほどね、人は見かけによらないものだ！　ギーゼルヘルと同様にゲレノートも負けてしまったよ。

クリームヒルト たしかにまたしても三〇センチの違いです！　ですが、今度はあの人、息を切らしていません。

ウーテ 私のところの子どもたちの善良なことときたら。ゲレノートは悪びれずに手を差しだしているよ。他の男なら剣に手をやるだろうに。だって、あんな悪ふざけは気に障るものだからね。

クリームヒルト 悪気はないように見えます。

ウーテ　フォルカー殿は、あんなに嘲るように弾いていたヴァイオリンをいつのまにか片づけてしまったよ！

クリームヒルト　三〇センチの違いでは、興もそがれます。階段をのぼるように少しずつあがっていくとすれば、今度は主馬頭の番になるのですが、グンター王がダンクヴァルト殿を荒々しく押し退けました。王みずからが投げてみるようです。

ウーテ　そうして王はうまくやりおったな。ゲレノートの二倍も遠くに投げた。

クリームヒルト　それでも勝つのに十分というほどではありません。ほら、すぐにあの武人が後に続いて、またもや三〇センチ足りません。

ウーテ　王は笑っているわ。よし、ならば私も笑うわ！――とうに分かっていたことだよ。この男があの鷹であるのだが、そなたの夢は正夢にはならない、とな。ともあれ、この男はもう力を出し尽したよ。

クリームヒルト　今度はトロニエの登場です。

ウーテ　どんなに楽しそうに投げるとしても、内心はひりひり腫れあがっているのだ！――やつが岩を摑んだ。まるで岩を粉々にするかのようだよ。岩が飛んでいくわ！　壁まで飛んだわ！　さあ、これ以上は飛ばせまい。誰も凌ぐことのできない一投だった。三〇センチ先まで投げる場所すらないわ。

クリームヒルト　あの武人はやはりまた岩を取りに行きます。

ウーテ　何のためにだい？――ああ偉大なる神よ、いま何が起こっているのだ？　われらの頭上の城が崩れ落ちるのか？　轟音だよ！

クリームヒルト　塔のなかまで飛びました。鴉《からす》や蝙蝠《こうもり》が巣から飛び出してきました―

ウーテ　やつらはやみくもに光に向かって飛ぶんだ！

クリームヒルト　壁に亀裂が入っています。

ウーテ　ありえないことだよ。

クリームヒルト　土けむりが消えるまで待ちましょう。窓ほどの大きさです！　あそこを貫いて飛んでいったのです。

ウーテ　ようやく私にも見えるよ。

クリームヒルト　岩はライン河のなかへ飛びました。

ウーテ　誰が信じるものか！　しかし、事実だね。水そのものが証拠だ。水が空高く飛沫《しぶき》をあげているじゃないか。

クリームヒルト　三〇センチを超えてもっと飛びました。

ウーテ　あれだけ飛ばした代わりに、あの男はようやく額の汗を拭っているね。まずは良かった！　汗くらいは拭ってくれないと、トロニエが怒りのあまり死んでしまうだろうよ！

クリームヒルト　やっと終わりました。かれらは握手を交わしています。ダンクヴァルトとフォルカーは投げる機会を逃してしまいました。

ウーテ　おいで。もう忘れようじゃないか。お祈りの時間だよ！（両者退場）

第四場

武人たちがふたたび入場。

グンター ジークフリート殿、あなたは人が悪い。

ジークフリート 気を悪くなさったか？

ギーゼルヘル 私などがあなたの相手になろうとしたことをお許しください。とはいえ、私は罰として、老母のウーテと取っ組み合いをするつもりです。私が彼女を打ち負かしたあかつきには、すべての民の前で、響き渡るラッパのもとで、よろしければあなたが私に樫《かし》の葉の冠をかぶせてください！

ジークフリート 悪い冗談はやめてくれ！　そなたの一投はそう悪いものではなかったぞ。そなたには修行が十年足りないだけだ。

ハーゲン 最後の一投は、そなたの最高の力だったのか？

ジークフリート 最高の力など遊びのなかで見せることはできまい。

グンター あらためて歓迎の意を表する！　通りがかりの訪問ではなく、そなたをお引き留めすることが叶うなら、私は幸運に思う。だが、そなたに差しだすことができそうなものはなかろう。私の右腕

――そなたが左腕でなしうることを私が求める代償として――を差しだしたとしても、そなたは断るだろうし、おそらくそれで事足りることはなかろう！

ジークフリート　気をつけたほうがいい。そなたが気を揉むまでもなく、私は何かねだるぞ！

グンター　何をねだろうと、聞くまでもなく認めよう。

ジークフリート　その言葉には礼を言う！　その言葉は決して忘れないつもりだが、まずはなかったこととしよう。というのも、私の望みはそなたが思うよりも大胆不敵なのだ。ただたんにそなたの国を欲しがったときのほうが、まだ慎ましかった。

グンター　そなたが何を望んでも驚くことはなかろう。

ジークフリート　私の財宝のことは聞き及んだことがあるか？　よし、そなたが金や銀のことで心配する必要のないことは、はっきりしたな。私はそんなものならたくさん持っているので、家まで引きずって運ぶよりも、あげてしまうほうが好ましいくらいだ。今回そんなものは、私の役には立たない。私がもらい受けたいのは、金で買うことのできるものではないのだ！

グンター　というと？

ジークフリート　察してくれないのか？――ここで見せているこの顔を別の顔にしたいのだ！

グンター　これまでにその顔の力を試してみたことがあるか？

ジークフリート　そうだな、私の母で試してみた！　そのときは幸運なことに、母はその顔を気に入ってくれた！

グンター　他に試したことはないか？

ジークフリート　あるとも！　そなたは気づかなかっただろうか？　先ほど一人の娘が、裏庭にいるわれらを見おろしていたのだ。その娘はカーテンのように視界を遮っていた金髪の巻き毛を振り払い、そなたたちにまじった私の姿を目にしたとき、さっと身を退いてしまった。その素早さときたら、かつて私が侏儒の国に出かけたとき、踏みしめた地面が突如として人間の顔にまとまって歯を剝きだし、私も同じように身を引っ込めたのだが、そのとき以上だった！

グンター　怯えただけだろう！　気にせず、その顔をどんどん試すがいい。だがもしも仲人役がいないということなら、私がそなたの力になる。ただし、そなたも同じように私の力になってもらわなくてはならない。というのも、ブルーンヒルトがまだここに入城しないうちに、私の妹であるクリームヒルトが居を移すわけにはいかないのだからな。

ジークフリート　ああ、王よ、これはまた何という名前を口にするのだ。血管には鉄が溶けて沸きたっている、あの北欧の乙女を連れてこようと考えているのか？　ああ、諦めるのだ！

グンター　なぜだ？　彼女にはそれだけの価値がないのか？

ジークフリート　価値がないのではない！　彼女の評判は、世界中に知れ渡っている！　だが、戦《いくさ》で彼女を打ち負かすことが誰にもできないのだ。ただの一人を除いてはな。だがその一人は、彼女を決して妻には選ばない。

グンター　つまり彼女を恐れるあまりに、求婚はしないほうがいいというのだな？　何たる屈辱だ！　無力感に恥じいる気持ちのまま千年生きるよりも、彼女の手にかかって即座に死ぬほうが、はるかにましだ。

ジークフリート　そなたは自分が何を言っているのか、分かっていない。火に触れれば焼かれ、水に漬かれば深みに沈むということは、そなたにとって恥ずべきことなのか？　つまり、彼女はまったくもって元素のような存在なのだ。彼女をやっつけて、気の召すままに手元においたり、人にあげたりすることもできる男は、ただ一人しかいない。けれども、そなたは彼女の父親でも兄でもない男から彼女を受け取りたいのか？

グンター　まずは自分自身で何ができるのかを見ようではないか！

ジークフリート　それはうまくいかない。どうあってもうまくいくはずがないのだ。そなたは地面に叩《たた》きつけられるぞ！　彼女の鋼鉄の胸のなかに優しさが宿っているとか、彼女がそなたを目にすれば、戦にはならないだろうなどとは思ってはならない！　そんな情など彼女は関知しないのだ。彼女は自分の純潔を守ろうとして闘う。まるでみずからの生命がそこにつながっているかのようにな。そして目をもたない稲妻のように、叫びを聞かない湖のように、彼女は自分の貞操帯を解こうとするあらゆる武人を、何の憐みもなく抹殺する。だから、もしそなたが、別の男の手から彼女を受け取りたくない、つまり私の手から彼女を受け取りたくないというのならば、彼女のことは諦め、彼女のことは考えないようにするのだ！

グンター　自分で試してはいけないのか？

ジークフリート　よく考えてみるんだな！　もし妹さんを報酬として与えると約束してくれるなら、私はそなたとともに出向くつもりだ。私は妹さんのためだけに、ここに来たというわけだ。私との勝負でそなたが自分の国を失ったとすれば、それは妹さんで買い戻すことになっただろうさ。

ハーゲン　ならば、そなたはいったいどうしようと考えているのだ？

ジークフリート　厳しい試練が乗り越えられなくてはならない！　彼女は私のように岩を投げ、その岩が飛ぶだけの距離を、後から跳んで追いかける。彼女は槍《やり》を投げ、百歩先の七重になった鉱石に穴をあける[015]。まだまだあるぞ。だが、気にすることはない。私たちは仕事を分担する。実際の仕事は私がやり、その身振りは王がやる！

ハーゲン　助走は王にやってもらい、そなたが実際に投げたり、跳んだりするというつもりか？

ジークフリート　そうだ！　そう考えているのだ！　そして私はそんな動作をしながら、さらに王の身体を担ぐのだ！

ハーゲン　馬鹿を言うな！　そんなことで彼女を騙《だま》すことができるとは思えない。

ジークフリート　隠れ頭巾を使うさ。それを使って、私はすでに一度彼女の視線から逃れたことがある！

ハーゲン　すでにあそこに行ったのか？

ジークフリート　行った！　とはいえ、求婚したのではない[016]。こちらが見かけただけのことで、私の姿は見られなかった！——驚いているのか？　怪訝《けげん》な目で見るのか？　なるほど、それは仕方がない。私の言うことを信用してもらえるまで、私は事態を明らかにしなくてはならない。だが、それは旅のためにとっておこうと考えている。旅は長いし、私としても自身のことを語るときに、海中に目を向けていることができるからな！

グンター　いいや、すぐに話せ。イーゼンラントやそなたの冒険についてな！　われらは聞きたいし、自分たちでそれをやることになったわけだ。

ジークフリート　それもそうだな！　私は戦いを求める気持ちに駆り立てられ、あの地に赴いた。到着してすぐに最初の日に、私はある洞穴のそばで、激しく言い争う二人の若い武人に出くわした。その二人は兄弟で、ニーベルンゲン族の王の子息たちであり、ちょうど父親を埋葬したところだった。——後から聞いたところでは、父親を撲殺したということだったが——二人は早くも遺産をめぐって罵りあっていたのだ。二人の周りには宝石の大きな山が築かれており、そのなかには古い王冠やら、奇妙に曲がった角杯やら、そして何よりもバルムンクの剣があった。洞穴のなかからはまばゆい黄金が輝いていた。私が姿を見せると、かれらは声を荒げ、私に第三者として宝物を分配してほしいと求めた。それで、二人がやりかねない殺しあいを阻止できるならと、私はその求めに応じたのだが、無駄なことだった。私が分配を終えたとき、二人のどちらもが自分の分け前が奪われたように思い、暴れたので、私はかれらの望みどおりに、半分半分にしたものをまたごちゃまぜにして、ふたたび分配した。するとかれらはいっそう怒り狂い、ちょうど私が膝をついてかがみながら均等な分け方について黙考しているところに、激昂《げきこう》のあまり剣をさっと抜いて襲いかかってきた。私は自分の剣を抜くのが間に合わなかったので、荒ぶる者から身を守ろうとして、隣にあったバルムンクの剣に手を伸ばした。すると考える間もなく、二人はめくらめっぽうに刃物に突進する猪のように、刺し違えたのだ。私は這《は》いつくばっていただけで、かれらには傷など負わせなかったというのに。こうして私は全財宝を相続することになった。

ハーゲン 血なまぐさい話だが、嘘ではないようだ！

ジークフリート さて、私は洞穴のなかに入ろうとした！　だが、驚いたことに、もう入り口が見つからないのだ。土手のように見えたものが、突如として大地の懐からせりあがってきた。それで私は道を切り開こうと、剣を突き刺してみた。だが、そこに出てきたのは水ではなく、血であり、何やらぴくぴくしていた。それで私は土手に大蛇が隠れているのかと思ったわけだ。だが、それは思い違いだった。土手全体がただ一匹の大蛇だったのだ。千年もの間、岩の割れ目に眠るうちに草や苔で覆われ、呼吸する動物というよりは、むしろ連なる丘のぎざぎざした稜線のように見える大蛇だ。

ハーゲン それが竜だった！

ジークフリート そう、私が倒したのだ。その倒し方だが、竜が立ちあがる前に、その背に飛び乗り、背後からやつのうなじにまたがって、青い頭を打ち砕いた。これはひょっとすると私がやり遂げた仕事のなかでもいちばん難しいものだったかもしれない。バルムンクの剣がなければ、うまくいかなかったことだろうよ。それから私は、その巨体を切り開き、肉という肉を、巨大な骨を切り開いた。それはまるで岩だらけの山を切り開くかのようだったが、私は少しずつ洞穴のような口まで進んでいった。だが、私はその洞穴に踏み込んだかどうかというときに、力強い腕に抱きしめられるのを感じたのだ。その腕は私の目には見えなかったのだが、まるで空気の仕業であるかのように私の肋骨を押しつぶしかけた！　そいつが乱暴な侏儒、アルベリヒだった。この化け物との恐ろしい戦いのときほど、私が死に近づいたことはなかっただろう。しかし、やつはとうとう姿を現し、姿を見せればもうおしまいだった。私は格闘しているさなかに、それと知らずにやつの頭から隠れ頭巾を奪い取っていたからだ。やつは頭巾とともに力を失い、地面に転倒した。そこで私は獣を踏みつけるように、やつを踏みつけてやるつもりだったのだが、すでに私のかかとのしたにやつの首があり、やつは思いがけない秘密を明かすことで助かったというわけだ。やつが打ち明けたところでは、竜の血がまだ湯気を立てているときに限って、そこには魔法の力がひそんでいるという。それで私は急いでやつを放免し、赤い血を浴びたのだ。

グンター　そなたはたった一日にして、バルムンクの剣、財宝、隠れ頭巾、甲羅の皮膚を手に入れたということだな？

ジークフリート　そのとおりだ！　それから鳥の言葉もな！　魔力をもった血の一滴が私の唇に飛んできて、たちどころに私は、頭上の鳥たちのさえずりを理解するようになった。もし私が血の滴をすぐに拭わなかったなら、跳びはねる動物や虫の言うことも分かるようになっていただろう。考えてもみてくれ。いきなり木のなかでささやき声がするのだ。辺り一面が一本の菩提樹の老木によって覆われているので、くすくす、けたけたと笑う声や、嘲るような笑い声がすれば、木の葉に隠れた人間どもが私の行為を馬鹿にしているのが聞こえたように思うわけだ。周囲を見回しても、小鳥や大小の鴉《からす》や梟《ふくろう》のほかには何も見えない。鳥たちは何やら言い争っており、ブルーンヒルトの名前が聞こえ、私の名前も聞こえる。はっきりしない発言が入り混じり、あちらからもこちらからも聞こえてくる。一つだけはっきり分かったのは、さらなる冒険が私を待ちわびているということ。意欲が湧いてくる。小鴉が先に飛び立ち、梟が後に続く。まもなく炎の湖が行く手を阻み、一つの城が、焼けた金属のように青みがかった緑の微光に輝きながら、彼岸に姿を現す。私は立ちどまる。そのとき小鴉がこう叫ぶ。「バルムンクの剣を鞘から抜き、頭上で三回、振り回せ！」私は言われたとおりにすると、さっと光が消えるかのように、湖の炎が消えてしまう。いまや城は賑やかになり、城壁には人の姿が現れ、顔のベールがはためいている。そして一人の誇り高い乙女が眼下を見おろしている。そのとき梟が甲高い叫び声をあげる。「これが花嫁だ！　さあ、隠れ頭巾をはずせ！」──私は頭巾を試しにかぶっただけだったが、まったく自覚のないままに、まだそれをかぶっていた。しかし、いまや私は頭巾をしっかり両手で押さえることになった。威勢のいい小鳥たちが頭巾を脱がせようと飛んでくるのを見たからな。あちらの城壁に立っていたブルーンヒルトは、どんなに美しくとも私の心を動かすことはなかった。求婚する気にならないのだから、挨拶もしないということだ。

フォルカー　立派なことを言うものだ。

ジークフリート　こうして私は姿を見られないままに立ち去ったのだが、あそこへの道筋ばかりか、城の様子や彼女の秘密も心得ている。

グンター　勇者よ、ならば私を案内してくれ！

フォルカー　王よ、それはいけない。ここにとどまるのだ。ろくなことにならないぞ。

ジークフリート　私が自分の約束を果たせないと思うのか？

フォルカー　いや、そうではない。私はただ、まっとうでないやり方はわれらにふさわしくないと思うだけだ！

グンター　ほかにやりようがないではないか。

フォルカー　やりようがなければ、やめておくのだ。

ゲレノート　私もそれを勧めます。

ハーゲン　おやおや！　それはどうしてだ？

グンター　私が思うに、見知らぬ土地の岸辺に泳いで到達することができないならば、船に乗るというのはさほど恥ずべきことではない。拳《こぶし》の代わりに剣を使うのも、またしかりだ。

ジークフリート そう考えるのだ。さあ、手を打とう！

グンター よしきた！　ブルーンヒルトを得る代わりに、私はそなたにクリームヒルトを与える。それでわれらの結婚式を同時に祝おう！

ハーゲン （指を口に当て、ジークフリートをじっと見る。そして剣をばしっと叩く）

ジークフリート 私は女ではないからな。決して口を割るようなことはない！　そなたたちが戦いへと走るとき、私は船のところで何かを整えるようなふりをして浜へと降りていき、彼女にそれを見届けてもらう。だが、私は隠れ頭巾をかぶって戻り、そなたの腕をつねって合図する。そして助太刀する！

（全員退場）

第二部　ジークフリートの死

五幕の悲劇

登場人物

グンター王
ハーゲン・トロニエ
ダンクヴァルト
フォルカー
ギーゼルヘル
ゲレノート
ヴルフ……武人
トルックス……武人
ルーモルト
ジークフリート
ウーテ
クリームヒルト
ブルーンヒルト……イーゼンラントの女王
フリッガ……ブルーンヒルトの乳母

一人の司祭
一人の侍従長
武人、民衆、女中、侏儒

第一幕

イーゼンラント、ブルーンヒルトの城、早朝。

第一場

ブルーンヒルトとフリッガが、それぞれ反対の側からやってくる。

ブルーンヒルト　こんな朝早くにどこから戻ってきたのだ？　そなたの髪は露でびしょ濡れだし、服は血だらけだ。

フリッガ　私はいにしえの神々に、月がかき消されないうちに、生贄《いけにえ》をささげてきたのです。

ブルーンヒルト　いにしえの神々だと！　いまは十字架の世のなかで、トールやオーディン[017]は悪魔として地獄にいる。

フリッガ　だからそなたは、かれらのことを恐れなくなっているのですか？　あの神々は、もはや祝福を与えてくれることはないにせよ、いまだわれらに呪いをかけることはできます。それで私はかれらのために進んで雄山羊を殺すのです。ああ、そなたもそうなさったらいいのにねえ！　そなたには誰よりもそうする理由があるでしょうに。

ブルーンヒルト　私がか？

フリッガ　改めて話すことにしますよ！　そなたにはもっと以前に話しておくべきでした。今日ついにそのときが来たのです。

ブルーンヒルト　そなたが死ぬときになってから、話してくれるのかと思っていた。だから、そなたを急き立てることはしなかった。

フリッガ　ならば、よく聞いてください！　われらの火山から、だしぬけに一人の老人が現れ、ルーン文字の石板とともに子どもを一人、私に差しだしたのです。

ブルーンヒルト　夜中のことだな？

フリッガ　どうしてご存じなのですか？

ブルーンヒルト　そなたは眠っているときにすでに多くのことを明かしてしまったのだ。月がそなたの顔を照らすと、そなたは寝言を言うからな。

フリッガ　では、そなたは私の言うことに聞き耳を立てているのですか？——そうなのです！——真夜中頃のことです！　われらは女王の遺体のところで夜を明かしていました。老人の髪は雪のように白く、私がこれまでに見たどんな女の髪よりも長く、白いマントのように体の周りに波打ち、さらに背後に引きずられていました。

ブルーンヒルト　山の精だ！

フリッガ　私には分かりません。老人は一言も話しませんでした。ですが女の子は、遺体の頭に輝いていた金の冠に小さな手を伸ばしたのです。そして不思議なことに、その冠は女の子にぴったり合っていました。

ブルーンヒルト　何だと！　子どもにか？

フリッガ　そうです！　その子に合っていたのです！　その冠は、その子にはぶかぶかではありませんでしたし、後に決してきつくなることもなかったのです。

ブルーンヒルト　私の冠のようだな！

フリッガ　そうです、そなたの冠のようなのです！　さらにもっと驚くことがあります。その女の子は、死んだ女王の腕のなかに抱えられてすぐに消えていった王女によく似ていたのです。似ているどころか、瓜二つといってもいいくらいで、ただ呼吸をしていることだけが違っていました。まるで自然が一つの目的のために同じ体を二度つくり、血を注ぎかえただけのように見えたものです。

ブルーンヒルト　女王の腕のなかには、王女がいたというのか？

フリッガ　女王は出産で亡くなり、女王が亡くなるのと同時に生まれたばかりの王女も死にました。

ブルーンヒルト　それはまだ聞いていなかったな。

フリッガ　申しあげるのをつい忘れていました。女王の心はきっと、子どもを国王に見せることができないという苦しみでいっぱいだったのでしょう。この愛らしい幸福を、国王は長年望んでも叶いませんでした。そして子どもが生まれる一か月前に、国王は突然の死に見舞われてしまったのです。

ブルーンヒルト　先を続けてくれ！

フリッガ　私たちは老人を探しました。老人は姿を消していました。そして、林檎《りんご》のように真っ二つに割れ、あんぐり口を開けた姿を窓越しに見せていた山は、ふたたびゆっくりと口を閉じました。

ブルーンヒルト　老人はもう戻ってこなかったのか？

フリッガ　まあ、お聞きください！　われらは翌朝に女王様を墓所に埋葬させました。それと同時に、聖職者がその少女に洗礼を施そうとしました。しかし、彼が聖水で少女の額を濡らそうとすると、彼の腕が麻痺《まひ》してしまったのです。それからもう二度と、彼は腕を持ちあげることができませんでした。

ブルーンヒルト　腕があがることは二度となかったのか！

フリッガ　まあ、この聖職者は年を取っていたので、われらも驚きはせず、また別の人を呼んだわけです。この人はうまく少女に聖水を注ぎかけることができたのですが、神の恵みを祈ろうとしたとき、口がきけなくなり、もう二度と彼に言葉が戻ってくることはありませんでした。

ブルーンヒルト　三人目は来たのか?

フリッガ　三人目は、長いこと見つかりませんでした! われらははるか遠方から、これまでのことを何も知らなかった人を呼ばねばなりませんでした。それでこの人が洗礼をおこなったのですが、それを終えるか終えないかというときに、ばったり倒れて二度と立ちあがることはなかったのです!

ブルーンヒルト　それで女の子はどうなったのだ?

フリッガ　成長して、強くなりました。その少女の子どもじみたふるまいは、われらの行動の良し悪しを知らせる前触れとなり、ルーン文字の石板があらかじめ告げていたとおり、決して欺くことはありませんでした。

ブルーンヒルト　フリッガ! フリッガ!

フリッガ　そうです! そうです! そなたこそ、その少女なのです! ついに気づきましたか? そなたに母親がいるのなら、死者たちが塵となって飛散する霊廟ではなく、いにしえの神々がお住まいになるヘクラ山[018]で、ノルネたちやワルキューレたちのなかでその人をお探しください!——ああ、聖水の滴がそなたの額を濡らすことがなければ良かったのに! あんなことがなければ、われらはもっと多くのことを知りえたでしょうに!

ブルーンヒルト　何をぶつぶつ言っているのだ?

フリッガ 今朝はどうしてあんなことになったのでしょうか？　今朝、われらはベッドのなかにはおらず、着替えもしないまま椅子のうえにいました。歯はかちかち鳴り、唇は青ざめていたのです。

ブルーンヒルト ベッドに入る前に、ふいに眠り込んでしまったに違いない。

フリッガ いままでにそんなことがありましたか？

ブルーンヒルト これまでは一度もなかった。

フリッガ だからこそ不思議なのです！　あの老人はここに来て、何かを話すつもりだったのでしょう！　私はあの老人を見たような気さえするのです。あの老人がそなたを揺さぶり、私を脅かしたところを。ですがそなたは、ひどく眠り込んでいましたから、何も聞こえませんでした。いつまでも自分の意見を変えないならば、どういう運命がそなたを待ち受けているかなんて、本人は聞かないほうがいいということでしょう。だから言うのです。生贄を捧げ、わが身を解き放つのです！　ああ、聖職者からせっつかれたとき、あの人の言うことに耳を貸さなければ良かったんだ！　あのときはまだ、私には石板が読めませんでした。姫よ、生贄を捧げるのです。危険が近づいていますからね。

ブルーンヒルト 危険が？

フリッガ 危険です！　ご存じのとおり、そなたの城を取り巻いていた炎の湖は、もうとうに火が消えてしまいました。

ブルーンヒルト　にもかかわらず、バルムンクの剣を携えた勇者は姿を現さなかった。ファーフニル019の血に濡れた宝を勝ち取った後に、馬に高くまたがり、炎の湖を越えて勇者がやってくるはずなのに。

フリッガ　私がルーン文字を読み違えたのかもしれません。とはいえ、今回の新たな徴候は、疑いようのないものです。何かが決するときに、そなたには啓示が待ち受けているというのは、かねてより知ったこと。姫よ、ですから生贄を捧げるのです！　ひょっとすると目には見えずとも、すべての神々がそなたを取り囲んでいて、血の最初の一滴がこぼれるやいなや、そなたの前に姿を現すかもしれません。

ブルーンヒルト　私は何物も恐れはしない。

（ラッパの音が聞こえる）

フリッガ　ラッパが鳴っています！

ブルーンヒルト　ラッパを聞いたのは初めてか？

フリッガ　不安な気持ちで聞くのは、初めてです。薊《あざみ》の花のように相手の首を落とすことのできる時代は、もう終わりました。この度は堅固な首の持ち主たちが、そなたの前に現れるのです。

ブルーンヒルト　来るのだ！　来るのだ！　私がまだ勝利を収めることができると見せつけてやるためにな。ここの湖がまだ燃え立っていたとき、私は出迎えを急いだものだ。すると、一匹の犬が主人を前にして飛びのくがごとくに、忠実な炎は進んで私に道を開け、左右に分かれていったものだ。いまや何もない道が通じているが、かといって懇《ねんご》ろな挨拶があるわけではないぞ。
(そう言いながら、彼女は玉座につく)
さあ、門を押し開け、やつらをなかに入れよ！
たとえ誰が姿を見せようとも、そいつの首は私のものだ！

第二場

門が開かれ、ジークフリート、グンター、ハーゲン、フォルカーが入場。

ブルーンヒルト　今日死にたいのは誰なのだ？（ジークフリートに向かって）そなたか？

ジークフリート　私は死にたくない。グンター王をさしおいて先に挨拶を頂戴するという身に余る名誉が授けられたにせよ、私は求婚するつもりなどないのだ。私は王の案内人として、ここに来たにすぎない。

ブルーンヒルト　（グンターに向き直り）では、そなただな？　ここの掟《おきて》は、知っているのか？

グンター　たぶんな！

ジークフリート　そなたが美しいという評判は、はるか遠くにまで達しているが、それにもまして遠くまで評判になっているのは、そなたの峻烈さだ。そなたを目にして、どれほどうっとりと見惚《ほ》れた者であっても、そなたの脇には暗い死があることを忘れることはなかろう。

ブルーンヒルト　そうだとも！　ここで勝利しない者は、ただちに死ぬことになる。従者もろともだ。そなたは余裕の笑みを浮かべているのか？　あまりうぬぼれるなよ！　まるで目いっぱい注がれた葡萄酒の盃を頭のうえでこぼさずに支え、絵でも眺めるように私を鑑賞しようという風情でこちらに進み出ているが、私はそなたにも誓って言うぞ。そなたもあの者と同様に死ぬことになる、と。（グンターに向かって）だが、そなたに聞く耳があるのなら、忠告しておこう。まずは私の侍女たちから、これまでに私の手にかかって亡くなった武人たちの名前を挙げてもらうがいい。ひょっとするとそのなかの多くの武人は、かつてそなたと互角に渡り合った者たちであり、なかにはそなたを打ち負かし、そなたが足元にひれ伏すのを見た者さえいるかもしれない！

ハーゲン グンター王はいまだ打ち負かされたことがないのだ。

ジークフリート 王の居城は、ライン河畔ヴォルムスに高くそびえたっている。その国は、ありとあらゆる誉に富んでいる。だが、さらに高くそびえているものは、武人たちを前にした王その人であり、さらに富んでいるものは、王の冠たる名誉である。

ハーゲン 握手しよう、ニーダーラントの者よ！　よくぞ言った！

フォルカー この荒れた土地とこの侘《わび》しい荒波を進んで後にして、王に従い、地獄と夜の世界から現世へと向かうことが、そなたにはそんなに辛いことなのだろうか？　それどころか、ここはいまだ地上に属する国などではなく、生きている人々が恐怖のあまりとうの昔に立ち去った、見捨てられた岩礁なのだ。そなたがここを愛しているとすれば、それはそなたが最後の人間としてここに生まれたからにすぎないのではないか！　風のこの吹きすさぶさま、波のこの轟音、火山のこの喘ぎ、だがとりわけ、生贄の祭壇から流れ落ちたかのように天蓋《てんがい》より注がれるこの赤い光は、恐ろしく、

ブルーンヒルト　悪魔にのみふさわしいものだ。息を吸えば、血を飲むことになるのだからな！　私の孤独について、そなたに何が分かるというのだ？　そなたたちの世界のものなど、私はいまだ欲しいと思ったことがないし、いつか欲しいと思うことがあれば、自分で用立てるわ。余計な心配をするな。私は人から与えられたものなど必要としないのだ！

ジークフリート　あらかじめ伝えておいたとおりだろう？　勝負にかかれ！　勝負にかかれ！　そなたは彼女を力ずくで背後から連れていかねばならない！　ともかくそういうことになってしまえば、彼女はそなたに感謝することになる。

ブルーンヒルト　感謝するとでも思うのか？　思い違いをしているのだろう。私がいったい何をこの勝負の賭けにしているのか、そなたたちは知っているのか？　そなたたちはそれを知らないし、これまでに知った者などいなかった。先にそれを聞いておけ。そして、私がいかにしてそれを護ろうとしているのかを、よく考えてみるがいい！　たしかにここでの時間は静止しており、私たちは春を知らず、夏を知らず、秋も知らない。一年はその表情を変えることなく、その一年と同じように私たちも変わりようがない。しかし、日差しのなかでそなたたちに向かって芽を伸ばすものが、ここでは何一つ成長しないとしても、代わりに私たちの夜の世界では、そなたたちが決して種を蒔《ま》いたり、植えたりすることのできないものが成熟するのだ。いまだ私は戦いを楽しみ、いまだ歓喜の声をあげて、私から自由を奪おうとする思いあがった敵を打ち負かす。私はいまだ若々しく、あふれんばかりの生の喜びで満たされている。この喜びがまだ失われないうちに、すでに私は運命によって、目には見えない不思議な賜物を授けられ、高次の聖職者へと進むべき道が定められたのだ。

フリッガ　あれ、姫はどうしたのだろうか？　私の生贄で十分な効果があったのか？

ブルーンヒルト　大地は突如として私の前で口を開き、その中心に収めているものを私に見せてくれるだろう。上空の星々が響くのを私は聞き、その天上の音楽を解するようになる。さらには三つ目の幸運が私に与えられる。その三つ目は、人知の及ばない幸運だ！

フリッガ　オーディン様、そなたですね！　昨夜は彼女の耳がふさがれていたものだから、彼女の目を開眼させたのです。いま姫は、ノルネが姫に対して紡ぎ出している運命を自分の目で見ているのです！

ブルーンヒルト　（身を高く起こし、目をじっと見据える）いずれその朝がやってくる。これまでは熊を狩っていた私が、尾をこの星に打ちつけて破壊するという理由から氷に閉ざされていた海蛇を救い出していた私が、はや夜明けにはこの城を後にするのだ。私は勇敢に自分の馬を乗り回し、馬は喜んで私を運んでくれる。ふいに私は馬を止める。目の前の地面が大空に変わったのだ！　ぞっとして私は馬の向きを変える。背後とて同じこと。地面が透けている。色とりどりの雲が私のしたにあり、同じくうえにもある。侍女たちは、おしゃべりを続けている。私はこう叫ぶ。何も見えぬとは、そなたたちは盲目なのか、私たちは足場のないところに浮かんでいるのだ、と。侍女たちは驚き、無言のうちに首を振ると、私の周囲に身を寄せてくる。しかし、フリッガがこうささやく。「さてはそなたの時機が到来しましたか?」そこでようやく気づくのだ！　私から見れば、この地球は水晶となり、雲の塊のように見えていたものは、地球をその底まで照らしながら縦横に走り回る金脈や銀脈の絡まりだった。

フリッッガ　よくぞやりました、よくぞやりました！

ブルーンヒルト　それに続くある晩のことだ。すぐに続くのではない。しばらく経ってからかもしれない。この部屋で皆と一緒に座っている。突如、侍女たちが死んだように転倒する。侍女たちの口のなかで最後の言葉が砕け散る。その言葉を聞いた私は塔へと駆けあがる。というのも、私のうえのほうで音が響き、あらゆる星がそれぞれの音色を持ち始めたからだ。さしあたりそれはただの音楽にしか聞こえない。だが夜が白むときには、私は寝言のようにこう呟いている。王は夜にならないうちに死ぬ。王の息子は生まれてくることができない。王子は母胎で息を絶たれるのだ、と！　私は人から聞いてようやく、自身が語ったことを知る。その話をどこから知ったのかは、皆目見当もつかない。だが、じきにそれが分かってくる。すると、世界の端から端まですぐに噂が広まる。それからは、人々が私のところに集まってくる。いまも人々は集まってくるが、いまのように剣を携えて私と戦うためではない。違うのだ。人々は恭しく王冠を頭からはずし、私の夢に耳を傾け、私が口ごもる言葉を解するためなのだ。なぜなら、私の目は未来を見通し、わが手にはこの世の財宝への鍵が握られているからである。私は運命を免れているが、運命には精通しており、誰よりも高いところに君臨しつつ、自身にはなお多くのものが約束されていることを忘れ果てている。そのなかで数百年、数千年が流れるのだが、歳月の実感はない！　だがついに、私はこう自問する。死はやってこないのか、と？　そこで私の巻き毛が、鏡越しに私に回答してくれる。それは黒々としたままで、白髪になることもなかった。私はこう叫ぶ。これぞ三つ目の幸運だ。死が訪れないということだ、と！

（彼女は後方に倒れ、侍女たちが彼女を受け止める）

フリッガ　恐れることなどあるものか。たとえ相手がバルムンクの使い手だとしても、いまや姫は防御の盾も備えているのだからね！　たとえ姫がこの男を愛しながら戦ったとしても、この男は死ぬことになるよ。姫はそれを知ったうえで、戦うつもりだろう。

ブルーンヒルト　（ふたたび高く身を起こす）私は何か話していたぞ！　何のことだったか？

フリッガ　姫よ、弓をお取りくださいな。今日のそなたの矢は、いつになく飛ぶでしょうよ。それ以外のことは後回しにしましょう！

ブルーンヒルト　（武人たちに向かって）では、かかってこい！

ジークフリート　（ブルーンヒルトに向かって）もしそなたが敗れたならば、ただちにわれわれに従うと、誓うな？

ブルーンヒルト　（笑う）誓うとも！

ジークフリート　では、皆の者、やるとするか。私は船を整えておくことにする。

ブルーンヒルト　（立ち去りながら、フリッガに向かって）戦利品の広間に行って、新しい釘《くぎ》を一本、打ち込んでおけ！
（武人たちに向かって）いざ！（全員退場）

第二幕

第一場

ヴォルムス。王宮の中庭。

ルーモルトとギーゼルヘルが出くわす。

ギーゼルヘル なあ、ルーモルト、せめて一本くらい木を残しておくべきではないのか。そなたはもう何週間もかけて夥《おびただ》しい数の木々を運び込み、せっせと結婚式の準備をしている。まるで人間も侏儒も妖魔もまとめてやってくるかのようだな。

ルーモルト そうなる覚悟を決めていますよ。もし料理窯がそれなりに満たされていないと分かれば、呑気な

ギーゼルヘル　料理人をさっさと窯のなかにぶち込んで、見習いの小僧を使って掻き回してやります。

ルーモルト　では、上首尾に終わったと、そなたはもう確信しているのだな？

ギーゼルヘル　それはもう。ジークフリートが求婚してくれるわけですからね。道すがら二人の王子を、まるで狩り立てた兎《うさぎ》でもあるかのように捕まえてわれらに送ってよこすような人は、きっと悪魔のような女たちともうまく渡りあうでしょう。

ルーモルト　もっともな話だな。あのリューデガストとリューデガー020が良い証となるわけだ！　あの二人はブルグント国がかつて見たこともなかったような大軍を率いて押しかけるつもりだったのに、もはや護衛の者さえ必要ない捕虜の姿でやってくることになったのだ。そなたたち、料理にかかれ、客人に不足はないぞ！

（ゲレノートがやってくる）

ゲレノート　ほら、狩人《かりうど》が来たぞ！

だが、獲物が一緒ではないのだ！　私は塔のうえにいて、船で覆われたかのようなライン河を見てきた。

ルーモルト　それが花嫁です！　ならばすぐにでも、裏庭でうなっている熊、呻《うめ》いている牛、メエメエ鳴いている羊、ブーブー鳴いている豚どもを皆、屠らせましょう。花嫁に遠くからでもご馳走の鳴き声を聞いてもらって、いかに歓迎されるかが分かるようにしましょう。（ラッパが吹かれる）

ゲレノート　もう間に合わん！

第二場

ジークフリート　（従者たちと登場する）戻ってきたぞ！
ギーゼルヘル　兄上はいないのですか？
ジークフリート　まあ、落ち着け！　その兄の使者として私はここに来たのだ！――だが、報せを届ける相手は、そなたではない。報せはそなたの母上に宛てたものであり、私はそなたの姉上にもお目通りを許されるよう願っている。
ギーゼルヘル　武人よ、そうしてください。われらはあの二人のデンマークの王子のことでもそなたに礼を申しあげなくてはならないのですから。
ジークフリート　いまになって、あの二人を送り届けなければ良かったと思っているんだよ。
ギーゼルヘル　どうしてですか？　そなたの腕前による戦利品ほど、そなたの力をわれらによく示すものなどありませんのに。本当にまあ、あの二人は腕の立たない者ではありませんでしたからね。
ジークフリート　そうかもしれん！　だがな、私が送り届けなかったとすれば、ひょっとすると一羽の鳥によって、二人が私を打ち殺したなどという噂が広まったかもしれん。そこでいま私が尋ねたいのは、クリー

ギーゼルヘル　ムヒルトがこの一件をどのように受け取ったのかということなのだ。
あの二人は、われらにもそなたにも十分に有益な存在になりましたよ。金属や鉱石が叩きに叩かれてラッパが鍛造されることは、かねてより知っていました。人間までそうなのだとは知りませんでしたが、あの二人は、鍛冶屋としてのそなたの能力を証明しています。あの二人はそなたを褒めていたのですよ——もしもその褒め言葉をお聞きになっていたなら、そなたはいまなお頬が赤らんでいるでしょうね！　みずからの敗北という不名誉を取り繕いたいがために、よく敵を褒めるようなただの小賢しさから、二人はそなたを褒めたのではありません。そうではなく、本当にそういう気持ちがあるからなのです。だが、このことはクリームヒルトから聞くのがいちばん良い。姉上は飽きもせず、あの二人から根ほり葉ほり聞いていましたから。ほら、姉上がこちらに来ますよ。

第三場

ウーテとクリームヒルトが登場。

ジークフリート　頼みがあるのだ！

ギーゼルヘル　何ですか？

ジークフリート　私はな、戦のやり方を教えてもらうために、父親の登場を求めたことは一度もないのだが、今日はどう話さなくてはならないかと尋ねるために、母親が要るかもしれない。

ギーゼルヘル　そなたがそこまで腰抜けならば、私に任せてくださいよ。私はここでは子どもと呼ばれています。その子どもが獅子を導くところを見せてやりましょう！

（彼はジークフリートを婦人たちのところへ連れていく）ニーダーラントの勇者ですよ！

ジークフリート　ご婦人がた、私が一人でいることに驚かないでくれ。

ウーテ　勇者ジークフリートよ、ええ、もちろんです！　私たちは驚きませんよ。そなたは、もし他の全員が死んだとして、その不幸を知らせるために後に残される武人ではありませんからね。そなたは、私にとっての新しい娘、クリームヒルトにとっての姉の到着を告げてくれるのです。

ジークフリート　女王よ、お察しのとおりです！

ギーゼルヘル　お察しのとおり、ですか？　それ以上話すことはないのですか？　それだけ絞りだすのにも、骨が折れたようですね！　そなたは、国王である私の兄にブルーンヒルトを与えるのが嫌だというのでしょうか？　それとも、これまでにそんな例を聞いたことがないのですが、戦闘で舌を怪我してしまったのでしょうか？　いや、そんなことはないでしょう。先ほど、ブルーンヒルトの褐色の目や黒い髪のことを私に語っていたときには、滑舌よく舌が動いていたはずですから。

ジークフリート　そんな話を信じないでください！

ギーゼルヘル　躍起になって否定しようとして、指を三本掲げましたよ。そうして、こっちの青い眼と金髪に誓いを立てるわけです。

ウーテ　これは生意気な息子なのです。白樺の棒で叩くには子どもだし、榛《はしばみ》の枝で笞打つには大人になりすぎています。母親の笞からはとうに離れ、父親の笞は味わったことがないときていて、手綱や鞭《むち》打ちを知らない子馬のように思いあがっているわけです。これのことを許してやってください。さもなくば、懲らしめてやってくださいな！

ジークフリート　それは危ないことかもしれません！　荒々しい子馬に馬勒《ばろく》をつけるのは骨が折れることですし、その馬にうまく乗れるようになるまでに恥をかいて、足を不自由にする者も少なくありません。

ウーテ　こうしてまた罰を受けないことになるのだよ！

ギーゼルヘル　それじゃあ、お礼にひとつ暴露してやりましょう。
クリームヒルト　これ、ギーゼルヘル！
ギーゼルヘル　あれ、何か隠し事があるのですか？　ご心配には及びません！　姉上の秘密には通じていませんし、灰を吹き払って、炭の姿を露わにするようなことはしませんよ。
クリームヒルト　秘密というのは何のことだ？
ギーゼルヘル　僕ももう忘れてしまいました！　姉上ともあろう者が急にそんなに顔を赤らめたら、弟としてはいろいろ考えてしまいますし、その理由を疑問に思うわけです。だが、もういいんですよ！　たぶん死ぬまでにはまた思い出すでしょうから、思い出したらすぐに彼に伝えます。
ジークフリート　そなたはふざけているんだな。私は自分の務めをすっかり忘れていた。そなたたちにまだ晴れ着を着てもらっていないのに、もうラッパの音が聞こえている。グンターが花嫁と一緒にこちらに入場してくる！
ギーゼルヘル　料理長が駆け回っているのを知りませんでしたか？　そなたの到着がもう事の次第を十分告げたというわけなのです！　私も手伝いに行きます！（ルーモルトのところに向かう）
クリームヒルト　こんなに高貴な使者のかたに、差しあげるお礼の品はないでしょう！
ジークフリート　いえいえ！　そんなことはありません！
クリームヒルト　（髪留めをほどこうとして、スカーフを落としてしまう）

ジークフリート　（スカーフをさっとつかむ）これぞ、お礼の品です！

クリームヒルト　それはそなたに似つかわしいものではありませんし、私から贈るものとしても適当ではありませんわ！

ジークフリート　他の人には塵芥《ちりあくた》であっても、私にとっては宝石なのです。金や銀を使った家ならば、何軒も建てることができますが、このような布は持っていません。

クリームヒルト　ならば、お取りください。私自身が織ったものです。

ジークフリート　喜んでお授けくださいますか？

クリームヒルト　気高いジークフリートよ、はい、喜んで授けます！

ウーテ　お話の途中ですが、失礼いたします。——私たちもそろそろ行かなくてはなりません。

（クリームヒルトと一緒に退場）

第四場

ジークフリート　私はここに立っていたわけだが、まるでローラント像が突っ立っているようだったな！　私の髪のなかに雀《すずめ》が巣を作らなかったのが不思議なくらいだ。

第五場

司祭 （歩み寄る）ご武人よ、お尋ねすることをお許しください。ブルーンヒルト様は洗礼を受けていらっしゃるのか？

ジークフリート 彼女は洗礼を受けている！

司祭 では、あのかたの出自がある国は、キリスト教の国ということですな？

ジークフリート 十字架が敬われているな。

司祭 （ふたたび立ち退く）おそらくは、この国と似たような敬い方でしょう。ここではオーディンを祀る樫の木と並んで、いかなる奇跡の力が宿っているか分かったものではないという理由から、十字架が受け入れられています。いかに敬虔なキリスト教徒であれ、邪神の像が睨んでいるのを見れば、いにしえの恐怖の最後の名残が消え去らないがために、その像を砕くことはいまだ容易ではない、というのと同じ理屈です。

第六場

ファンファーレ。ブルーンヒルト、フリッガ、グンター、ハーゲン、フォルカー、従者。城から現れたクリームヒルトとウーテが一行を出迎える。

グンター　これが私の城だ。そなたを出迎えようと、母が妹と連れ立ってやってくる。

フォルカー　(彼女たちが近づいてくる間に、ブルーンヒルトに対して) これでもまだ不服ですかな？

ハーゲン　ジークフリート、そなたのことで一言いわせてくれ！　そなたの入れ知恵は、ひどい結果になった。

ジークフリート　ひどい結果になった、だと？　ブルーンヒルトは打ち負かされたではないか？　彼女はここに来ているだろう？

ハーゲン　それで何がもたらされた？

ジークフリート　私が思うに、何もかもがもたらされた。

ハーゲン　何ももたらされていないのだ！　彼女から口づけを奪うことができない者は、彼女を決して意のままにはできないだろう。グンターにはそれができないのだ。

ジークフリート　グンターはもう試してみたのか？

ハーゲン　試さずして、こんなことを言うものか。つい先ほど、城を前にしてのことだ！　ブルーンヒルトは始めのうち、女らしく抵抗していた。その様子ときたら、かつてのわれらの母親たちだって同じようなものだったはずだ。だがな、この求婚者をはじき飛ばすには、親指で一押しすれば十分だと彼女が気づいたときだ。やつは荒れ狂い、王が引きさがらないとなったら、王に摑みかかったのだ。そして王とわれら家来の末代までの屈辱となるのだが、やつは王を摑んだその手を遠くのライン河に向かって突きだしたわけだ。

ジークフリート　悪魔のような女！

ハーゲン　罵ったところでどうなる？　手を貸すのだ！

ジークフリート　そうだなあ、ともかく司祭が二人を結婚させてしまえば――

ハーゲン　あの老婆だけでもいなければいいのだが。ブルーンヒルトにつき添っているあの乳母だ。あの女が一日中目を光らせ、あれこれと尋ね、彼女の側から離れない。あの悪知恵ときたら、七十歳か八十歳の者のそれだ！　私はブルーンヒルトよりもあの女を恐れている！

ウーテ　（クリームヒルトとブルーンヒルトに対して）さあ、仲良くしておくれ。心がまずは感じたままに、そなたたちの腕がつないだ輪を、少しずつ周りの人々にも広げていっておくれ。その人々のなかで、足並みそろえ、心を等しくして、一つの軸を回るのだ。そなたたちは、私に比べれば恵まれた境遇にある。夫に対し言ってはいけないことを、私は全部腹に納めなくてはならなかったし、夫についての愚痴だって少しもこぼすことができなかったからね。

クリームヒルト　私たちは姉妹になりましょう。

ブルーンヒルト　そなたたちに免じて、そなたの息子であり、そなたの兄であるあの人に、私を妻にする印である口づけを今晩にも許しましょう。私はまだ幼木のように、火が燃えつかないのです。自分を脅かすこの屈辱を、もしそなたたちが和らげてくれないならば、私はおそらく永遠に遠ざけることでしょう。

ウーテ　屈辱だと言うのですか？

ブルーンヒルト　失礼な言葉をお許しください。しかし、私は自分が感じたままのことをお話ししているのです。そなたたちの世界に私は馴染《なじみ》がありません。もしそなたたちが私の世界に立ち入れば、驚くことになるのと同じように、私もいまそなたたちの世界に恐れを抱いています。私のような者は、この土地では生まれることもできなかったと思われるのですが、そんな土地で暮らすことになる定めとは！——空はいつもこんなに青いのですか？

クリームヒルト　いつもではありませんが、たいていはそうです。

ブルーンヒルト　青色といえば、目の色以外にはまったく知らず、それも赤色の髪と乳白色の顔を伴ったものばかりだと心得ていました。この土地の空は、いつもこんなに静かなのですか？

クリームヒルト　ときに嵐になり、昼でも夜のように暗くなり、稲光が走り、雷鳴がとどろきます。

ブルーンヒルト 今日にでも嵐が来てくれればいいのに！　そうなれば、故郷からの挨拶のように思えることでしょう。こんなに多くの日差しには馴染めません。苦痛なのです。まるで自分が裸になって歩いているような気分ですし、ここではどんな服も十分な厚さがないように私には思えます！——これは花でしょうか？　赤と黄と緑！

クリームヒルト ご覧になったことがないのに、色のことはよくご存じですね？

ブルーンヒルト われらのところには、あらゆる色の宝石があります。白とそれから黒の宝石だけはないのですが、白は自分の手がその色ですし、黒は自分の髪がその色です。

クリームヒルト では、香りのことは知りませんね！

（ブルーンヒルトのために一輪の菫《すみれ》の花を摘む）

ブルーンヒルト おお、香りというのは素晴らしい。これまで私の目には留まらなかった、たった一つのこの小さな花から、香りが放たれるのですか？　この花には何かかわいい名前をつけてやりたいが、おそらくすでに名前があるのでしょう。

クリームヒルト この花ほど謙虚な花はありません。この花ほど簡単に足で踏みつぶされる花はないでしょう。そのため、この花は、自分がただの草以上の存在であることを恥じているようにさえ見えるのです。それでこの花は奥深くに身を潜めているのですが、いまそなたに取り入って、初めての優しい言葉を頂いたのです。この土地にいらっしゃったそなたの目の前には、そなたを幸せにするはずの

ブルーンヒルト　多くのものがまだ隠れているという徴候にこの花がなればいいです。そうなることを期待していますし、実際そうなると思うのです！——ですが、それは簡単なことでもありません！　そなたは知らないのです。一人の女でありながら、あらゆる戦で男を打ち負かし、男から離れていく力を、こちらに向かって注がれた、湯気を立てる血潮のなかから一息に自身のうちへとのみ込むことが、どういうことか、を。ますます強さを感じ、ますます勇気が湧き、ついに、いつにもまして勝利を確信したときに——

（突如、向き直り）

フリッガよ、もう一度尋ねる！　何であったか？　最後の戦いを前にして、私は何を見たのか、何を話したのか？

フリッガ　心のなかでこの国を見ていたようでした。

ブルーンヒルト　この国を！

フリッガ　そして恍惚としていました。

ブルーンヒルト　恍惚としていた！——だが、そなたの目も輝いていた。

フリッガ　そなたの幸せな様子を見たからです。

ブルーンヒルト　そしてあの武人たちが、私には雪のように白く見えていたのだ。

フリッガ　それは始めからそうでした。

ブルーンヒルト　なぜそれをこれほど長い間、言わなかったのだ？

フリッガ　見比べることができるいまになって分かったのです。

ブルーンヒルト　あのときこの国を見て恍惚としていたのなら、ふたたびそうできるに違いない。

フリッガ　間違いありません。

ブルーンヒルト　そうして星や金銀のことを話題にしていたように思うのだが——

フリッガ　それもおっしゃるとおりです！　この国では星はより明るく輝いているが、それに引き換え、金や銀はよりくすんでいる、とおっしゃいました。

ブルーンヒルト　おお、そうだった！

フリッガ　（ハーゲンに）そういうものですかな？

ハーゲン　いや、話をよく聞いていなかった。

ブルーンヒルト　皆の者にお願いします。私を子どもだと思ってください。他の子どもより早く育つつもりですが、ともかくいまの私はこれまでの私とは違います。（フリッガに向かって）そなたの話は以上でいいか？

フリッガ　以上になります！

ブルーンヒルト　ならばそれでよい！　ならばそれでよい！——

ウーテ　（歩み寄ったグンターに向かって）わが息子よ、彼女がそなたに対し、あまりにつれないとすれば、ともかく時間をあげなさい！　鴉《からす》どもの声しか聞かなかったので、心も開きようがなかったのです。だが、雲雀《ひばり》や小夜《さよ》啼鳥《なきどり》の声を聞けば、心が開くかもしれません。

ハーゲン　熱にうなされ、子犬を撫《な》でているときには、あの楽士もそんなことを言う。勝手にしろ。乙女には考える時間を与えよ。だが、女王という立場の者にはすぐにでも約束を守ってもらいたい。この女は、武力の権利によって王のものとなったのだ。さあ、手を貸してくれ！（叫ぶ）司祭よ！

（先に立って行く）

グンター　私もついて行くぞ！

ジークフリート　待ってくれ、グンター王よ。私への約束はどうなったのだ？

グンター　クリームヒルトよ、そなたのために夫を選んでもいいか？

クリームヒルト　わが主君たる兄よ、意のままにお取り計らいください！

グンター　（ウーテに向かって）異論はありますか？

ウーテ　そなたは国王、私はクリームヒルトと同様に国王に仕える者ですよ。

グンター　では、わが一族に囲まれるなかで、そなたにお願いする。私と一族のために立てた誓いを果たし、高貴なジークフリートに手を差し伸べるのだ。

ジークフリート　そなたに面と向かうと、言いたいことが言えなくなってしまう。私の口がつっかえるのは、もう十分に聞いてきただろうから、狩人なら誰でもそうするように、尋ねるまでだ。ただ、狩人なら帽子から羽根を吹き飛ばしてしまうところだから、そこは私とは違うわけだ。クリームヒルトよ、結婚してくれますか？　だが、この愚鈍さがそなたをかどかわすことのないように、そなたが途方にくれることのないように、はい、いいえの返事をもらう前に、私の母がいつも何と言って私を叱りつけていたかを告げておきたい。母が言うには、なるほど私は世界を征服できるほどの腕力をもつが、土竜《もぐら》のつくった山ほどのどんなに小さな場所だって守り通せないほど愚か者だ、と。もし私が目を無くしていないとすれば、それはただ、そんなことは起こりえないというだけの理由なのだ、と。母親の言う片方のことをそなたが信用してくれるなら、もう片方のことには自分で反論しよう。私がやっとそなたを征服したのだとすれば、どうやって守り通すことができるのかはいずれ分かることになるはずだ！　さて、ではもう一度。クリームヒルトよ、結婚してくれますか？

クリームヒルト　お母さん、笑っているのね！　ああ、私はあの夢のことを忘れたわけではありませんし、あの恐怖が消えたわけでもありません。いまこそ私に警告を放っているのです。ですが、だからこそ勇気を奮い立たせてこう言うのです。お受けいたします！

ブルーンヒルト　（クリームヒルトとジークフリートの間に入る）クリームヒルトよ！

クリームヒルト　どうなさいました？

ブルーンヒルト　私は姉であるところをそなたに見せます！

クリームヒルト　いまですか？　どうやって？

ブルーンヒルト　（ジークフリートに向かって）そなたは臣下であり召使であるのに、よくもまあ、王の娘である彼女に求婚するなどということができるものだな！

ジークフリート　何ですと？

ブルーンヒルト　そなたは道先案内人としてやってきて、使者として去っていったのではないか？（グンターに向かって）この者がクリームヒルトに求婚することに耐えるばかりか、それを支持するとは、どういうことですか？

グンター　この者は、勇者のなかの勇者なのだ！

ブルーンヒルト　ならば、玉座に次ぐ地位でも与えてやればいいのです。

グンター　財宝も私より豊かだ。

ブルーンヒルト　ふん！　それがそなたの妹に求婚する権利を授ける理由になるのですか？

グンター　これまで私のために、何千もの敵を打ち殺してくれたのだ。

ブルーンヒルト　私を打ち負かした英雄なのに、そんな恩恵を彼から受けているのですか？

グンター　私と同じく、彼も王だ。

ブルーンヒルト　それなのに召使に加わったのですか？

グンター　その謎は、そなたが私の妃になったときに解いてやるつもりだ。

ブルーンヒルト　そなたの秘密を知るまでは、決して妃にはなりません。

ウーテ　では、そなたは私を母と呼ぶつもりはないということですか？　あまり長くは待たせないでください。私は年も年だし、いくつもの苦しみにも耐えてきたのです！

ブルーンヒルト　誓いを立てたとおり、私は彼に従って教会に行き、喜んでそなたの娘になりましょう。しかし、彼の妻にはなりません。

ハーゲン　（フリッガに向かって）彼女の気をなだめてくれ！

フリッガ　私が口出しすることではありません。王が一度打ち負かしたのであれば、二度目もうまくいくでしょう。ですが、抵抗するのは乙女の権利というものです。

ジークフリート　（クリームヒルトの手を取りながら）私はすぐにここで王としての身の証を立てるため、そなたにニーベルンゲンの宝を贈ります。さあ、私の権利であり、そなたの務めを。（ジークフリートは彼女にキスをする）

ハーゲン　大聖堂へ行くぞ！

フリッガ　この人がニーベルンゲンの宝を持っているのか？

ハーゲン　聞こえるだろう。ラッパだ！

フリッガ　バルムンクの剣もか？

ハーゲン　そうだとも。こら、結婚式の合図となるよう吹くのだ！

（音楽がとどろく。全員退場）

第七場

広間。トルックスとヴルフが登場。侏儒たちは宝を運びつつ、舞台を通過する。

トルックス　私はクリームヒルトにつく。
ヴルフ　そうなのか？　私はブルーンヒルトだ。
トルックス　ブルーンヒルトを好むとは、どういうわけだ？
ヴルフ　われらが皆同じ色を身につければ、槍試合ができないではないか？
トルックス　それもそうだと認めざるをえないが、かといってブルーンヒルトの側につくのは狂気の沙汰であろう。
ヴルフ　ほほう！　それはあまり大きな声で言わないほうがいいぞ。あの異国の女性に誓いを立てる者も少なくないのだからな。
トルックス　あのお二人には昼と夜ほどの違いがあるわ。
ヴルフ　それを否定する者はいないだろうな。だが、夜を愛する者も少なくないのだ。
（侏儒たちを指さす）

あいつらは何を引きずっているのだ?

トルックス 財宝だと思うよ。ジークフリートがこちらに向かうとき、ニーベルンゲン族をお供に呼び出し、あれを一緒に持ってこさせたというわけだ。聞くところによると、クリームヒルトを花嫁にするための贈り物だとか。

ヴルフ この侏儒どもは化け物だな! 背中のところがへこんでいるぞ! ひっくり返してみろ、パンのこね桶になるわ。

トルックス やつらは虫けらどもと一緒に、土のなかや山の洞窟に棲みついている。つまりは、土竜の親戚だからな。

ヴルフ しかし、力は強いのだ!

トルックス そして賢いのだ! こいつらを仲間にする者は、もうマンドラゴラの根[021]を探し出すには及ばない。

ヴルフ (宝を指さす)この宝の持ち主になれば、侏儒もマンドラゴラも要らん。

トルックス 宝が欲しいとは思わんな。古い言い伝えではな、魔法にかかった黄金は、干からびた海綿が水に飢えている以上に血に飢えているという。このニーベルンゲン族の武人たちも何とも奇妙な噂話をしている。

ヴルフ 鴉《からす》の話か! あれはどんな話だったかな? 私はきちんと聞いていなかった。

トルックス 黄金を船に運び込んだとき、一羽の鴉がそこにとまり、ガアガア鳴いたのだ。鴉の言うことを理解したジークフリートは、まず耳をふさぎ、口笛で合図した。次に鴉に向かって宝石を投げつけた。鴉が逃げなかったものだから、ジークフリートはしまいに槍まで投げつけたという話だ！

ヴルフ　それはただごとではない！　ジークフリートは本来、勇ましくも穏やかな心の持ち主だからな。

(ラッパが吹かれる)

聞け、われらも呼ばれているぞ！　一同が集まってくる。こちらはブルーンヒルトだ！

トルックス　こちらはクリームヒルトだ！

(両者退場。先刻より集まっていた他の武人たちも、同じ呼びかけを繰り返しつつ、後に続く。徐々に暗転)

第八場

ハーゲンとジークフリートが登場。

ジークフリート 何の用だ、ハーゲン？　祝宴を離れるよう目配せするとは、どういうことなのだ？　私が今日のように宴に加わることは、もう二度となかろう。ならば、今日という日を楽しませてくれ。私はそなたたちのために手柄を立てて、この日を手に入れたのであろう。

ハーゲン まだまだやることがあるのだ。

ジークフリート 明日にしてくれ！　今日の一分は、私にとって一年に値する。まだ数えられるほどしか、花嫁と言葉を交わしていないのだ。今宵は妻のために時間を使わせてくれ。

ハーゲン 恋わずらいと酔っぱらいにはな、必要に迫られなければ、関わることなどないわ。抵抗してもどうにもならん。そなたはやらねばならないのだ。そなたは、ブルーンヒルトが話したことを聞いていた。彼女の結婚式でのふるまいは知っているだろう。彼女はいま席につき、泣いているのだ。

ジークフリート 私にどうにかできるとでもいうのか？

ハーゲン　ブルーンヒルトが自分の誓いを守るという点は、疑うべくもない。そして、屈辱が消しがたいものであろうという点は、さらに疑いようのないことだ！　そなたにこの理屈が理解できるか？

ジークフリート　それでどういうことになるのだ？

ハーゲン　そなたが彼女をおとなしくさせねばならない、ということだ！

グンター　（近づいてくる）

ジークフリート　私がか？

ハーゲン　いいか、よく聞け！　王は彼女とともに寝室に入る。そなたは頭巾を被り、その後に続くのだ。王は、彼女がベールからまだ顔を出さぬうちに、無理やりキスをしようとする。彼女はこれを拒む。二人はもみ合いになる。彼女は笑い飛ばして勝利を収める。王は、偶然そうなったかのように明かりを消し、こう叫ぶ。いままでは遊びだったが、今度は本気だぞ。ここでは、船のうえにいたときとは訳が違うのだ、となし　そのときだ、そなたは彼女につかみかかり、彼女が慈悲を請い、命乞いをするまで、そなたの腕前を見せつけるのだ。それが済んだならば、王はみずからの恭順な妻となることを彼女に誓わせる。そしてそなたは、入ってきたときと同じように静かに立ち去る！

グンター　このように、そなたが最後の手助けをしてはくれないだろうか？　もうこれ以上のことは、そなたに求めたりはしない。

ハーゲン　ジークフリートはやるだろうし、やらねばならないのだ。自分が言いだしたことの後始末をつけないことなどあろうはずもない。

ジークフリート　私にその気があったとしても——実際、結婚式の日ではない、普通の日でも断っていいような仕事が求められている——、どうしてそんなことができようか？　私はクリームヒルトにどう言ったらいいのだ？　彼女はもうこれまでにたくさんのことを私に許し、私は自分の足の裏が焼かれるような思いをしてきた。私がいま一度、同じ過ちを繰り返そうものなら、彼女はもはや一生許してくれないだろう。

ハーゲン　娘が母親と別れ、揺りかごのあった部屋から、新郎新婦の寝屋に移ろうというのだから、いいか、長い別れになるぞ！　そなたにとっては十分に時間があるわけだ。よし——握手だ！

(ジークフリートは握手を拒む)

ブルーンヒルトはいまや手負いの獣だ。矢が刺さったまま走らせておくことはなかろう。立派な狩人が二本目の矢を放ってやるのだ。負けは負け、亡き者は亡き者だ。ワルキューレやノルネたちの跡目である、誇り高きブルーンヒルトも、いまや瀕死の状態にある。完全に息の根をとめてやれ。そうすれば、明日には陽気な女が笑いかけることになる。陽気になった女は、「私は重苦しい夢を見ていたわ！」とでも言うのが関の山だ。

ジークフリート　よくは分からないのだが、何かが私に警告するのだ。

ハーゲン　そなたは仕事をやってのける前に、クリームヒルトの母親との別れが済んでしまうのではないか、と思っているのだろう！　大丈夫だよ、クリームヒルトは祝福と抱擁の後で、なお必ずや三回は母親に呼び戻されることになるはずだ！

ジークフリート　それでも、私はお断りする！

ハーゲン　何だって？　いまこのときに一人の使者が姿を見せ、そなたの父親が瀕死の状態で寝込んでいると告げたとしよう。そなたはすぐに馬を呼びよせるのではなかろうか。そなたの妻だってそなたを急き立てるのではなかろうか。まあ、父親ならば、高齢にせよ、回復はするかもしれないが、名誉というものは一度傷つけられたら、すぐに治療をしなければ、もう二度と蘇ることはないのだ。そして王の名誉というのは星の光であり、臣下の武人全員を輝かせもすれば、曇らせもする！　決断することに戸惑い、王の光を一筋でも奪うことになる者に災いあれ。もしも私にできることならば、そなたに頼んだりはしないだろう。私はみずからで実行し、それを誇りに思うだろう。だが、魔性のわざで始まったことは、魔性のわざでけりもつけなくてはならない。だからどうか引き受けてくれ！　ひざまずいて頼んだほうがいいのか？

ジークフリート　では、気が進まないのだが、やることにしよう！　こんなことになるとは思ってもみなかった！　こんなことが待ち構えているとはな！　ああ、まったくもって信じられないことだ！　こんな嫌なことはまだ自分の人生で経験したことがないが、そなたの言うことはもっともなので、まあよかろう。

グンター　こちらは母にほのめかし——

ハーゲン　いかん！　いかん！　女は駄目だ！　いま話したことは、われわれ三人のここだけの秘密であり、決して口外しないことにしよう。この盟約に四人目が加わるとすれば、それは死神だけにしてほしい！（全員退場）

第三幕

朝。王宮の中庭。片側に聖堂。

第一場

ルーモルトとダンクヴァルトが武装して登場。

ルーモルト　死んだのは三人だ！

ダンクヴァルト　まあ、昨日は三人で済んだということだ。それはほんの序の口だったというわけだ！　今日はおそらくそうはいかないだろう。

ルーモルト　ニーベルンゲン族の者どもは、経帷子《きょうかたびら》を着せるのに時間がかからない。誰もが剣を携えるように

ダンクヴァルト　経帷子を持ち合わせているからな。

北国には奇妙な習わしがある。山々が険しくなり、快活な樫の木が陰鬱な樅《もみ》の木にとって代わるにつれて、人間までもが陰気になり、ついには野蛮になり、獣だけが棲むようになるのだからな！　まずは歌うことのできない民族が登場し、次に笑わない民族が続き、さらには口をきかない民族となる。こんな具合に続いていくのだ。

第二場

音楽。大行列。ヴルフとトルックスが武人に混じっている。

ルーモルト　(ダンクヴァルトとともに列に加わりながら)ハーゲンはいまごろ満足しているんだろうか?

ダンクヴァルト　そうだと思うよ!　まるで戦のために集められたような人出だ!　だが、ハーゲンの考えは間違っていない。あの女王には、菩提樹で鳴く雲雀《ひばり》が聞かせてくれるのとはまた違った、お目覚めの歌が必要なのだからな!(通過する)

第三場

ジークフリートがクリームヒルトとともに現れる。

クリームヒルト (自分の衣装を指さす) どう? お礼を言ってくれない?

ジークフリート 何のことやら分からないよ。

クリームヒルト ともかくよく見てよ!

ジークフリート そなたがいてくれることに、そなたがそんな風に微笑みかけてくれることに、そなたが黒い目ではなくて青い目であることに礼を言うよ――

クリームヒルト そなたが褒めているのは、創造主のしもべである私のことではなく、創造主そのもののことだわ! 馬鹿な人ね。私が自分で自分を創造したとでも言うのかしら? そなたが褒めているこの目を自分で選んだとでも言うのかしら?

ジークフリート 愛というのは、それほどおかしなことを夢想させるものだと思うよ! そう、今日のようにすべてが五月の光にきらめく朝に、そなたはこのうえなく青い釣鐘草の花のような両の目にたまった、二滴の澄みきった露をぬぐい、それからまた顔には二つの青空を抱いているね。

クリームヒルト　ねえ、私は子どものときに転んだことがあるんだけど、その転び方が上手だったことに感謝してね。ここのこめかみのところに傷跡をつけたとき、この目もとても危なかったのよ。

ジークフリート　傷跡に口づけようか！

クリームヒルト　熱心なお医者さん、お薬の無駄使いはやめてちょうだい。傷はとうの昔に治っているわ！　そんなことはいいから、先ほどのお礼の話を続けましょう！

ジークフリート　それなら、そなたの口に礼をしよう——

クリームヒルト　言葉で？

ジークフリート　（彼女を抱きしめようとする）これでいいのかな？

クリームヒルト　（身を退ける）催促したとでも思ったの？

ジークフリート　ならば、言葉に対しては、言葉で礼を言うよ！　いや、言葉以上に甘美なものに対してだ。唇へのキスと同じくらいに耳にとって心地良かった、あのかわいい秘密を打ち明けてくれたささやきに対して、いやその秘密そのものに対して、私たちが投げ比べをしたときに窓から覗いてくれたことに対して、礼を言うよ。ああ、あのとき私がそれと気づいていたら良かったのにね！　あとは、散々笑い者にしてくれたことに対してもだ——

クリームヒルト　私が面目を保つためにあんなことを言ったと考えているのね？　何て意地が悪いこと！　あれは暗いところで言ったことよ！　そなたはいま昼間にそれを蒸し返して、私が赤くなるかどうかを見てみたいんでしょう？　私の血はあまりにもお馬鹿さんで、急に上ったり下ったりしすぎるのよ。それで母は、私が一本の茎に赤い花と白い花をつけた薔薇のようだとよく言うのよ。こんな体質でなければ、そなたは何も知ることはなかったでしょう。でも、私の弟が昨日の朝、私をからかったとき、私は自分の頬が燃え立つのを感じたわ。それで私は、自分の良くないふるまいをそなたに白状しなければならなかったのよ！

ジークフリート　ギーゼルヘルは今日にでも素敵な鹿と出会えたらいいね！

クリームヒルト　それで鹿を打ち損じたらいいんだわ！　でも、そなたの言うとおりね！　私もそれを願っている。――そなたはたぶん、私の伯父のトロニエのような人なんだわ。あの人は、自分のために編まれ、こっそりとベッドの前におかれた新しい上着については、それがきつすぎるとか、文句のあるときにだけ言及するのよ。

ジークフリート　なぜ私が似ているの？

クリームヒルト　そなたは、神と自然が私に施してくれたものしか見ておらず、私自身の手柄には気づかないのよ。服のことからしてそうだし、この帯のことなんか、そなたの目には決して留まらないのよ。

ジークフリート　なるほど、色鮮やかな帯だね！　けれども、そなたの体にはむしろ虹でも巻いてみたいところだ。そなたにとっても虹にとってもお似合いだと思うね。

クリームヒルト　ならば、また夜のうちにでも虹を持ってきてよ。そうしたら、帯をつけ替えるわ。でも、この帯のように床に投げ出しておかないでね。私はそなたの贈り物をついうっかりと見落とすところだったんだから。

ジークフリート　何の話だい？

クリームヒルト　もしこの帯に宝石がついていなければ、いまでも机のしたに落ちていたかもしれない。宝石が火のように輝くものだから、暗くてもむろん人目につかないわけではないけれど。

ジークフリート　この帯が、私からの贈り物だって？

クリームヒルト　分かりきったことでしょう！

ジークフリート　クリームヒルト、夢でも見ているのかい！

クリームヒルト　この帯はあの部屋で見つけたもの。

ジークフリート　お母さんが失くしたものだろう！

クリームヒルト　私の母が！　ああ、違うわ、母の装身具ならよく知っているもの！　この帯はニーベルンゲンの宝物のなかから持ってきてくれたものだと思い、そなたを喜ばせようとして慌てて身につけてきたのよ！

ジークフリート　そのことには礼を言うけれど、この帯には見覚えがないんだ！

クリームヒルト　（帯をふたたび解く）それなら、帯で隠れていた金のモールをまた見えるようにするわ！　私はもう完全に支度が済んでいたから、母とそなたに敬意を払うつもりで帯をモールのうえに巻きつけ

ジークフリート　てきたのよ。この金のモールは母からもらったものだから。
不思議なことがあるものだ！――その帯は床のうえで見つけたの？
クリームヒルト　そうよ！
ジークフリート　くちゃくちゃだった？
クリームヒルト　ほら、やっぱり知っているじゃない！　私をもう一度からかって、またもやうまくいったという
ところね。こちらは二度手間なのよ！（彼女はふたたび帯を身にまとおうとする）
ジークフリート　ああ、頼むからやめてくれ！
クリームヒルト　それ本気で言っているの？
ジークフリート　（独り言）あの女は、私の手を縛ろうとしたな。
クリームヒルト　吹きだすんでしょう？
ジークフリート　（独り言）そこで私は怒り、力を込めた。
クリームヒルト　まだ吹きださないの？
ジークフリート　（独り言）あの女から、何かをもぎ取った！
クリームヒルト　そろそろ本気にするわよ。
ジークフリート　（独り言）あの女がまたもや手を伸ばしてきたので、それを懐中にしまいこんだ。――その帯を
こちらへ、こちらへ渡してくれ。いかに深い井戸であろうとも、その帯を隠すのには十分ではな

いのだ。それに石をつけて、ライン河へ沈めてしまおう！

クリームヒルト ジークフリート！

ジークフリート その後にあの帯を落としてしまった！――それをくれ！

クリームヒルト いったいどうやってこの帯を手に入れたの？

ジークフリート ぞっとするほど忌まわしい秘密なのだよ。関わらないほうがいい。

クリームヒルト そなたはもっと大きな秘密だって打ち明けてくれたでしょう。そなたの致命傷となる急所だって私は知っているのよ。

ジークフリート その秘密なら自分ひとりで守るよ。

クリームヒルト もう一つの秘密は、おそらく他の女と守っているのね！

ジークフリート （独り言）何てこった！　私は慌てすぎたのだ！

クリームヒルト （顔を覆う）そなたは誓いを立てたことがあったわ！　どうしてあんな誓いを立てたのよ？　私が求めたわけでもないのに。

ジークフリート 命に賭けて誓うよ、他の女のことなんか知らないんだ！

クリームヒルト （帯を高く掲げる）

ジークフリート 私はその帯で縛られたのだ。

クリームヒルト 縛られたなんて言い訳は、獅子がしてくれたほうがまだ信じられるというもの！

ジークフリート　でも、本当なのだよ！
クリームヒルト　悲しいことね！　そなたほどの男なら、どんなにひどい過ちを犯しても、過ちを隠そうと嘘をつくよりはましなはずなのに。
（グンターとブルーンヒルトが登場する）
ジークフリート　あちらへ行こう！　あちらへ行こう！　誰かが来る！
クリームヒルト　誰が来るのよ？　ブルーンヒルト？　あの人はこの帯のことを知っているのかしら？
ジークフリート　帯を隠してくれ！
クリームヒルト　いえいえ、見せるわ！
ジークフリート　隠してくれ。隠してくれれば、何もかも打ち明けるからさ。
クリームヒルト　（帯を隠しながら）じゃあ、ブルーンヒルトはこの帯のことを本当に知っているのね？
ジークフリート　いいかい、よく聞いてくれ！（二人は行列の後に続く）

第四場

ブルーンヒルト　いま通ったのは、クリームヒルトだったね？

グンター　そうだ！

ブルーンヒルト　クリームヒルトはあとどのくらいこのライン河畔にとどまるのか？

グンター　もうすぐ移るだろう。ジークフリートは帰郷しなくてはならないからね。

ブルーンヒルト　あの者には暇《いとま》をやるから、別れの挨拶にも来なくていい。

グンター　彼のことがそんなに嫌いかい？

ブルーンヒルト　そなたの立派な妹が辱められる姿を、私は見ていられない。

グンター　妹は、そなたと同じことをしているのだ。

ブルーンヒルト　いや、違う。そなたはまさに男というもの！　この男という言葉は、かつての私には敵対するもののように聞こえていたけれど、いまでは私の心を誇りと喜びで満たしている！　そう、グンター、私はみごとに変わってしまった！　おそらく気づいているだろう？　そなたに尋ねたいこともあるのだが、やめておこう！

グンター　そなたは私の立派な妻なのだから、遠慮することはない！

ブルーンヒルト　妻と呼ばれるのが嬉しい。かつての私は馬を乗り回し、槍を投げていた。当時のことは、まるでそなたがフライ返しを使って肉を焼くのを見るかのように、いまでは奇妙なことに思える！　私はもう武器を見たくないし、自分の盾だっていまの私には重すぎる。盾を片づけようとして、侍女を助けに呼ばなくてはならなかったのだ！　そう、いまの私には、そなたの戦のお供をすることより、蜘蛛が糸をめぐらし、小鳥が巣作りをするのに耳を澄ましていることのほうが好ましい！

グンター　今回はお供をしなくてはならないよ！

ブルーンヒルト　その理由は分かっている。私を許してくれ！　かつて私はそなたのことを無力だとみなしていたけれど、それは無力ではなく、そなたの寛大さだった。私が船上で敵意をあらわにして抵抗したとき、そなたは私に恥をかかせまいとしてくれた！　私の心には寛大さなどというものは宿っていなかった。だからだろう。自然の戯れのせいで私のもとに迷い込んできた腕力が、そなたのもとに戻っていったのだ！

グンター　そなたはそれほど穏やかになったのだから、ジークフリートと和解するのだ！

ブルーンヒルト　あの男の名前を出さないでくれ！

グンター　だけど、そなたには彼を恨む理由がないんだ。

ブルーンヒルト　たしかにない！　王であるはずの者が、案内人の仕事を務めたり、使者の役を代わったりするほど辱められることは、人間が馬の代わりに背中に鞍をつけられたり、犬の代わりに吠えたり狩りをしたりするのと同じくらい奇妙なことではあるけれど、もしそれが王のお気に召すならば、私が口を出すまでもない！

グンター　そなたが考えているようなことではなかったのだよ。

ブルーンヒルト　さらにあの男は、どこもかしこも他の者より秀でているのだから、なおのことおかしいのだ。あの男は、ただ一つの王冠をつくりだし、いまだ見たことのない、完全なる輝きに満ちた威厳を見せつけるために、世界のあらゆる王者から王冠を集め回っていると思わせるほどの風情なのだ。それというのも、この世に二つ以上の王冠が輝いている限り、それは日輪の王冠ではないというのが本当のところで、そなたが額にかぶっている王冠だって日輪ではなく、青白い半月にすぎないことになる！

グンター　ほら、そなただって彼について違う見方をしていたのだろう？

ブルーンヒルト　私はそなたより先にあの男に挨拶してしまった！　そのことに報復してくれ！　挑むのだ――あの男を殺してくれ！

グンター　ブルーンヒルト！　彼は、私の妹の夫なのだ。つまり彼の血筋はもう私の血筋でもあるんだよ。

ブルーンヒルト　それなら、あの男と格闘し、徹底的に打ちのめしてくれ。あの男がそなたに足蹴にされるとき、そなたがどれほど素晴らしく見えることか。それを私に見せてくれ。

グンター ここの習わしだと、そんなことはしないのだ。

ブルーンヒルト 言い出したことは後に引けない。一度は見せてもらわなくてはならない。そなたこそ世界の中心、本質を担っており、彼は見せかけで外面を担っているにすぎない！　愚か者どもの目をあの男に釘づけにしているまやかしの力を吹き飛ばしてやるのだ！　いまあの男のそばで己惚《うぬぼ》れたような顔で見あげているクリームヒルトが俯《うつむ》くことになっても、それはさほど問題でもないだろう。もしそなたがそうしてくれるなら、私はいまとはまったく別人になってそなたを愛してやろう。

グンター 彼だって強いんだ！

ブルーンヒルト あの男が竜を退治しようが、アルベリヒを打ち負かそうが、何をもってしてもそなたの強さには及ばない。そなたと私の戦いを通じて、男女間の優越をめぐる最後の戦いに永遠なる決着がついた。そなたが勝者であるから、いまの私は、かつて自分が熱望していた栄誉のすべてをもってそなたを飾り立てること以外には何も望まない。そなたはこの世界で最強の男。だからこそ、あの男を鞭打って金色の雲間から追いだし、丸裸にすることで私を喜ばせてほしいのだ。そうなれば、あの男が百年生きようが、それ以上生きようが好きにすればいい。（両者退場）

第五場

フリッガとウーテがやってくる。

ウーテ　あら、今日のブルーンヒルトは昨日より機嫌がいいように見えるね。
フリッガ　女王様、実際そうなのですよ。
ウーテ　思ったとおりだわ。
フリッガ　いいえ、私は思ってもみませんでした。姫の気持ちが変わってしまったのです。この分だと、姫の特徴が変わり、長いこと私の金色の櫛のしたでごわついていた黒髪が金髪の巻き毛に変わったとしても、驚くことはないでしょう。
ウーテ　それはそなたにとって残念なことではないわよね？
フリッガ　驚いているだけです。もしそなたが私のようにあの女傑を育て、私が知っていることをすべて知っているとすれば、やはり私のように驚いたでしょう。
ウーテ　（ふたたび城に戻りながら）この国でやるべきことをやっておくれ！
フリッガ　（自分に向かって）私はこれまでに、あなたがたが夢にも思わないほどたくさんのことをしてきた

のだ！　どうしてこんなことになったのかは分からないが、姫が幸せなら、私は何も言わないし、
姫が忘れてしまった時代のことを思い出させることもないだろうよ！

第六場

クリームヒルトとブルーンヒルトが手を携えてやってくる。多くの武人や民衆が集まっている。

クリームヒルト　ほら、自分で戦うより、戦いを見物するほうがいいでしょう?
ブルーンヒルト　そんな比較ができるほど、そなたは自身で両方を試したことがあるのか?
クリームヒルト　試してみたいとさえ思わないわ。
ブルーンヒルト　それなら、裁き手のように思い切ったことは言わないほうがいいだろう!——いえ、私は悪意があってそう言っているわけではないので、そなたの手は引き離さなくていい。あるいは、そなたの言っていることは当たっているかもしれない。ただ、戦いを見物する喜びは私にしか味わうことのできないものかと思う。
クリームヒルト　どういう意味?
ブルーンヒルト　夫が負けるところを見せられる妻は、喜びの声をあげることはできないからね!
クリームヒルト　そうでしょうね!
ブルーンヒルト　主君の好意のおかげで夫がしっかりと鞍に乗り続けていることができるならば、その事実を見誤ってもいけない。

クリームヒルト それもそうでしょう！

ブルーンヒルト ほら、うまく言い当てた！

クリームヒルト 私がそんな立場にいるわけではないでしょう？　どうして微笑んでいるの？

ブルーンヒルト そなたが安心しすぎているからだ。

クリームヒルト 私は安心していいのよ！

ブルーンヒルト その安心を誰も試してみようとはしないだろう。夢というのは甘いもの。眠り続けるのだ、眠り続けるのだ。起こしはしないよ！

クリームヒルト 何を言っているのかしら！　私の気高い夫は、あまりに温和な人なので、王国の管理者たちに痛い思いはさせないというだけのこと。もしそうでなかったら、彼はとっくの昔に剣を王笏につくり変えて、支配を全世界に広げていたわ。すべての国が彼の支配下にあり、もしそれを否定する国が一つでもあれば、その国はただちに花園に変えられて、私がもらい受けるところでしょう。

ブルーンヒルト クリームヒルト、それなら私の夫は何だというんだい？

クリームヒルト そなたの夫は私の兄であり、そう印づけられた者。兄にどのくらいの重さがあろうとも、その目方を量ることはできないわ。

ブルーンヒルト できるわけがない。だって、彼自身が世界の重さなのだ。金が物の価値を定めるように、あの人が武人や勇者の価値を定める！　いいか、このことにはとやかく言わないでくれ。その代わり、そなたが針の使い方を教えてくれるときには、私は辛抱強くそなたの言うことを聞こう。

クリームヒルト　ブルーンヒルト！

ブルーンヒルト　別に馬鹿にしているわけではない。私は針の使い方を知りたいと思っている。私にとって針の扱いは、槍投げほど自然にできることではない。槍投げであれば、歩くこと、立つことと同様に、自分に教えてくれる師匠を必要としなかった。

クリームヒルト　そなたがお望みなら、私たちはすぐにでも始めることができるわ。何しろそなたは傷をつくることが大好きな人だから、刺繡《ししゅう》から始めるわ。ここに見本があるのよ。（彼女は帯を取り出そうとして）違う、間違えた！

ブルーンヒルト　私の妹になると言っておきながら、これまでとは違う顔を見せるのだね。それに私が愛情を込めて握っている手を、私が放す前に引きはがすのはとても失礼なこと。少なくともわれらのところの風習では、私のほうから手を放すべきものだ。そなたが夢見ていた王笏が、そなたの兄の手に渡ってしまった心の痛手からまだ立ち直ることができないか？　そなたは自分が妹の立場にあることをせめてもの慰めにすべきだろう。兄の名誉の半分はそなたのものであるのだから。加えて思うに、そなたのものになりえなかった名誉は他の誰よりも私に与えられるべきではないだろうか。というのも、私ほどその代償を支払った者はいないからだ！

クリームヒルト　不自然なことにはすべて報復があるのだと分かるわね。そなたほど求愛を拒んできた人はいない。いまやその罰として、愛がそなたの盲目を倍加するのよ。

ブルーンヒルト　それはそなたのことであって、私のことではない！　言い争う余地もない。全世界に知れ渡ったことだ！　最強の者だけが私を打ち負かすということは、私が生まれてくるより前に定まっていたことなのだ――

クリームヒルト　そう信じたいわね。

ブルーンヒルト　じゃあ、何だ？

クリームヒルト　（笑う）

ブルーンヒルト　そなたは気でも狂ったのではないか！　不安が昂じて、グンターや私が諸侯に厳しく当たりすぎるとでも思っているのか？　心配は無用だ！　私は花園をつくらないし、そなたが片意地を張ることがなければ、そなたの先に立つ権利もただ一度しか求めない。ただ今日、ただここで大聖堂に先に入る権利だけだ。以後はない！

クリームヒルト　本当はそなたが先に入る権利を拒否するつもりはなかった。とはいえ、私の夫の名誉にかかわることだから、私は一歩も譲らないわ。

ブルーンヒルト　ジークフリート自身が、きっとそなたに道を譲らせるだろう。

クリームヒルト　ジークフリートを侮辱しようというの？

ブルーンヒルト　私の城に来たときのこと。家来が主君に対してそうするように、彼はそなたの兄上の後ろにさがっていた。そして私の挨拶には応じなかった。私が彼のことを従者とみなすのは、当然のこと。彼だって自分でそう名乗っていたからね。しかし、いまは状況が異なるように見える。

クリームヒルト　どう異なるの？

ブルーンヒルト　狼が熊の前からこっそり逃げるのを見たことがある。その熊だって、オーロクス022を前にすれば逃げる。ジークフリートは、たとえ誓約をしていなかったとしても、所詮は家来なのだ。

クリームヒルト　もうやめなさい！

ブルーンヒルト　私を威嚇《いかく》するつもりか？　いいかい、逆上してはいけないよ！　私は取り乱してはいないのだ！　そなたも取り乱してはいけない！　もっとも、これには何か理由があったのだろうね。

クリームヒルト　理由があったのよ！　でも、もしそなたがそれに気づけば、震えあがることでしょう。

ブルーンヒルト　震えあがるだと！

クリームヒルト　そう、震えあがるのよ！　でも、心配しないで！　私はいまでもそなたのことがあまりに愛おしいのよ。私はその理由を言うことができるほど、そなたのことを嫌いにはなれない。もしも私の身にそんなことが起こったとしたら、私は自分の手でいまこのときにでも墓穴を掘るもの！　いいや、そうじゃない！　私はね、地球全体の生きとし生けるもののなかで何物よりも哀れな被造物をつくり出したくはないのよ！　そなたは誇らしく、生意気にしていてちょうだい！　私は同情心から黙っているわ！

ブルーンヒルト　また大きく出たわね、クリームヒルト。見さげはてたやつだ！

クリームヒルト　私の夫の妾が、私を見さげはてるですって！

ブルーンヒルト　この女を鎖につなぎなさい！　縛りつけるのだ！　狂っている！

クリームヒルト　（帯を取り出す）この帯に見覚えがあるわね？

ブルーンヒルト　もちろん！　それは私の帯だ。しかし、それが他人の手にあるところを見ると、夜に盗まれたに違いない！

クリームヒルト　盗まれた！　でも、泥棒がこれを私にくれたわけではないわ！

ブルーンヒルト　でなければ、誰だ？

クリームヒルト　そなたを打ち負かした男よ！　だけど、私の兄ではないわ！

ブルーンヒルト　クリームヒルト！

クリームヒルト　男勝りのそなただから、もしも私の兄だったら、絞め殺されていたでしょうよ。そうなればそなたは罰として、死者に惚れ込むことになっていたかもね。つまりね、これをくれたのは私の夫よ！

ブルーンヒルト　違う、違う！

クリームヒルト　そうなんだって！　さあ、もっと私の夫を貶《けな》してみなさいよ！　それじゃあ、そなたより先に私が大聖堂に入ることを許してくれるわね？（侍女たちに向かって）私についてくるのよ！　私の

権利を見せてやらなければ！（大聖堂に入る）

第七場

ブルーンヒルト　ブルグントの武人たちはどこだ？――ああ、フリッガ！　いまの話を聞いていたか？

フリッガ　聞いていましたとも。あの話は事実だと思います。

ブルーンヒルト　何と恐ろしいことを言うのだ！　あれが事実だと言うのか？

フリッガ　たしかにクリークヒルトは少し言いすぎではありましたが、そなたが欺かれているのは確かなことだと思います！

ブルーンヒルト　あの女が嘘をついているのではないのか？

フリッガ　あれはバルムンクの剣を持った男でした。炎の湖が消えたとき、あの男がそこに立っていたのです。

ブルーンヒルト　あの男は私が気に入らなかったのだな。私が城壁のうえにいたとき、あの男は私を見ていたはずだからな。そのときにはきっとすでにクリームヒルトに恋い焦がれていたのだ。

フリッガ　そなたから何が奪い取られたのかを心得てほしいのです。私だってそなたを欺いていました！

ブルーンヒルト　（フリッガには耳を貸さない）だから、あれだけ落ち着き払って、私を眺めていたのだ。

フリッガ　こんな僅かばかりの土地だけではないのです。そなたの所有地として定められていたのは、全世界でした。星々もそなたに語りかけ、死神さえもそなたを支配できないはずでした。

ブルーンヒルト　そんなことを言うでない！

フリッガ　どうしてですか？　たしかにもはや取り戻すことはできませんが、復讐することはできるのですよ。

ブルーンヒルト　復讐するとも！　見変えるとはな！　クリームヒルトめ、そなたがあの男の腕のなかで一夜でも私を嘲笑したとすれば、そなたは何年もの間、そのことで涙を流すことになるのだ。復讐してやるぞ――ああ、私は何を言っているのだ！　私だってあの女と同様に弱くなった身ではないか。

（フリッガの胸に倒れる）

第八場

グンター、ハーゲン、ダンクヴァルト、ルーモルト、ゲレノート、ギーゼルヘル、ジークフリートがやってくる。

ハーゲン どうしたというのだ？

ブルーンヒルト （高く身を起こす）王よ、私は妾だろうか？

グンター 妾とは？

ブルーンヒルト そなたの妹が私をそう呼ぶのだ！

ハーゲン （フリッガに向かって）何があったのだ？

フリッガ あなたがたの化けの皮がはがれたのです！　私たちはもう誰が勝者だったのかを知っております。クリームヒルトはそれどころか、あの男が二度までも勝者だったと言っております。

ハーゲン （グンターに向かって）ジークフリートがしゃべりおったか！

（ハーゲンはグンターとひそひそ話をする）

第九場

クリームヒルト　（その間に、すでに大聖堂から出ている）夫よ、お許しください！　私は良くないことをしましたが、ブルーンヒルトがそなたを侮辱したときのことをお知りになれば――

グンター　（ジークフリートに向かって）自慢話をしたのだな？

ジークフリート　（クリームヒルトの頭に手を置く）彼女の命に賭けて、私はそんなことはしていない。

ハーゲン　誓いなどなくても、ジークフリートの言うことを信じよう！　この者は事実を言っているだけなのだ。

ジークフリート　私が話したのは、やむをえない事情があってのこと！

ハーゲン　疑ってはおらん！　理由については、機会を改めよう。いまはともかく、二人の女を引き離そう。二人が尚早に相見えれば、またもや鎌首をもたげることになりかねん。

ジークフリート　私はもうすぐここを去る。クリームヒルトよ、行くぞ！

クリームヒルト　（ブルーンヒルトに向かって）どれほど私をいら立たせたかを考えてみてよ。そうすれば、そなただって――

ブルーンヒルト （そっぽを向く）

クリームヒルト そなたは私の兄を愛しているのよね。そなたを兄のものとしたその手段をとやかく言ってどうするのよ？

ブルーンヒルト まあ！

ハーゲン あっちへ行け！　あっちへ行け！

ジークフリート （クリームヒルトを連れ去りながら）しゃべってしまったとかいう問題ではなかったのだ。いずれ分かるだろう！（退場）

第十場

ハーゲン　さあ、私の周りに集まれ。ただちに刑罰の裁きを下すのだ！

グンター　何を言っているのだ？

ハーゲン　裁く理由がないということか？　そこに女王がいて、さめざめと涙を流している。その涙は女王が辱めを受けたことによるものだ！（ブルーンヒルトに向かって）高貴なる勇士よ、そなたこそ、私も喜んでひれ伏す、ただ一人のおかただ。そなたをあのような目にあわせた男は、死なねばならない！

グンター　ハーゲン！

ハーゲン　（ブルーンヒルトに向かって）あの男は死なねばならない。もしもそなた自身がこの復讐心を思いとどまらせるのでない限りは。

ブルーンヒルト　そなたたちがその言葉を実行してくれるまでは、食事さえ喉を通らない。

ハーゲン　王よ、そなたを差しおいて私が話したことを許してくれ。私はただ、どんな事態なのかを示したかっただけなのだが、ともかくそなたが自由に決めてくれればいい。ジークフリートか、ブルーンヒルトかという選択はそなたの手に任されたのだから。

ギーゼルヘル 本気でそんなことを言っているのですか？　些細《ささい》な過失のことでそなたたちはこの世でもっとも誠実な男を殺すつもりなのですか？　わが王にしてわが兄なる者よ、却下のお返事を！

ハーゲン そなたたちは宮廷に庶子をはびこらせるつもりなのか？　利かん気の強いブルグントの人々がそんな輩を王位に就かせるものかと思うがな。だが、そなたが主君だ！

ゲレノート 庶子が文句を言うようなことがあれば、たとえわれらの手には負えなくとも、勇猛なジークフリートが言うことを聞かせてくれるでしょう。

ハーゲン （グンターに向かって）黙っているのだな！　いいとも！　後のことは私に任せてくれ！

ギーゼルヘル 私はそなたたちの血なまぐさい話し合いにはかかわらないことにします！（退場）

第十一場

ブルーンヒルト　フリッガ、私の命が潰えるか、それともあの男の命が潰えるか、どちらかだ！

フリッガ　姫よ、潰えるのはあの男の命ですよ。

ブルーンヒルト　私は辱められただけではなく、人への贈り物にされ、それどころか売られたかもしれないのだ！

フリッガ　そう、売られたのですよ！

ブルーンヒルト　あの男自身の妻にするほど上等ではなく、あの男に妻を工面する対価になったのだ！

フリッガ　そう、対価ですよ！

ブルーンヒルト　殺されるより酷いことだ。ならば復讐してくれよう！　復讐だ！　復讐だ！（全員退場）

第四幕

第一場

ヴォルムス。

広間。
グンターとその臣下。ハーゲンは投げ槍を携えている。

ハーゲン 菩提樹の葉には、盲目の者でも命中させなければならない。私ならば、五十歩離れたところから榛《はしばみ》の実をこの槍で割ってみせることができるぞ。

ギーゼルヘル どうしていま、そのような技を引き合いに出すのですか？　そなたの腕前が錆《さ》びついていないことはとうに知っています。

ハーゲン　ジークフリートが来るぞ！　さあ、見せてくれよ。さも父親が亡くなったときのように、そなたたちが暗いまなざしで顔を引きつらせることができるところをな。

第二場

ジークフリート　（登場する）武人たちよ、猟犬が吠え、いちばん若い狩人が角笛を試しに吹いているのが聞こえないのか？　立て！　馬に向かえ！　出発だ！

ハーゲン　良い天気になりそうだな！

ジークフリート　何でも熊が馬小屋に入ってきたり、朝に開かれる戸口から子どもが飛び出してくるのではないかと鷲が戸の前で待ち構えていたりしたという話ではなかったか？

ハーゲン　そうだ、前々からあることだ。

ジークフリート　結婚のことがあったものだから、ここでの狩りは振るわなかったな！　来るのだ。私とともに思いあがった敵を撃退し、その数を大きく減らしてやろう。

ハーゲン　まあ、待て。われらは剣を研ぎ、槍に鋲を打たなければならない。

ジークフリート　なぜそんなことを？

ハーゲン　そなたもここ最近では苦労が多すぎたのだ。さもなくば、その理由にはとうに気づいているだろう。

ジークフリート　知ってのとおり、私は暇を告げるための準備をしていた！　だが、教えてくれ。何事だ？

ハーゲン　デンマーク人とザクセン人がまたもや押し寄せてくるのだ。

ジークフリート　われらに誓いを立てた、あの二人の王は死んでしまったのか？

ハーゲン　いや、ところがだ。あの二人が先頭に立っているのだ。

ジークフリート　私が捕らえ、身代金も取らずに解放してやったリューデガストとリューデガーのことだぞ？

グンター　あいつらは誓いを破り、昨日ふたたび宣戦を布告してきた。

ジークフリート　ならば、それを伝えにきた使者を、そなたたちはいくつに切り裂いてやったのだ？　死体の破片を、禿鷹どもはもれなく餌にしたのだろうな？

ハーゲン　そこまで言うのか？

ジークフリート　蛇に仕える者は、蛇同様に踏みつぶされることになるだろう。まったくいまいましいやつらめ、私は初めての怒りを感じているぞ！　これまで憎しみを感じたことは多々あったと思うが、それは私の思い迷いにより、愛情が減じたということにすぎない。不実、裏切り、偽善、そして蜘蛛が曲がった足で忍び寄るかのように不実をおびき寄せる、あらゆる卑劣な悪習こそは、まさしく私が憎みうるものだ。あの二人のように勇ましい男たちが、このように自身の名誉を汚すことができたとは思いもよらなかった。従兄たちよ、そんなにすげなく突っ立ったまま、まるで私が錆びついてしまい、大と小を取り違えているかのような目で見ないでくれ！　われらは皆、今日に至るまでいかなる不名誉にも見舞われたことはない。敵方の借りを一つ残らず帳消しにしてやるとしても、この二人にだけは借りを返してもらわなくてはならない。

ギーゼルヘル そなたに対する二人の称賛の言葉がまだ耳に残っているというのに、何ともけしからんことです。使者はいつやってきたのですか？

ハーゲン そなたも見なかったのだな？ いや、なに、やつは言い終ると、そそくさと立ち去ったのだよ。使いの駄賃のことで探りを入れてくることもなかった。

ジークフリート ああ何てこった、そんな無礼を働いた使者が、懲らしめられなかったなんて！ 鴉《からす》ならば、そいつの目玉をつつき出しておいて、主人の前でそれを蔑むようにまた吐きだしたことだろうよ。それこそがわれらにふさわしい唯一の回答だ。今回の相手は、法やしきたりに基づいた決闘や戦いには値しない。害獣への狩りとして応じるのが、この相手にはふさわしい。ハーゲンよ、何を笑っている！ われらは高貴な剣ではなく、首切り斧《おの》を携えればよかろう。斧だって鉄でできており、剣に類するものだからな。もし犬を捕まえるのに縄では手に負えないということになれば、そのときになってから剣を使えばよかろう。

ハーゲン そうだな！

ジークフリート そなたはどうやら私を馬鹿にしているようだな。私には解せない。そなたはいつもならあんなにかっとなりやすいのにな！ なるほど、そなたが私より年長者であることは知っているが、私はいま、若気の至りで話しているわけではないし、かつては寛大な処置を勧めた自分への腹立ちからそう話すのでもない。憚りながら私はここで、全世界のためにそう言っているのだ。鐘が祈りを告げるように、私の舌が、人間同士のあり方として復讐を、裁きを告げている。

グンター　そのとおりだ。

ジークフリート　（ハーゲンに向かって）そなたは不実というものを、裏切りというものを心得ているか？　それをしかと見据えてから、笑うなら笑え。そなたがきちんとした一騎打ちで相手と向き合い、相手を打ち負かすとする。そのまま相手を殺してしまうのは、潔癖すぎるということはないにせよ、あまりに傲慢なふるまいとなる。そなたは相手をいま一度手放し、相手から奪った武器さえ返してやる。相手はそれをつき返さず、悔しがることもなく、礼を言う。それどころか、相手はそなたを褒めたたえ、無数の誓いを立ててそなたの臣下になることを確約する。だが、その甘い言葉のすべてを耳に残していたそなたが、いまや疲れて寝床に横になり、服を脱いで子どものように無防備でいるところに、その相手が忍び寄り、そなたを殺し、ひょっとすると死にかけたそなたに唾を吐きかけるかもしれない。

グンター　（ハーゲンに向かって）何か言うことはあるかな？

ハーゲン　（グンターに向かって）この気高い怒りを聞くに及び、われらの友人ジークフリートに対し、われらがまたもやお供をしてもいいかと尋ねる勇気が湧いてきた。

ジークフリート いや、わがニーベルンゲンの一族だけを率いていくことにする。いま一度こんなことをする羽目になったのは、私の責任であるからな！　母に私の新妻を見せ、母から初めての完璧なお褒めの言葉をいただきたかったところではあるが、いまこうした偽善者が竈《かまど》を有してパンを焼き、井戸を備えて水を飲んでいるとすれば、それは許されないこと！　ただちに帰国の旅は取り消す。そなたたちにはこう誓っておく。私はやつらを生け捕りにして、私の城の前で鎖につなぎ、私の出入りのときには、犬のように吠えさせる。やつらは犬並みの魂しか備えていないのだからな！（急いで退場）

第三場

ハーゲン　ジークフリートは怒り狂って、クリームヒルトのもとに馳せるだろう。それで二人の話が終わったら、私が後から出向くのだ。

グンター　私はこの話から手を引きたい。

ハーゲン　王よ、何を言っているのだ？

グンター　すべてが丸く収まった、とわれらに知らせを届ける、新たな使者を登場させればよかろう。

ハーゲン　それをするのは、私がクリームヒルトのところに行って、秘密を聞き出した後の話になるだろう。

グンター　そなたが動揺もしないのは、鋼の心を持っているからなのか？

ハーゲン　主君よ、はっきりと言ってくれ。何を言いたいのかが私には分からない。

グンター　ジークフリートを殺してはいけない。

ハーゲン　王がそう命じるならば、彼が死ぬことはない！　私がすでに森にいて、ジークフリートの背後に立ち、槍を引き抜いたとしよう。そなたの合図により、槍はあの裏切り者ではなく、動物に突き刺さることになる！

グンター　ジークフリートは裏切り者ではない！　彼が帯を持ち帰ってしまい、それをクリームヒルトが見つけたことは、彼の責任だというのか？　戦のあとに振り払うことを忘れたがために体についたままになってしまい、かちゃっと音がしてようやく気づいた矢のように、彼は帯のことなど忘れていたのだ。そなたにも皆の者にもこう尋ねよう。彼に責任があるのか、と。

ハーゲン　いやいや、私が言っているのはそのことではないのだ。ジークフリートに言い逃れをするだけの機転が利かなかったにせよ、それとても責任を問うことはできない。何しろやつは言い逃れをしようとして赤面していたからな。

グンター　では、何だというのか！　どんな罪があるのだ？

ハーゲン　女王の誓いなのだ！

ギーゼルヘル　もし女王が血をお望みなら、自分の手で彼を討ってもらいましょう。

ハーゲン　われらのいさかいは、子どもの喧嘩のようだな。今後使用するかどうかは分からないにせよ、ともかく武器を集めていけないということはなかろう。ある国を詳しく探ろうとするならば、あらゆる峠道に探りを入れるものだよ。一人の勇士に対して、そうしてはいけないことはなかろう。ともかく私は、クリームヒルトのところで探りを入れてみる。われらが考えてきた素晴らしい策略をみすみす無駄にしないというだけのことになってもよかろう！　もしジークフリートが彼女に何も打ち明けていなかったならば、彼女だって私に何も明かすことはできないのだ。それに、私が聞き知ることを利用するかどうかは、まったくそなたたち次第である。先ほどからの戦に見せかけた私の芝居も、そなたたちのお気に召すなら、真に受けてもらい、その戦のなかでそなたたちがジークフリートの致命傷となる箇所を守ってやることもできるわけだな。だがいずれにせよ、その箇所がどこなのかを知ることが先決だろう。（退場）

第四場

ギーゼルヘル （グンターに向かって）兄上はおのずから気高い心と忠義の道にお戻りになりました。もしお戻りにならなければ、ハーゲンが言う芝居は国王にふさわしいものではない、と私が申しあげます。

フォルカー そなたが怒るのも無理はない。そなた自身、騙されていたわけだ。

ギーゼルヘル そんなことで怒っているのではない。だが、言い争うつもりはない。すべてがまた丸く収まるのだから。

フォルカー では、どうするのだ？

ギーゼルヘル どうする、とは？

フォルカー 女王は喪服を着て歩き、飲食をはねつけ、水さえ飲まない、と私は聞いた。

グンター 残念ながら、そのとおりだ！

フォルカー ならば、いったいどうして丸く収まるというのだ？　ハーゲンが言ったことは間違いではない。あの女王の場合、他の女性のように、時の流れのなかで痛みが消え去るようなことはなかろう。ゆえに残された問いは、ジークフリートか、女王かだ！　なるほど、国王のお考えはもっともであり、帯が蛇のように巻きついていたことにジークフリートの責任はない。そう、それはただの不運だ。しかしながら、この不運は死をもたらすものであり、いまできることは、誰が死ぬべきかを決めることくらいだろう。

ギーゼルヘル　それでは、この世に生きる意欲のない者が死んだらいいのだ！

グンター　二人のうちどちらかを選ぶというのは酷な話だ。

フォルカー　国王が茨の道に踏み込まないよう、私はあらかじめ警告したのだ。しかし、いまとなっては、私が案じたところにたどり着いてしまった。

ダンクヴァルト　われらの掟から判断すれば、思いがけない過失に対しても、誰もが自分で責任をとらなくてはならないのではないか？　夜に不注意にも槍を携えていたために、自身の最良の友人を突きさした者は、泣いたからといって放免になるわけではない。その者がどんなに熱い涙をさめざめと流そうとも、その者の血をもって贖われなくてはならない。

グンター　ちょっとブルーンヒルトのところに行ってくる。（退場）

第五場

フォルカー あそこからクリームヒルトがハーゲンとともにやってくるぞ。ハーゲンの見込みどおり、完全に取り乱しているな。われらも立ち去ろう！（全員退場）

第六場

ハーゲンとクリームヒルトが登場。

ハーゲン　こんなに早い時間からもう広間に来ているのか？

クリームヒルト　伯父様、自分の部屋にいるのがもはや耐えられないのです。

ハーゲン　私の思い違いでないなら、ジークフリートがそなたの部屋から出ていったところだな。やつは怒っているかのようにひどく顔を火照らせていた。そなたたちの間では家庭の平穏がまだ回復していないのか？　ジークフリートはひょっとして夫の権利を悪用しようとしているのか？　私に言ってくれれば、やつと話してみるぞ。

クリームヒルト　あら、そんなことはありません！　ブルーンヒルトとのことがあって、私があの嫌な一日を思い出すことがなければ、あの一日は夢のように私から過ぎ去っていたことでしょう。私の夫は何も言ってはくれません！

ハーゲン　ジークフリートがそのように穏やかな夫であることには嬉しく思うぞ。

クリームヒルト　彼が叱ってくれるほうが私にはいいのですが、私が自分で自分を責めていることを彼はよく知っているのでしょう！

ハーゲン　まあ、あまりきつく責めるな！

クリームヒルト　ブルーンヒルトをどれほど深く傷つけたかは心得ていますし、決して自分を許すつもりもありません。それどころか私は、人を傷つけるくらいなら、自分が傷つけられたほうが良かったとさえ思います。

ハーゲン　それが理由で、こんなに早い時間に自分の部屋を出たのか？

クリームヒルト　それが理由で？　いいえ！　それが理由なら私はむしろ自分の部屋にいますわ！　私はジークフリートのことで不安に苛《さいな》まれたのです。

ハーゲン　やつのことで不安に？

クリームヒルト　だって、またもや戦になるということですから。

ハーゲン　そうだ、それは事実だな。

クリームヒルト　あの二人は、不実な輩ですね！

ハーゲン　旅の荷造りを中断することになるからといって、そう腹を立てるな！　心安く荷造りを進めよ。まったく気にしないで続けるのだ。ジークフリートの鎧は後から荷物のうえに載せることになるな。おっと馬鹿なことを言ってしまった！　彼は鎧など身につけることはないのだ。そんなものは必要ともしないからな。

クリームヒルト そうお思いですか？

ハーゲン 吹きだすところだったわ。そなた以外の女がそんなことで泣き言を言うなら、こう言ってやろう。いいか、千本もの矢のなかでたった一本がジークフリートに当たるとしよう。だが、その一本さえも折れてしまうのだ、となー　だが、そなたまでめそめそするなら、笑い飛ばしてこう忠告するぞ。どうせふさぎの虫に取りつかれるなら、もっとまともなふさぎの虫にしろ、とな。

クリームヒルト 矢のことが話題になりました！　私が恐れるのは、まさにその矢なのです。一本の矢の先端というのは、それが刺さるのにせいぜい私の親指の爪くらいの場所しか要りません。そこに矢が刺されば、ジークフリートも死ぬのです。

ハーゲン 矢に毒が塗られていれば、なおさらのこと。今度の野蛮人ときたら、われらが戦時においてなお神聖なものとみなしており、皆でその陰に身を寄せていた堤防に穴を開けてしまったのだ。おそらく矢に毒を塗るくらいのことはやるだろう。

クリームヒルト お分かりでしょう！

ハーゲン だが、そなたのジークフリートには関係のないことではないか？　やつは頑丈だからな。太陽の光よりも確実に命中する矢が存在するとしても、やつは雪のように払いのけてしまうことだろう！　やつも自分でそれが分かっていて、いかなる戦であろうと片時も自信を失うことはないのだ。われらとてびくびくする性質ではないのだが、それでもわれらを震えあがらせるほどのことを、やつはやってのける。やつはそれに気づこうものなら、笑いだすのだ。われらもつられて腹を抱えて笑ってしまう。鉄ならば、心安く火のなかに入ることができる。そして鋼となって出てくるというわけだな。

クリームヒルト 伯父様の話を聞くと、ぞっとしますわ！

ハーゲン クリームヒルトよ、そなたは結婚してまだ日が浅いから仕方がない。そうでなければ、そなたがそんなに怖気づいている様子を面白がっているところだ。

クリームヒルト 歌にまでなって歌われていることを、伯父様はお忘れになったのですか？　それとも、ご存じないのかしら？　ジークフリートには急所がある、と。

ハーゲン それを完全に忘れていたな。そのとおりだ。やつは自分からそれを話していたと心得ている。何かの葉のことを言っていたが、どんなことだったかは思いだすことができない。

クリームヒルト 菩提樹の葉のことです。

ハーゲン そうだった！　だが、教えてくれ。どうして菩提樹の葉などがやつの急所になりえたのかを。これは二つとない謎だからな。

クリームヒルト ジークフリートが竜の血を浴びているとき、一陣の風が菩提樹の葉を彼のうえに落としたのです。その葉が体に残ってしまった箇所こそ、弱点なのです。

ハーゲン やつが気づかなかったわけだから、背中に落ちたのか！　いやいや、それが何だというのだ！

クリームヒルト　知ってのとおり、やつに危険の影が差しただけでもやつを守ろうとする、そなたの身内の縁者は、そなたの兄弟でさえ、やつの急所を知らないのだ。恐れるものなどない。取り越し苦労になるぞ。私が恐れているのは、ワルキューレたちなのです！　ワルキューレたちはつねに最高の勇者たちを選び出し、その勇者たちが狙いをつければ、目をつぶって放った矢でも命中する、というではありませんか。

ハーゲン　ならば、やつの背中を守ってくれる忠実な小姓を付ける必要があるだろうな。そう思わないか？

クリームヒルト　そうしてくだされば、よく眠ることができますわ。

ハーゲン　いいか、クリームヒルト！　もしやつが――知ってのとおり、ジークフリートはそうなりかけたことがある――ぐらつく小舟からライン河の深みに落ちてしまい、重い武具ゆえに飢えた魚たちのもとに運ばれてしまうならば、私がやつを助ける、もしくは私の身を犠牲にしよう。

クリームヒルト　そんな立派な考えをお持ちなのですか、伯父様？

ハーゲン　そう考えている！　そうだとも！――暗い夜のうちにやつの城に火が放たれ、目覚めないうちになかば息を詰まらせたジークフリートが屋外に向かう道を見つけられずにいるならば、私がこの腕にやつを抱えて運びだそう。それが上手くいかないならば、二人して黒焦げとなろう。

クリームヒルト　（ハーゲンに抱きつこうとする）私、伯父様には何と――

ハーゲン　（身をかわす）やめてくれ。だが、私はそうすることを誓うぞ。とはいえ、加えて言わせてもらう

クリームヒルト ならば、その覚悟を決めたのはここ最近になってからなのだ！ ジークフリートが近親者になったのは、ここ最近になってからですものね！ それで私は、伯父様がおっしゃったことをうまく理解しているでしょうか？ 伯父様がご自身で彼をお助けくださるということでしょうか？——

ハーゲン そのつもりだ！ そうだとも！ ジークフリートには私の代わりに戦ってもらう。やつが動けば、すぐに千もの奇跡を成し遂げるので、そのうちの僅かでも私の手柄として譲ってもらう。その代わりに私がやつの盾となるのだ！

クリームヒルト 伯父様にそんなことを期待できようとは思ってもみませんでした！

ハーゲン 私が盾となることできるように、急所をありかを教えてもらわなくてはならないな。

クリームヒルト ええ、そのとおりですわ！ ここなのです！ 両肩の間のまんなかのところ！

ハーゲン 的の高さだな！

クリームヒルト 伯父様、そなたはまさか、私一人が犯した罪のことでジークフリートに復讐するつもりではないでしょうね？

ハーゲン 馬鹿なことを言うな。

クリームヒルト 嫉妬が私の目を眩《くら》ませたのです。さもなければ、ブルーンヒルトの自慢話を聞いたからといって、あんなにかっとすることはありませんでした！

ハーゲン　嫉妬か！

クリームヒルト　恥じております！　夜に格闘しただけだとしても、いや、私はそう信じたいのですが、ジークフリートの拳すらもブルーンヒルトには与えてやりたくなかったのです！

ハーゲン　まあまあ、そう言うな。女王もじきに忘れるだろう。

クリームヒルト　ブルーンヒルトが何も食べたり、飲んだりしていないというのは、本当ですか？

ハーゲン　女王はこの時分にはいつも断食をするのだ。ノルネの週というやつで、イーゼンラントではいまだに守られているという。

クリームヒルト　もう三日になりますわ！

ハーゲン　わしらに何の関係があろうか？　その話はやめよう。誰か来るぞ。

クリームヒルト　それで、先ほどのお話は？

ハーゲン　ジークフリートの服にありがたい十字架を刺繍してやるのがいいとは思わないか？　なるほど、それ自体はたわいもないことだし、もしそなたがやつに話したら、一笑に付されるだろう。だが、この度は私が見張りを務めるため、何事であっても見逃すことがないようにしたいのだ。

クリームヒルト　そういたします！（ウーテと司祭のほうに歩いていく）

第七場

ハーゲン （クリームヒルトが去ってから）いまとなれば、そなたの勇者など私にとっては獲物にすぎない！そう、やつは進むべき道から逸れなければ、その身は安泰だったことだろう。だが、そうはならないことも私はよく心得ていた。喰らった餌によって赤や緑に見える虫のように人間が透き通っているとすれば、腹に抱えた秘密には用心しなくてはならない。口が語らずとも、はらわたがその秘密をしゃべってしまうからな！（退場）

第八場

ウーテと司祭が登場。

司祭　例えようにもこの世には例えになるものがないのです！　比べようとなさっても、そこには目印となるものがなく、把握しようとなさっても、物差しとなる尺度がないのです。神の前にひれ伏し、祈るのです。懺悔の念と謙虚な心ばえのなかにわれを忘れるとき、たとえ稲光が地上にとどまる刹那の間にすぎないとしても、あなたは天に召されるかもしれないのです。

ウーテ　そんなことがありえるのかい？

司祭　聖シュテファヌス[023]は、怒り狂ったユダヤの民の投石によって打ち殺されたとき、天国の門が開いているのを目にして、歓喜のあまり声をあげて歌いました。ユダヤ人たちは彼の気の毒な身体を石でめちゃくちゃにしました。しかし、聖シュテファヌスからすれば、盲目的な怒りのうちに石をぶつけようとした殺害者は皆、脱ぎ捨てた衣に穴を開けたというくらいにしか思えなかったのです。

ウーテ　（やってきたクリームヒルトに向かって）この話を覚えておくんだよ、クリームヒルト！

クリームヒルト　そういたします。

司祭　信仰の力とは、そういうものです！　さあ、不信心の罰も知っておいてください！　ペテロ[024]は、教会の剣を携え、教会の鍵を託された人物です。このおかたは一人の弟子を育て、その者にとくに愛情を注いでいました。この弟子はあるとき、周囲には荒れた海がとどろき、波が打ち寄せる岩礁に取り残されたのです。そこで弟子は、主君にして師匠であるペテロの信心を思い出したのです。ペテロは信心により、神のご命令に従って船を離れ、命の危機が確実視された海原へとしっかりした足どりで歩き出した、と。この試練のことを思いだすと弟子は眩暈《めまい》がして、そんな奇蹟は自分には起こりえないと思ったので、ただもう落ちることがないようにと岩角をしっかり摑み、こう叫んだのです。すべてどうなってもいい、ただこの岩だけは倒れるな、と！　そのとき神が息を吹きかけました。すると、突如として岩が彼の足元で溶けだし、彼はどんどん沈んでいって、身の破滅を予感しました。身の毛もよだつ恐怖のあまり、彼はむき出しの荒波のなかに身を投じました。しかし、この荒波は先ほどの神の息吹がそっと触れると固まってしまい、この大地が私やあなたを支えているように、彼を支えたのです。彼は悔い改めて、こう言いました。神よ、地上の国はあなたのものです、と！

ウーテ　神のご加護よ、永久《とこしえ》に！

クリームヒルト　司祭様、ならばお祈りください。神が岩や水を変じるように、わがジークフリートのこともお守

りください、と。私が夫のそばで生きていることのできる間は、毎年お一人ずつ、聖者様に祭壇を建てますわ。（退場）

司祭　奇蹟に驚いていますね。ではついでに、私がどうして聖職者になったのかをお話しさせてください。私はアングル族[025]の出身で、不信心な民のなかで異教徒として産まれました。私は育ちも野蛮で、十五歳のときにはすでに剣を腰にまとっていました。その頃に、初めて神の教えを伝えるおかたがわれらのところにやってきたのです。そのおかたは嘲り蔑まれ、最後には殺されてしまいました。女王様、じつは私もその場に居合わせたのです。そしてあろうことか、私は他の者に煽られて、この手で最後の一撃をくらわせてしまいました。それ以来、この手は麻痺しているわけではないのですが、使わないようにしています。まさに最後の一撃をくらわせたとき、そのおかたの祈りが聞こえてきました。そのおかたは私のために祈っていたのです。そして、アーメンの言葉とともに息が絶えました。そのことは、この胸に宿る私の心を一変させました。私は剣を放り投げ、そのおかたの衣を身にまとうと、その土地を去り、十字架の教えを説くようになったのです。

ウーテ　あちらから息子がやってくる！　ああ、この場所から失われてしまった平和が、そなたの力でうまく戻ってくるといいのだが！（両者退場）

第九場

グンターがハーゲンたちとともに登場。

グンター　先ほど伝えたとおり、ブルーンヒルトはわれらが約束を果たすことを当てにしているのだ。われらが秋になれば、林檎の実を当てにするようにな。乳母が、彼女の食欲をそそろうとして小麦の穀粒をたくさん部屋にばら撒いておいたようだが、それにも手をつけずにいる。

ギーゼルヘル　女王が命の奪い合いをしたがるのは、どうしてなのでしょうか？

ハーゲン　それは私も尋ねたいくらいだ。

グンター　かといって、彼女は促すことも急き立てることもしない。時間や場所、人間の意志に結びついた物事において、そうするのは当然のことであるのにな。尋ねることもないし、表情一つ変えるわけでもなく、不審な顔をするだけなのだ。こちらが口を開いているのに、首尾よくやり遂げた！という報告がないのはなぜなのか、と。

ハーゲン　では、私から一つだけ言っておく。ブルーンヒルトはジークフリートに魅せられているのだ。この憎しみの根底には愛がある。

グンター　そなたもそう思うか？
ハーゲン　だが、その愛は、男女を結びつける愛情とは違う。
グンター　どういうことだ？
ハーゲン　それは魔力のようなものであり、その魔力によって彼女の種族が保存されるのだ。最後の巨人族の女を最後の巨人族の男へと向かわせる魔力で、そこには欲望もなければ、選択の余地もない。
グンター　男女の愛と変わらないのではないか？
ハーゲン　この魔力を解くものは、死だ！　男の血が固まれば、女の血も凍結する。やつは竜を撃ち殺したが、竜がたどった道を自分もたどることになった。
（騒ぎが聞こえる）
グンター　いったい何事だ？
ハーゲン　あれは、ダンクヴァルトが仕向けた偽の使者どもだ。うまくやっているではないか？　あれならば、夢中で口づけを交わしている者だってつい聞いてしまうだろうよ！

第十場

ジークフリートがやってくる。ハーゲンは彼に気づく。

ハーゲン 何とけしからん。駄目だ！　駄目だと言ったら、駄目だ、駄目だ！　われらの恥となろう。ジークフリートならば、きっと私と同じことを考えるぞ。ほら、ちょうど当人がこちらにやってくる。さあジークフリートよ、言ってやってくれ。そなたが決めてくれればいいのだ！（ダンクヴァルトの登場とともに）むろん、そなたがいま何か言ったところで、何かが変わるものではない。答えはもう出ているからな！（ダンクヴァルトに向かって）手を抜かずに鞭打っただろうな？（ジークフリートに向かって）だが、念のためにお墨つきをくだされ！

ジークフリート どうしたのだ？

ハーゲン あの犬どもが、また新たに和平を請うているのだ。だが、無礼な使者どもがまだ語り終わらないうちに、私がそいつらを宮廷から追い払わせた。

ジークフリート もっともなことだ！

ハーゲン なるほど、王は私を非難している。そんなことをすれば事情が分からないではないか、とお考えだ――

ジークフリート　事情が分からない、となー!　ふん!――私には事情が分かっているぞ、このジークフリートにはな!　狼というやつは尻尾のほうから捕まえると、頭のほうからおとなしくなるものだ!

ハーゲン　そんなところだろう!

ジークフリート　他に事情などあるものか!　やつらの背後には野蛮な部族が群がっているのだ。そいつらときたら、自分で種を蒔かないくせに、収穫にはありつこうというわけだ。

ハーゲン　皆の者にも事情がお分かりいただけたかな?

ジークフリート　事情が分かったとしての話だが、狼に防御のための時間がないからといって、そなたたちは狼を寛大に扱おうというのではあるまいな――

ハーゲン　むろん、そんなことはない。

ジークフリート　ならば狐たちに加勢し、狼を最後の穴まで追いつめよう。つまりは、狐たちの胃袋のなかに追い込むということだ。

ハーゲン　そうしよう。だが、われらが逆上する必要はないように思える。それゆえ今日のところは、狩猟に行こうと言うのだ。

ギーゼルヘル　私は同行しかねます。

ゲレノート　私も絶対に御免こうむりたい。

ジークフリート　そなたたちは若くて威勢がいいのではなかったか？　狩猟に行かないで家にいるつもりなのか？
私ならば、縄でつながれたとしても縄を噛《か》み切って出かけるところだが。ああ、狩りの喜び！
そうだ、歌でも歌うことができればいいのに！

ハーゲン　では、そなたに不都合はないのだな？

ジークフリート　不都合はないかだって？　いいか、私は誰にでも言いがかりをつけたくなるほど、怒りと恨みで
はち切れんばかりなのだ。それゆえ、血を見なくてはならない。

ハーゲン　血を見なくてはならないのか？　よし、私も同じだ！

第十一場

クリームヒルトがやってくる。

クリームヒルト　そなたたちは狩りに行くのですか？
ジークフリート　そうだとも！　近いうちに焼肉を注文してくれ！
クリームヒルト　愛するジークフリート、そなたは家にいてね。
ジークフリート　ねえいいかい、そろそろそなたも知っておいたほうがいいことがある。男に頼むのなら、家にいて、ではないよ！　頼むのなら、私も連れていって、だよ！
クリームヒルト　それなら、私も連れていって！
ハーゲン　行かないほうがよかろう！
ジークフリート　どうして駄目なのだ？　本人が行きたいと言っているではないか？　狩りに同行するのも初めてではなかろう！　鷹を連れてきてくれ！　空を飛んでいる獲物はクリームヒルトに任せ、地上を跳ねる獲物はわれらに任せてもらおう。そうすれば、何とも愉快なことになる。
ハーゲン　二人の女性がいて、片方は恥辱を感じながら部屋にこもっているというのに、もう片方は森に出かけるというのか？　嘲るようなものではないか！

ジークフリート　それは考えていなかった。たしかにそのとおりだ。クリームヒルトの同行は取りやめるとしよう。

クリームヒルト　ならば、せめて服を着替えて！

ジークフリート　またか？　そなたの望みは何だって叶えているだろう。聞き分けがないな。

クリームヒルト　分かってくれないのね。

ジークフリート　行かせてくれ！　外に出る喜びは、憂さをすべて払いのけてくれるんだ。それで明日の晩には謝ることにするからさ。

ハーゲン　では、行こう！

ジークフリート　承知した。あとは、ちょっと別れのキスを。

(彼はクリームヒルトを抱きしめる)

嫌がらないのか？　明日の晩にして、とは言わないのだね！　私はそう言ってしまったけど？

立派な心がけだと言っておくよ。

クリームヒルト　帰ってきてね！

ジークフリート　妙なことを願うのだな！　いったいどうした？　私が外出をともにするのは、善良な友人たちばかりだよ。山が崩れて、覆いかぶさってくることでもなければ、われらの身は安泰だよ！

クリームヒルト　ああ、何てこと！　私はちょうどいま、山崩れの夢を見たところだった。

ジークフリート　いいかい、山はしっかりと立っているよ。

クリームヒルト　（もう一度、ジークフリートを抱きしめる）帰ってきてくれるだけでいいのよ！

（武人たち退場）

第十二場

クリームヒルト　ジークフリート！
ジークフリート　（ふたたび姿を見せる）どうした？
クリームヒルト　そなたが怒らないというのなら——
ハーゲン　（せかせかとジークフリートの後を追ってくる）はて、もう奥方との時間なのか？
ジークフリート　（クリームヒルトに向かって）聞こえるだろう。もう犬どもを抑えておけないのだよ。私にどうしてほしいんだい？
ハーゲン　そなたのお相手が戻るのを待つのだな！　月光のなかで夢魔と戯れていればいいではないか。
クリームヒルト　行きなさい！　行きなさい！　私はもう一度そなたの顔が見たかっただけなのよ！
（ハーゲンとジークフリート退場）

第十三場

クリームヒルト　たとえあと十回ジークフリートを呼び戻したとしても、彼に告げるだけの勇気を持てないわ。すぐに後悔するようなことをどうしてできようか！

第十四場

ゲレノートとギーゼルヘルが登場。

クリームヒルト そなたたちはまだ狩りに行かないの？　神がそなたたちを私のところに寄こしてくれた！　弟たちよ、心からお願いしたいことがある。たとえ馬鹿げたことに思えたとしても、私の望みを叶えておくれ。私の主人にどこまでも同行し、たえず背中のところに付いていておくれ。

ゲレノート 私たちは一緒に行きません。行きたくないのです。

クリームヒルト そなたたち、行きたくないのか！

ギーゼルヘル 兄さん、よくそんなことが言えますね。暇がないのです！　今回の進軍のことで用意がいろいろあるのです。

クリームヒルト そなたたちのような若者にそんな仕事が任されたのか？　もしそなたたちにとって私がかけがえのない存在なら、われらが同じ乳から栄養を分けあったことをそなたたちが忘れていないなら、皆の後を追ってくれ。

ギーゼルヘル 皆はもうとっくに森のなかですよ。

ゲレノート　それに、そなたの兄上も一緒です。
クリームヒルト　そなたたちにお願いしているのだよ！
ギーゼルヘル　われらは武器を点検しなくてはならないのです。嘘ではありません。（行こうとする）
クリームヒルト　ならば、もう一つだけ教えてくれ。ハーゲンはジークフリートの味方だろうか？
ゲレノート　なぜそんなことを？
クリームヒルト　ハーゲンはジークフリートを褒めたことがあったかい？
ギーゼルヘル　悪口を言っていないならば、褒めていることになりますね。悪口を言ったのは聞いたことがありません。（両者退場）
クリームヒルト　これは気がかりでならない。あの二人が一緒に行かないとは！

第十五場

フリッガが登場。

クリームヒルト ご老人、そなたか？　私をお探しか？
フリッガ 私は誰も探していません。
クリームヒルト では、女王が何かお望みなのか？
フリッガ そうでもありません。女王は何も望んでいません。
クリームヒルト ない、ない、ばかりだね。あの人はまだ許す気になれないのか？
フリッガ 分かりません！　そもそも女王はくよくよしたことなどありませんから、許すも何も、そんないわれはないのです！　角笛が聞こえました。今日は狩りがあるのですか？
クリームヒルト そなたが狩りを求めたのか？
フリッガ 私が？――いいえ！（退場）

第十六場

クリームヒルト　ああ、やはりジークフリートに言っておけばよかった！　かけがえのない夫よ、そなたは女というものを知らなかった。いまになって私にはそれがよく分かる！　もしそなたが女というものを知っていれば、恐怖から本心を明かしてしまうこの心配性の生き物に対し、あのような秘密を打ち明けることは決してなかっただろう！　私が竜のことを讃えたとき、そなたが耳にささやいたあの戯れ言が、まだ耳に残っている！　もうこれ以上、誰にも秘密を明かさぬようそなたに誓わせたのは、私だったのに。いまとなっては――私の周りを飛び回っている鳥たちよ、私についてくる白い鳩たちよ、私を憐れんでおくれ！　彼に警告を与えておくれ！　急いで彼の後を追うのだ！（退場）

第五幕

第一場

オーデン森《ヴァルト》。

ハーゲン、グンター、フォルカー、ダンクヴァルト、従者が登場。

ハーゲン これがその場所だ。泉のせせらぎが聞こえるな。泉は茂みで覆われている。それで私がここに立てば、身を屈めて水を飲む者は誰であれ、岩壁へと突き刺されることになるわけだ。

グンター 私はまだ命じていないぞ。

ハーゲン そなただってよく考えてみれば、命じないわけにはいくまい。他に手立てはないのだ。そして今日ほど好都合な日はもう来ないぞ。だから、命じるのだ。もっとも、口に出して言いたくないなら、黙っていればいい。（従者に向かって）おい、ここで休憩にするぞ！

グンター　（従者は食事を準備する）

そなたはずっとジークフリートを憎んでいた。

ハーゲン　それを否定するつもりはない。私は喜んでこの仕事に手を貸すし、私とやつの間に割って入ろうとする者がいれば、誰であれ、まずそいつと決着をつける気でいるのだ。だからといって、私はこの仕事が悪いものだとも思っていない。

グンター　それでも、私の弟たちはやめるように忠告し、われらに背を向けたのだ。

ハーゲン　あいつらには、警告するだけの勇気があっても、阻止するだけの勇気を持ち合わせていないということだろう？　あいつらはおそらく、われらが間違っていないと感じている。あの年頃の若者にはよくあることだが、公然たる戦とは違うところで流れる血に対し、あいつらは恐れを抱いているにすぎない。

グンター　まさしくそれだ！

ハーゲン　ジークフリートは死ぬだけの理由を自分で作ったのだから、やつを殺害することも正当化されるというわけだ。（従者に向かって）皆が集まるよう、角笛を吹け。まずは食べねばならんからな。（角笛が吹かれる）物事を成り行きに任せよ。あとは私に任せてくれ。王であるそなた自身が、ジークフリートに対して気を悪くしているわけではなく、事の次第を許すつもりだというのなら、それはそれでよかろう。ただ、そなたの臣下がそなたの妻である勇猛な女王のかたきを討ち、救おうとするのを妨げてくれるな！　われらが誓いを守らないがために、女王のわれらへの密やかな信頼が失望に変わったとしても、女王がかつての誓いを破ることはなかろう。だが、いずれ女王に死の影が差すとき、彼女の若い血潮がすぐにふたたび湧きあがり、生きる意欲のすべてがただ一つの呪いとなって放たれるだろう。そなたに対する最後の呪いとなって、だ！

グンター　まだ時間はあるな！

第二場

ルーモルト、従者とともにジークフリートが登場。

ジークフリート　やってきたぞ！　さて、そなたたち狩人よ、獲物はどこなのだ？　私の獲物はこれから荷車で運ばれてくるだろうが、その荷車が壊れてしまった！

ハーゲン　今日は獅子しか狙っていないのだが、まだ出くわしていないのだ。

ジークフリート　それはそうだろう、獅子は私が仕留めてしまった！——あそこに食事の用意ができているな！整えてくれた者のために、まずはファンファーレだ。ちょうど皆、食事が必要だと感じているところだ。忌々しい鴉《からす》め、ここにもいるのか？　角笛を吹いてもらえ。壊れるまでだ！　この鴉の群れには、すでにあらゆる獲物を放り投げてやった。最後には狐をやったが、やつらは立ち去ってくれない。それにしても、この瑞々しい緑のなかであゝいう黒いものほど不快なものはない。あの色は悪魔を思い出させる。鳩があんな風に私の周りに集まってくれればいいのにな！　われわれらは夜もここで過ごすことになるのだろうか？

グンター　われわれの予定では——

ジークフリート　なるほど、良い場所を選んだな。あそこの木にはぽっかり穴が開いている！　すぐにでも私のための場所としよう。ああいう場所に私は昔から慣れているし、朽ちて黴《かび》の生えた木に頭を突っ込みながら、夢うつつに過ごし、一羽、また一羽と少しずつ目覚めていく鳥たちを頼りにして時を数える夜ほど気分のいいものはなかろう。チック、チック、チック！　いま二時だ。トゥク、トゥク！　おっと伸びをしておかねば。キーヴィト、キーヴィト！　もう日差しが瞬いているぞ。じきに太陽がお目覚めだ。コケコッコー！　起きろ。ぐずぐずしていると、くしゃみが出るぞ。

フォルカー　そのとおり！　まるで時間というものが、自身は暗いところに居続けながらも鳥たちを目覚めさせ、鳥たちの動きにリズムを合わせているかのようだ。砂がガラス瓶から漏れだすように、あるいは日時計の針となる細長い影がゆっくりと進むように、適度な間合いをとって大雷鳥《おおらいちょう》、黒歌鳥《くろうたどり》、鶫《つぐみ》が次々と続くからな。日中のように一方が他方の邪魔をすることはないし、他の鳥が気ままにさえずりに交じりたくなることもない。私もそんな様子をよく見かけたものだ。

ジークフリート　そうだろう？――兄上よ、そなたはつまらなそうだな。

グンター　いや、楽しんでいる！

ジークフリート　いやいや、そうではなかろう！　私だってこれまでに結婚式に出向く人々や棺の後に続く人々を見てきたのだ。表情を見分けることはできる。さあ皆の者、私がやるようにしてくれ。われらはたがいに知った間柄ではなく、初めて森で出会った間柄であるかのようにふるまおう。片方はこんな獲物を備え、もう片方はあんな獲物を備えているのだ。皆の持ち分をここで一緒くたにし、喜んで差しだしたり、受け取ったりするのだ。さあ、私はあらゆる種類の肉を持ってきたぞ。一頭の野牛、五頭の猪、三十頭か四十頭の鹿、それから鶏ならば、そなたたちが欲しいだけある。獅子一頭と熊数頭を持ち合わせていることは言うまでもない。これらの対価として、私には冷えた葡萄酒をたった一杯だけ与えてくれればいいのだ。

ダンクヴァルト　ああ、何てこった！

ジークフリート　どうした？

ハーゲン　その葡萄酒を持ってくるのを忘れてしまった。

ジークフリート　その言葉を信じてやろう。仕事が終わり、口のなかに舌ではなく燃えた炭を入れている狩人は、よくこんな目に遭うのかもしれん。私は犬の嗅覚は持ち合わせていないが、犬のように自分で探せばいいのだな。そういうことなら、そなたたちの楽しみを妨げないのがよかろう。（ジークフリートは探す）ここにもない！　あそこにもない！　さあ、酒樽はどこに隠れているのだ？　楽士よ、そなたにお願いする。私を助けてくれないか。何とかしてくれなければ、この仲間内でいちばんやかましい男が、いちばん無口な男になってしまうぞ。

ハーゲン　無口になるかもしれん。というのも――葡萄酒はないからだ。

グンター　そなたたちの狩りは何と忌々しいことか。私が一端の狩人として扱われるべきではないのだとしても、これはひどいぞ！　酒の世話役はいったい誰なのだ？

ハーゲン　私だ！――酒の届け先が分からず、シュペッサルト026に送ってしまったのだ。いまごろ飲み手がいなくて困っているだろう。

ジークフリート　何ともありがたい話だな！　実際ここには水さえないのか？　夜露を味わい、木の葉の滴を舐《な》めなくてはならないのか？

ハーゲン　まずは口を閉じてくれ。すると、耳が慰めとなるだろう！

ジークフリート　（耳を傾ける）そうか、せせらぎの音がする！　湧き水よ、よくぞここに！　そなたが岩からさっさと湧きあがり、私の口に跳び込んでくれるよりも、葡萄の蔓を通り、くねくねと回り道をしてくれたほうが、たしかに私には好ましい。そなたの旅路から、われらの頭を愚かな陽気さで満たすものがたくさんもたらされることになるからな。だが、いまのままでもありがたいぞ。（ジークフリートは泉に近づく）いや、駄目だ。まず私は罰を受けるつもりだ。そなたたちに見届けてほしい。私は皆のなかでいちばん喉が渇いているのだが、今日はクリームヒルトと少し揉めてしまったから、水を飲むのは最後にするつもりだ。

ハーゲン　ならば、私から飲むぞ。（ハーゲンは泉へ行く）

ジークフリート　（グンターに向かって）暗い顔をしないでくれ。私にはブルーンヒルトと和解する手立てがあるのだ。そなたが彼女と初めてのキスをするのは、もう遠い先の話ではないぞ。そしてそなたがそうするまでは、私もキスは控えるつもりだ。

ハーゲン　（戻ってきて、武具をはずす）身を屈めねばならない。武具があってはうまくいかんわ。（ふたたび退場）

ジークフリート　われらが出立する前に、クリームヒルトは、そなたの国の民全員を前にして女王に謝罪するつもりだ。クリームヒルトがみずから進んでそう約束したのだ。ただし、恥を忍んでのことゆえ、謝罪が済んだらすぐに彼女は発ちたいとのことだ。

ハーゲン　（ふたたび戻ってくる）氷のように冷たいぞ。

ジークフリート　お次は誰だ？

フォルカー　われらは先に食事にする。

ジークフリート　よし！（ジークフリートは泉に歩み寄るが、ふたたび引き返す）そうか、こうするのだったな！（武具をはずし、去る）

ハーゲン　（武具を指さしながら）どけておけ。

ダンクヴァルト　（武具を運び去る）

ハーゲン　（ふたたび自分の武具を取りあげ、終始グンターに背を向けていたが、いま助走をつけ、投げ槍を放つ）

ジークフリート　（叫び声をあげる）ああ、誰か来てくれ！

ハーゲン　（大声で言う）まだ声が聞こえておるな。（他の人に向かって）やつが何を言おうとも、相手になるな！

ジークフリート　やられた！　やられた！——そなたたちか？　水を飲んでいるときに！　グンター、グンター、そなたからこんな仕打ちを受けるのか？　私はいかなる苦境にあってもそなたを助けてきた。

ハーゲン　木から枝を切り出してこい。棺が必要なのだ。だが、頑丈なやつにしてくれ。死人というのは重いからな。急げ！

ジークフリート　やられたとはいえ、まだ完全にやられたわけではない！（ジークフリートは飛び起きる）私の剣はどこにいった？　そなたたちが持ち去ったのだな。ハーゲンよ、そなたも武人らしく、死にかけた者に剣を渡してくれ！　やいグンター、いまからでもそなたに戦いを申し込む！

ハーゲン　この男は敵のことを口にしながらも、いまだ敵が誰だか分からずに探している始末だ。

ジークフリート　溶けだした蠟燭《ろうそく》のように、私はぽたぽたと消え去っていくが、この殺人鬼は、武器さえ渡すのを拒むのだ。武器を渡せば、まだしも少しは人格を認めてやろうというもの。ちくしょう、ちくしょう、なんて卑劣な！　こいつは私の親指一本が怖いのだ。私は親指一本の命しか残されていないというのに。（ジークフリートは自身の盾にぶつかり、つまずく）私の盾だ！　忠実な盾よ、そなたを卑劣な輩にぶつけるぞ！

（ジークフリートは盾に向かって身を屈めるが、もはやそれを持ちあげることができず、よろめきながらまた身を起こす）

釘づけにされたようだ！　こういう復讐をするのにも、時すでに遅し、というわけだ！

ハーゲン　ふん！　このおしゃべり野郎は、まだぺらぺらとまくしたてる、そのゆるい舌を歯で噛み切ってしまうといい。その舌が長らく悪事を働き、罰も受けずにいたわけだ！　噛み切れば、手っ取り早い報復となるだろう。なにせ、その舌のせいでこんなことになったのだからな。

ジークフリート　嘘つきめ！　こんなことをしでかしたのは、そなたの妬みだ！

ハーゲン　黙れ！　黙れ！

ジークフリート　死にかけた男を恫喝するのか？　そなたが怯《ひる》むほどに私がうまく言い当てたということか？　さあ、剣を抜け。私はもう自然に倒れる。そなたは、塵の山にそうするように、私に唾を吐きかけることができるぞ。そら、もう倒れている。――（ジークフリートは地面に転倒する）このジークフリートを亡き者にするとはな！　だが、心得ておけ。そなたたちはジークフリートとともにわが身を滅ぼしたということを。そなたたちのことを他に誰が信用するというのか！　私はデンマーク人を追い立てようとしていたが、これからはそなたたちが追い立てられることになろう。

ハーゲン　間抜けなやつめ。われらの芝居をまだ真に受けているとはな！

ジークフリート　では、嘘だったのか？　ひどいものだ！　ぞっとするわ！　人間ともあろう者が、そんな嘘までつくとはな！　いや、いいだろう！　そんなことをするのはこの世界にそなたたちしかいない！　これから人が罵るときには、いつもそなたたちが引き合いに出され、こう言われるのだ。蟇蛙《ひきがえる》、蝮《まむし》、ブルグント人とな！　いや、そなたたちのほうが先で、ブルグント人、蝮、蟇蛙だ。そなたたちからはすべてが失われた。名誉、称賛、気品、何もかもが私のように消える！　悪事には節度も限度もない。その悪の手がみずからの心臓を突き通すことさえあるかもしれないな。だが、こんな行為はきっと最後になるはずだ！　わが妻よ！　惨事を予感した、気の毒なわが妻よ、そなたは大丈夫だろうか！　グンター王にまだ何らかの愛情や忠義を施す考えがあるなら、それがそなたに向けられるように！――だが、私の父のところに行くほうがいい！　聞いているか、クリームヒルトよ？（ジークフリート、逝く）

ハーゲン　ようやく黙ったわい。だが、いまごろ死んでも、誰の手柄にもならんわ。

ダンクヴァルト　皆にどう伝えるのだ？

ハーゲン　愚にもつかぬことを言えばいい！　森のなかでジークフリートを斬殺した盗賊どものことを話せ。それを信じる者はいないだろうが、思うに、われらを嘘つき呼ばわりする者もいないだろうな！　われらは、誰からも申し開きなど求められない地位に返り咲いたのだ。火や水のような地位だ。もしもライン河がなぜ自分は氾濫したのか、火事がなぜ自分は発生したのか、というでたらめの言い訳を考えることになれば、わしらも頭を悩ませることにしよう。王よ、そなたは何も命じなかった。それを記憶にとどめておいてくれ。私だけが責任を負う。よし、ジークフリートの屍《しかばね》とともに出発だ！

（死体とともに全員退場）

第三場

クリームヒルトの部屋。深夜。

クリームヒルト　まだ朝には早すぎる。私が目覚めたのは、雄鶏のせいではなく、血が騒いだからなのだ。雄鶏の声ははっきりと聞こえた気がしたけれど。（彼女は窓に歩み寄り、鎧戸を開ける）まだ星の光が消えていない。ミサまでには、まだきっと一時間はあるだろう！　今日はどうしても大聖堂で祈りたい。

第四場

ウーテが静かに入場。

ウーテ クリームヒルト、もう起きているのかい？

クリームヒルト 早起きを不思議に思うのは、私のほうです。お母さんはいつもなら明け方にようやく寝つくのですから。娘である私が昔、お母さんを当てにしていたように、いまのそなたは娘から起こされるまで当たり前のように眠っているのに。

ウーテ 今日は眠っていることができなかったのだよ。外が騒がしくてね。

クリームヒルト お母さんも気づきましたか？

ウーテ 気づいたよ。男たちが立てた物音だったような。何やらこっそりやっているようだったけど。

クリームヒルト それなら私の勘違いではなかったのですね？

ウーテ 男たちというのは息を殺せば、息を殺したがために剣が落ちる！　つま先歩きをすれば、暖炉を突き倒し、犬を黙らせれば、その犬の足を踏むものさ！

クリームヒルト 一行が戻ってきたのかもしれません。

ウーテ　狩りに行った者たちのことかい？

クリームヒルト　一度、誰かが私の部屋の戸のところに忍び寄ってきたような気がしたのです。ジークフリートが来たのかと思いました。

ウーテ　そなたが起きているという合図はしてやったのかい？

クリームヒルト　いいえ。

ウーテ　それならジークフリートだったのかもしれないね！　ただ、戻ってくるのがちょっと早すぎるようだが。

クリームヒルト　私もそう思うのです！　ノックもなかったことですし。

ウーテ　私が知っているところでは、今回の狩りは食料を得るためのものではない。蒔いた種をいつも猪が荒らしてしまうため、耕地に火をつけようとしているわれらの農夫たちを安心させるためのものなのだよ！

クリームヒルト　そうなのですか？

ウーテ　ねえ、そなたはもうすっかり着替えているね。下女は来ていないのかい？

クリームヒルト　誰がいちばん早く起きるのか、知りたかったのです。そうしていると気も紛れましたわ。

ウーテ　私は蠟燭を灯して、皆を順々に見たことがあるんだよ。一歳違うと、眠り方も違うものだ！　十五歳、十六歳は、まだ完全に五歳児、六歳児のように眠っている。十七歳になると夢が到来し、十八歳では憂慮が到来し、十九歳になると早くも欲望が到来するのだよ――

第五場

侍従長　（戸の前で叫ぶ）ああ、神よ！
ウーテ　何事だ？　どうしたのだ？
侍従長　（入ってくる）もう少しで転ぶところでした。
ウーテ　それであんな叫び声を？
侍従長　男が死んでいます！
ウーテ　えっ？　何だと？
侍従長　戸の前に死体があります。
ウーテ　死体だと？
クリームヒルト　（倒れる）私の夫だわ！
ウーテ　（彼女を抱きかかえて）何たることだ！（侍従長に向かって）灯りをつけよ！
侍従長　（灯りをつけ、うなずく）
ウーテ　ジークフリートなのか？――殺されている！　寝ている者を起こせ、起こせ！

侍従長　助けてくれ！
（侍女たちがなだれ込んでくる）

ウーテ　何と不憫なクリームヒルト！

クリームヒルト　（身を起こしながら）ブルーンヒルトが指示し、ハーゲンが実行したことなのです！——灯りを！

ウーテ　そなたは何てことを！　伯父さんが——

クリームヒルト　（蠟燭をつかむ）伯父です！　私は知っています。知っているのです！　ともかく、この遺体を踏むことだけはないように。お母さんもお聞きになったとおり、侍従はこの遺体につまずいたのです。侍従が踏んだのですよ！　生きているときなら、すべての王が身をよけていたこの人のことを。

ウーテ　では、遺体を引き渡しなさい！

クリームヒルト　私が自分で置きなおします。
（彼女は戸をつき開け、地面にくずおれる）
ああ、お母さん、お母さん、なぜ私を生んでしまったのですか！——そなた、かけがえのないこのお頭《かしら》、キスをするにも、口を探すことはなくなる。いまはどこだって口だからね。そなたはもう嫌がることもできないのよ。これまでなら、嫌がったかもしれないわ。だって、私のこの唇がこんなにもキスしているんだから——悲しくてやり切れないわ。

侍従長　クリームヒルト殿は死んでしまうのではありませんか。

ウーテ　この娘にはそのほうがいいかもしれない！

第六場

グンターが、ダンクヴァルト、ルーモルト、ギーゼルヘル、ゲレノートとともにやってくる。

ウーテ　（グンターに対して）わが息子よ、何があったのだ？

グンター　私自身が泣きたいところです。しかし、すでにこのことをご存じなのはなぜでしょう？　司祭の神聖な言葉を通じて、お知らせすべきかと思い、昨夜のうちに依頼しておいたのです。

ウーテ　（手振りで示しながら）ごらんよ、哀れな死者が自分で知らせに来たのだ！

グンター　（こっそりとダンクヴァルトに向かって）どうしてこんなことになったのだ？

ダンクヴァルト　兄上が死体をここに運んできたのです！

グンター　こら、何てことをするんだ！

ダンクヴァルト　兄上を止めることができなかったのです。運び終えて戻ってきたときに、兄上は笑いながら言っていました。ジークフリートの死に際の言葉に対し、自分は謝意を表したのだ、と。

第七場

司祭が入場。

グンター　(司祭に対して)来るのが遅い!

司祭　ジークフリートほどのおかたが森のなかで殺されるとは!

ダンクヴァルト　偶然の力によって、盗賊の槍が急所に命中するよう仕向けられたのだ。そんなことでもあれば、巨人が子どもによって倒されることもありうる。

ウーテ　(侍女とともにずっとクリームヒルトを介抱している)クリームヒルトよ、もう起きてくれ。

クリームヒルト　さらなる別れが待っているというのか? 嫌だ! ジークフリートを抱きしめたまま、私も一緒に埋葬してもらうか、彼を私のもとに残しておいてもらうか、どちらかだ。彼が生きているとき、私は中途半端にしか抱きしめていなかった。死んだいまになってこうして抱きしめることを知ったのだ。ああ、これが逆だったら良かったのに! 私はまだ一度も彼の目にキスをしたことがなかった! 何もかもが初めてのことのようだ! 私たちにこんなに早く別れが来るとは思っていなかったから。

ウーテ　おいで、娘よ！　遺体をこういつまでも土埃のなかに寝かせたままにしておくわけにはいかないのだから。

クリームヒルト　ああ、それもそうね！　すばらしい、貴重なものが、今日をもって安っぽいものになってしまう。（彼女は立ちあがる）ほら、鍵よ！（彼女は鍵を投げ捨てる）祝いの日なんてもう来ないからいいのよ！　絹、金の晴れ着、亜麻布、すべてを持っていってちょうだい！　それから花を忘れないで。ジークフリートは花が好きだった！　花を全部、全部、もぎ取ってきて。ついたばかりの蕾《つぼみ》さえも取ってきてちょうだい。蕾なんてもう誰のために咲く必要があるというの！　それらをすべて彼の棺のなかに入れ、いちばんうえに私の花嫁衣裳を敷いて、そのうえにそっとジークフリートを寝かせて。それから私がこうするのです。（彼女は両腕を広げる）私を彼の棺の蓋にして！

グンター　（臣下に向かって）誓いを立てよ！　誰であろうとも、もうこれ以上クリームヒルトを苦しめてはならない。

クリームヒルト　（振り向く）人殺しどもが来たのか？　立ち去れ！　新たな血が流れることがあってはならない！　いや！　いや！　こちらに来るのだ！（彼女はダンクヴァルトを摑む）この者を証拠としたい！

（彼女は自身の手を服で拭う）
汚らわしい。私はもうこの右手でジークフリートに触れることはできないわ！　ジークフリートの気の毒な血はついていませんか？　お母さん、見てください！　私はとても見ることができません！　ついていないのですか？　ならば、そなたたちは隠匿しているだけであり、人殺しはここにはいないということだな。もしここにハーゲン・トロニエがいるのなら、出てくるのだ。やつに罪がないことを認め、私は手を差し伸べるぞ。

ウーテ　これ、娘よ――

クリームヒルト　ブルーンヒルトのところへ行ってみてください。彼女は食べて、飲んで、笑っているところでしょう。

ウーテ　殺したのは盗賊たちなんだよ――

クリームヒルト　その盗賊のことは、私がよく知っています。
（彼女はギーゼルヘルとゲレノートの手を取る）
そなたは現場に居合わせなかったな！――そなたもいなかった！

ウーテ　ちょっと、話をお聞きよ！

ルーモルト　私たちは森であちこちに散らばりました。それがジークフリート殿のご希望でしたし、いつもの習わしでもありましたから。それで私たちが落ち合ったときには、あのかたは死にかけていたのです。

クリームヒルト　死にかけていたのを見たのだな？　それでは、ジークフリートは何と言った？　教えてくれ！　あの人の最後の言葉を！　それを言うことができるなら、そしてそれが呪いの言葉ではないなら、そなたの言うことを信じよう。だが、気をつけるのだ。もし聞きもしなかったことをでっちあげようものなら、すぐに口から薔薇の花が咲き出てしまうからな。（ルーモルトが口ごもると）ほら、嘘をついている！

司祭　だが、彼が言ったようなこともあるかもしれません！　鵲《かささぎ》たちが口にくわえたナイフを落としてしまい、それが人間の手では届かないものに当たって、殺めることになったという話があります。そのように空を飛ぶ鵲が、みずから盗んだ光り物が重くなったからという理由で取り落とし、誰かに命中させることがあるのなら、盗賊たちだって命中させるでしょう。

クリームヒルト　司祭様！　そなたはご存じないのです――！

ダンクヴァルト　お妃様、そなたの心痛は尊いものではありますが、盲目かつ不当なものでございます。そなたに対し、誉れ高いことこのうえない武人たちが証言しているのです――

（その間に、戸は閉められており、遺体はもう見えるところにない）

クリームヒルト　（遺体がないことに気づくと）待ちなさい！　誰の仕業だ――

（戸に駆け寄る）

ウーテ　ちょっと、待ちなさい！　そなた自身が望んだように、ジークフリートは静かに担がれていっただけのこと――

クリームヒルト　さあ、私と一緒に来てくれ！　いま行かなければ、ジークフリートが盗まれ、私の目に届かないところに埋められてしまう。

司祭　大聖堂へお入りください！　私が遺体の後を追いましょう。いまとなっては、ジークフリートは神の御手にあるのですから！（退場）

第八場

クリームヒルト かしこまりました！　大聖堂へ行きましょう！（グンターに向かって）盗賊が殺したということでしたね？　ならば、一族を全員集めて、遺体を裁きにかけてください。

グンター そうすることになるだろう。

クリームヒルト 全員を集めて、と申しあげているのです。にもかかわらず、ここには全員が集まっていません。来ていない者も呼んでください！

（全員退場。ただし、男女はそれぞれ異なる扉から退場）

第九場

大聖堂。

松明の灯り。司祭は他の司祭とともに、側方の鉄の扉の前に立っている。正面の入り口にハーゲンの一族が、六十名ほど集まってくる。最後尾にハーゲン、グンター、およびその他の人々。

(扉を叩く音がする)

司祭　どなたか?
外からの返答　ニーダーラントの王である。指の数ほどの王冠を備えている。
司祭　そのような者は存じあげない。(また扉を叩く音がする)どなたか?
外からの返答　世界に冠たる勇者である。歯の数ほどの戦利品を備えている。
司祭　そのような者は存じあげない。(また扉を叩く音がする)どなたか?
外からの返答　そなたの弟ジークフリートである。髪の数ほどの罪を犯している。
司祭　扉を開けてくれ!
(扉が開かれ、ジークフリートの遺体が棺に載せられて運び込まれる。その後から、侍女を従えたクリー

ムヒルトとウーテが続く)

司祭　(棺に対して) 死せる弟よ、歓迎します。そなたは平和を求めてここに来ました!
(彼は棺がしたに置かれると、女性たちと遺体の間に立つ。棺から離された女性たちに向かって) そなたたちもジークフリートのように平和を求めてここに来たのでしたら、歓迎します。
(彼は十字架をクリームヒルトに差しだす)
そなたはこの聖なるしるしから顔を背けるのですか?

クリームヒルト　私は真実と正義を求めてここに来ました。

司祭　そなたは復讐を求めています。だが、復讐というのは主の御手にあるものなのです。主だけが隠れたことを見通し、報復を実行するのです!

クリームヒルト　私はなかば破滅した、哀れな女です。この巻き毛を使ったところで、武人を倒すことができるわけではありません。そんな私にいかなる復讐が可能だというのでしょうか?

司祭　もしそなたが敵に復讐するつもりがないのなら、どうして敵のことを探る必要があるのでしょうか? 裁き手が敵のことを心得ていれば、それで十分ではないでしょうか?

クリームヒルト　私は罪のない者に恨みを向けたくはありません。

司祭　ならば、誰にも恨みを向けないでください。恨まないことです!──汝、哀れな人の子よ、塵と灰から創られ、一陣の風が吹けば、散り散りになる人の子よ。たしかにそなたは重い荷を担いでおり、天に向かって叫びたいことでしょう。だが、はるかにもっと重い荷を担いだ者のことを仰ぎ見てください！　奴隷の姿でわれらのもとに降り立ったそのおかたは、世界の罪を一身に引き受け、償いをしながら、最初の日から最後の日まで神に背いた被造物につきまとうあらゆる苦しみを味わい尽くしたのです。そなたの苦しみをも味わったのです。しかも、そなた自身よりもっと深く味わったのです！　天の力は、そのおかたの唇に宿っていました。すべての天使がそのおかたの周りを漂っていました。しかし、そのおかたは死のときを迎えるまで従順でした。十字架で死のときを迎えるまで従順だったのです。そのおかたの愛、尽きることのない慈悲の心のなかで、そなたに対してこうした犠牲が払われたのです。それでもそなたはまだご自身の犠牲を拒むつもりですか？　さあ、すぐにでも「亡骸《なきがら》を埋葬してください！」と告げるのです。そしてここから引き返しなさい！

クリームヒルト　そなたはご自分の務めを果たされました。今度は私が自分の務めを果たす番ですわ！

（彼女は棺に歩み寄り、その枕元に立つ）

さあ、私のようにここへ来て、私の前で証言するのです！

司祭　（同様に棺に向かい、足元のほうに立つ。三度、ラッパの音が鳴る）

ハーゲン　（グンターに向かって）どうしたというのだ？

グンター　一人の男が殺された。

ハーゲン　それで、なぜ私がここに呼ばれているのだ？
グンター　そなたに嫌疑がかけられている。
ハーゲン　嫌疑などはわが一族が晴らしてくれるだろう。皆に尋ねてみよう。――そなたたちは、私が謀反人でも人殺しでもないと誓ってくれるだろうか？
一族全員　（ギーゼルヘルを除いて）誓うつもりです！
ハーゲン　ギーゼルヘルよ、何も言わないのか？　そなたは、伯父が謀反人でも人殺しでもないと、伯父のために誓ってくれるか？
ギーゼルヘル　（手を挙げて）そのつもりです！
ハーゲン　では、いまは誓言してもらわなくていい。
（彼は大聖堂にいるクリームヒルトに近づく）
お分かりだろう、私についてはいつでも無実が明かされる。そのため、棺のところに立つ必要もないのだが、あえてそうしておこう。しかも誰よりも先にな！
（彼はゆっくりと棺へ歩みを進める）
ウーテ　目を背けるのです、クリームヒルト。
クリームヒルト　いいのよ、いいのよ！　おお、棺のあの人はまだ生きているようだわ！　わがジークフリート！　ああ、声を出すだけの力が、目を開くだけの力が湧いてきているようです！

ウーテ　何てことを言うんだい！　それはいま一度、身動きさせるような自然の力が働いているだけだよ。恐ろしいったらないわ！

司祭　それは神の指なのです。神はカインの印[027]をお書きになる必要があるため、静かに聖なる泉に指を浸したのです。

ハーゲン　（棺のうえに身を屈める）おや、赤い血だ！[028]　こんなことがあるとは思ってもみなかった！　だがこうしていま、自分自身の目で見ているわけだ。

クリームヒルト　これでも降参しないのか？（彼女はハーゲンに飛びかかる）さあ、失せろ、悪魔め！　人殺しのそなたが近づくことで、漏れ出てくる血の一滴一滴がジークフリートの痛みになっていないとは限らないわ！

ハーゲン　これを見よ、クリームヒルト！　死んだ者だって、こんな風に沸きたっているのだから、生きている者に静まれなどと求めることはできないのだ。

クリームヒルト　さがれ！　穢《けが》れを清めるためにこの両手を私の体から切り落としてくれる者がいてくれさえすれば、私はこの両手でそなたに摑みかかっているところだ。洗ったくらいでは、穢れを落とすのに十分ではないからな。たとえ、そなたの血で洗ったとしても落ちることはなかろう。さがれ！　さがれ！　ジークフリートに襲いかかったときには、そんなふうに立っていたわけではあるまい。狼のような目でしっかと彼を見据え、企《たくら》みを告げるのに悪魔の微笑みを浮かべていたわけだ！

そなたは背後から忍び寄ると、野獣が人間の視線をかわすように、ジークフリートの視線を避け、私が教えた急所を覗っていたのだ。——この犬め、そなたは私に何と誓った？

ハーゲン　ジークフリートを火や水からお護りしよう、と。

クリームヒルト　敵からも護ると言ったのではなかったか？

ハーゲン　いかにもそうだ。敵がいれば、約束どおりにしただろう。

クリームヒルト　そう言っておきながら、みずからの手でジークフリートを殺すことが目的だったのではないか？

ハーゲン　懲らしめることが目的だ！

クリームヒルト　とんでもないことだ！　天地が存在するようになってこのかた、懲らしめるために殺すなどということはあったためしがない。

ハーゲン　私はあの武人に挑みたかったのだろうな。私にはそれができるという自負もあるのだろう。しかしながら、やつは竜と切り離すことのできない関係にあった。竜などは人の手で殺されるものだ。誇り高き勇者は、竜の傘下などに入るものか！

クリームヒルト　竜の傘下だと！　ジークフリートはまずもって、その竜を退治したはずだ。そして、その竜とともに全世界を討伐した！　ありとあらゆる怪物の棲みついた森を、そして、獰猛な竜を恐れ、野放しにしておいた腰抜けの武人どもを討伐したのだ。そなた自身がその一人だ！　そなたはジークフリートをいくら苦しめようとしても、彼には何もできなかった！　そなたの妬みこそが、そのよこしまな根性に恐ろしい武器を与えることになった！　人がこの世にある限り、ジークフリートと彼の気高さは語り草になり、同様に末永く、そなたの見苦しさも語り継がれるのだ。

ハーゲン　では、そういうことにしておけ！

(彼は遺体の側方からバルムンクの剣を抜き取る)

さあて、この話は切りがないようだな！

(彼は剣を腰につけ、ゆっくりと一族のところに戻る)

クリームヒルト　殺したうえに盗みまで働くとは！（グンターに対して）裁きをお願いする。

司祭　十字架のところで、なお赦しを与えたおかたのことをお忘れなく！

クリームヒルト　裁きだ！　裁きだ！　もし王が裁きを拒むというなら、王自身もこの血に汚れているということになるぞ。

ウーテ　よしなさい！　そなたはこの家を滅ぼすつもりか――

クリームヒルト　そうなるかもしれません！　だって、ここには余計な者が生き残っていますから！

(彼女は遺体のほうに体を向け、棺のところにくずおれる)

第三部　クリームヒルトの復讐

五幕の悲劇

登場人物

グンター王
ハーゲン・トロニエ
フォルカー
ダンクヴァルト
ルーモルト
ギーゼルヘル
ゲレノート
司祭
エッツェル王
ベルンのディートリヒ[029]
ヒルデブラント……ディートリヒの師匠
リューデガー辺境伯
イーリング……北欧の国王
テューリング……北欧の国王

ヴェルベル……エッツェルの楽士
スヴェンメル……エッツェルの楽士
ウーテ
クリームヒルト
ゲーテリンデ……リューデガーの妻
グードルン……その娘
一人の巡礼者
一人のフン族の者
オトニート……子ども、黙役
エッケヴァルト……黙役

第一幕

ヴォルムス。大きな応接間。

第一場

玉座にグンター王。ブルグント族全員。ハーゲン。ダンクヴァルト。ゲレノート。ギーゼルヘル。
エッツェルの使者たち。リューデガー。

グンター　リューデガー殿、よろしければ、そなたのご用命をお知らせいただこう。いま私の周りにはブルグント族が集まっているからな。

リューデガー　そういうことでしたら、あらゆる土地で支配者、統率者であるにもかかわらず、あなた様にだけは懇願者となるわが主君の名において、殿下の妹君であるクリームヒルト殿に求婚いたします。と申しますのも、クリームヒルト殿は、わが主君が亡くされ、ひどく心を痛められた先の王妃につながるのにふさわしい唯一のおかたであるからです。ヘルケ殿の代わりとなり、誰もがまるで自分のことであるかのようにヘルケ殿のことを悼んでいる民衆の心を新たな王妃として宥《なだ》めることのできる唯一のおかたを、あなたが娶らせるのを拒むようでしたら、わが主君はずっと独り身でいなくてはなりません。

グンター　そなたが主君のことを滅多にしか懇願しない人だと申すならば、われらは滅多にしか礼を言わない人間だということも知っておいてくれ！　ともあれ、エッツェル殿は、怪しげなフン族の王という地位をひときわ高め、その猛々しい名を少なからぬ民族のもとに刻みつけたのだから、私は喜んで立ちあがり、そなたにこう言おう。われわれは王に礼を述べ、光栄だと思っている、と。

リューデガー　そのお言葉のほかには、いかなる返答を王に申し伝えましょうか？

グンター　われらがラッパを響き渡らせず、ヨハネの火[030]を山という山にあまねく灯さないからといって、われらの王族としての誇りが歓喜の気持ちを抑えているとは思わないでくれ。申し出が不服であるとも思わないでくれ。クリームヒルトが寡婦であることは、そなたも知っているだろうな？

リューデガー　もちろんです！　妻を亡くされたエッツェル王と同様の身の上。まさにそのことが、ご両人の結びつきに幸せを保証し、清らかで淑やかな、末永い関係をもたらします。お二人は試練を知らない若者のように、恋の初めての陶酔のなかで無限の幸福を求めるのではなく、慰めを求めるばかりでありましょう。新たな夫にキスをするクリームヒルト殿の目が涙で濡れたとしても、彼女の腕に抱かれたエッツェル王に戦慄が走ろうとも、それは死者を思ってのことであると、お二人ともひとり静かにお考えになるのです！　だが、そういうことがあってこそ、相手の存在を一段とありがたいと思うわけです。

グンター　そうあるべきだな！　クリームヒルトから夫が、私から義弟が奪われたあの不幸な日からこのかた、長いときを経ているにもかかわらず、妹はいまだ、われらのところにいるよりも、ロルシュ修道院にあるジークフリートの墓のところで多くの時間を過ごしている。彼女はどんな楽しみごともまるで悪事を避けるかのようにおずおずと避けるのだ。夕焼けを眺めたり、薔薇の時節に花壇を眺めたりすることさえしない。そんな彼女が新たな結婚などするものだろうか？

リューデガー　では、こうしてはいかがでしょう？　私がみずからクリームヒルト殿に、わが主君の願いを慎んで申しあげることをお許しいただけないでしょうか？

グンター　クリームヒルトの新たな幸せ、われらの新たな名誉というのは喜ばしいことだな。後のことはすべて、われらで協議をおこなってから、そなたに回答しよう。まずはもう一度、礼を申しあげるぞ！

（リューデガー退場）

第二場

ハーゲン　滅相もないことだ！

グンター　クリームヒルト本人が望むなら、いけないことなどあろうか？

ハーゲン　本人が嫌がれば、そなたが無理強いするかもしれん。実際、そなたは後家の結婚など好きなように約束してしまうからな。だが、私は彼女をフン族どものところに行かせるくらいなら、鎖でしばっておきたいところだ。

グンター　それはなぜだ？

ハーゲン　なぜだ、だと？　そんな質問をされるだけでも気が狂いそうになるわ。そなたは何も覚えていないのか？　以前のことを思い出させてやらねばならんのか？

グンター　（ウーテを指さす）気をつけろ――

ハーゲン　そなたの母上のことか？　偽善にすぎん！　そなたの母上はとっくに心得ているわ！　ほれ、われらの狩りの日以来、そなたの母上はもう二度と私に握手をしてこないし、そなたにはキスだってしてこないだろう。

グンター　そのとおりだ。しかし、そなたは反抗的な態度をとり、わが家の秘密を覆っている薄い霧を吹き飛ばそうというのか。血なまぐさい墓を包んできたわずかな緑を踏みにじり、私の前に白骨を投げ出そうというのか。そなたは最後の羞恥心まで捨てさり、嘲笑のもとに自分の蒔いた種から育った毒の実りを見せつけるというのか。そういうことなら、やはり私も自身の胸のうちを開くことになろう。そして、そなたとそなたの入れ知恵を呪い、はっきりとこう言おう。もしいまの私があのときほど若くなければ、そなたによってあれほどひどく混乱させられることはなかっただろう、と。そしてあのときは憎しみからではなく、弱さからなすがままに任せておいたことを、いまであれば、いまの私ならば、嫌悪のもとにはねつけているだろう、と。

ハーゲン　それはそうだろうな。いまとなっては、ブルーンヒルトはとうにそなたの妻になっているからな。

グンター　私の妻！　たしかにな！　彼女が私に他の妻を娶らせてくれないという意味では、そうだ。だが、それ以外の点では――

ハーゲン　何やら私に隠していることがあるのか？

グンター　あるかもしれない！　あの事件の後、私が彼女のところに初めて一杯の葡萄酒を持っていったときのことだ。われらがどのように迎えられたかについては、たぶんそなた自身もまだ覚えているだろう。彼女は、クリームヒルトがわれらを呪ったよりもはるかに恐ろしい呪いの言葉を浴びせたのだ。あれは彼女が戦いで敗北したとき以来、見たことがないような怒り方だった。

ハーゲン　納得してもらうまでに時間を要したな。

グンター　そこで私は、ブルーンヒルト自身が命じたことではないかとたしなめたところ、彼女は私の顔に葡萄酒を浴びせかけ、人とも思えないような声で笑ったのだ。――そうであったろう？　そうでなければ、私の思い違いを正してくれ！

ハーゲン　そなたの言うとおりだが、その後に彼女はばったりと倒れた。それですべてが片づいたわけだ。

グンター　まさにそうだ！　そのわずか一瞬に、まるで彼女は呪いの炎で自身の永遠の時間を焼き尽くしたかのように、何もかもが完全に終わりを告げた。というのも、彼女がふたたび起きあがってきたときには、生ける屍にすぎなかったからな！

ハーゲン　生ける屍だと？

グンター　そう、飲み食いはしても、ルーン文字をぼんやり見つめることはあっても、彼女は死んだも同然なのだ。そなたの言ったことは正しかった。ジークフリートだけが彼女の目の前を塞いでいたのだ。

ハーゲン　私が思っていたのは――いや、そうか！

グンター　どんなに優しい言葉をかけても、にこりともしない。フォルカーの歌が最高潮を迎えたときに、歌われたばかりの優しい言葉を私がかけてみても、効き目はない。逆にどんなにきつい言葉をかけても、涙一つ流すことはない。ブルーンヒルトは痛みを忘れ、喜びもはや忘れてしまった。

ウーテ　そのとおりさ！　あの年老いた乳母が彼女の様子を隠しているだけなのだ！

グンター　ブルーンヒルトのうつろな表情ときたら、昔の伝説で聞くように、まるで自身の血が土のなかに埋まり、土のなかで虫の冷たい内臓を温めているかのようなのだ。虫からすれば、身に余る幸運だが、彼女からすれば、百年か千年がすぎる頃に偶然のめぐりあわせでその虫を踏みつぶすまで、割に合わない不運を味わうことになる。いつ終わるともしれぬ不運を味わうのだ。ゲレノートよ、そなたは喜ぶがいい。ブルグント族の王冠は、もはや確実にそなたの手にある。彼女は世継ぎを残さない。

ハーゲン　そんなことになっているのか！

グンター　いまになって事情を知り、驚いているのか？　私はすべてを黙って辛抱してきた。だが、今日はそなたが卓上に灯りを置いたのだ。ならば、そなたも目を見開き、辺りを見回してみよ！　この家のなかには怨恨と不和が、家のそとには恥辱がある。どこか片隅からでももっとましなものが見つかるというなら、教えてほしいものだ。

ハーゲン　また今度にしてくれ。

グンター　とはいえ、この結婚はわれらを恥辱から救いうる。白鳥が澄んだ水を目の前にすれば、その水に潜り、羽から塵を洗い流すというのが本当の話なら、私だっていまだ企てたことのないこの縁組を必ず成し遂げるつもりだ。

ハーゲン わが王よ、二つに一つしかなかろう。一つ目だが、クリームヒルトは夫を愛していた。自分の夫をあれだけ愛した女はいないほど——

グンター 私が選ぶのは、そちらを否定する、もう一つのほうだ。二つの違いなら心得ている！

ハーゲン ならば、彼女はわれらを憎んでいるということにもなるな。われらをあれだけ憎んだ女はかつていなかったほど——

グンター われらを？　そなたを、だろう！

ハーゲン 私とそなたたちの区別はしているだろう！　だが、彼女がわれらをひどく憎んでいるなら、その憎しみを晴らそうと燃えているはずなのだ。ひどい憎しみが殺しや血や死に飢えることときたら、愛情がキスや抱擁に飢えることの比ではないのだ。愛を長く我慢していると体を悪くするが、我慢するのが憎しみならば、飢えを増すばかりだ。

グンター そなたはよく心得ているのかもしれん。

ハーゲン そうだ、自分でも分かっているからこそ、警告するのだ！

グンター われらはもう和解しているのだ。

ハーゲン 和解だと！　ふん、何ともいまいましいことを言うものだ！　かりに私がそなたの臣下、誰よりも忠実な臣下でないとしよう。かりに私の血の一滴一滴が、他のやつらの心臓すべてを集めたくらいに、そなたのことを思って高鳴ることがないとしよう。かりにそなたの身に降りかかったときにやっとそなたが思うことを、私が前もって気づき、しかもそなた本人よりも深く思うところがないとしよう。その仮定でならば、私は何も言わないだろうし、笑いもしないというもの。だが、私の警告がいくら嘲笑交じりだったからとはいえ、和解などとは言うべきでなかろう！　和解だと！　おおそうだった、そうだった、クリームヒルトはとうとう、自分の頬を差しだしたわけだ。（ギーゼルヘルとウーテを指さし）このギーゼルヘルは毎日キスを求めるし、この母上は泣いていたからな。――そなたたちは和解の盃も交わしたのか？　私が思うに、それはまだだろう。もっとも、和解したからといって、勘定が帳消しになったわけではない。いや、和解したことで新たなつけが加わったのだ。借金が増えただけだ。

ウーテ　そなたはわが娘のことを自分に当てはめて考えているのだよ！　そなたはキスのために頬を差しだしておきながら、裏では、彼女の口には毒のある歯が隠れているのではないかといったことしか思わない。わが娘はね、開闢《かいびゃく》以来、人の子の間の争いに終止符を打ってきた、キスという聖なる証を汚すようなことはしないはずだよ。

ハーゲン　ニーベルンゲン族は黄金のことで彼女の父親を殺した。その黄金は、ジークフリートがこのライン河畔の地に持ってきたものだ。事件というのはな、それが実際に起こる前には、そんなことが起こるなどとは夢にも思わないものだ。ところが、事件は起こってきたし、これからもたびたび起こるだろう。

ゲレノート どんなことであれ、伯父上の言うことには耳を傾けますが、この一件だけはそういきません。伯父上は憎しみをジークフリートからクリームヒルトに転じたのです。

ハーゲン 私を見損なうな！　われらの国へと帰り道が続いていない国がどこかにあれば、教えてくれ。私はクリームヒルトのためにその国を征服し、好きなだけ高い玉座をたててやろう。ただし、彼女に武器を与えることによって、その武器がそなたたち自身にはね返る可能性があるならば、それはするなと忠告しなくてはならない。そなたたちは、私が新たにクリームヒルトを苦しめるために、彼女からジークフリートの宝を奪ったとでも思っているのか？　とんでもないことだ！　私は、彼女の苦しみには敬意を表しているし、彼女が私を呪ったからといって腹は立てない。いったいどこの男がクリームヒルトのような女を所望しないというのか？　こちらが生きている間は、他のすべてを目に入れず、こちらが死ねば、死体の埋められている場所が光り輝かないからといって、大地にたてつくような女を求めない男などいるものか。私はただ必要に迫られてやったにすぎん。

ウーテ だけどいまさら、宝を奪うようなことをすべきではなかったのにねえ。

ハーゲン それで和解は後味の悪いものになった。それは事実だ。（グンターに向かって）そなたは少し前まで国を離れていたわけだから、彼女がそなたを本当に許しているのかどうかは分からんぞ。そして帰還したとき、そなたはもはやジークフリートの宝の盗人を罰しようとしなかったのだから、なおさら彼女が許しているかどうかは疑わしいものだ！　だがそうは言っても、宝を奪わないわけにはいかなかった。ジークフリートの宝を使って、彼女は軍勢を集めたかもしれないからな。

ウーテ　クリームヒルトが軍勢を！　彼女はそんなことを考えてはいなかったよ。

ハーゲン　まだ軍勢を集めるところまでいっていないことは、私も承知している。クリームヒルトはジークフリートの財宝を撒いて、右に左に人手を溢れかえらせている。誰かがそれを一回もらいに来ようと、十回もらいに来ようと一向に頓着はしない。それは味方を得て、さらに維持する手段であった。

ウーテ　ジークフリートの追悼のためだけにしたことなのだよ。クリームヒルトが黒い喪服に身を包み、美しい静かな目をつねに涙で濡らし、宝石やまばゆい黄金を所望する人々に分け与え、その宝を自身の涙で拭いてあげることも稀ではなかった。あのときのクリームヒルトはこの世で二度と見ることができない姿だった。この世の人々に幸福の極みを施すという運命の手は、悲嘆の極みというべき姿を選び出したのだよ。

ハーゲン　私が言うのも、まさにそれだ。そう、あれは木石さえもが心を動かす姿だった！　もっとも、恩恵は重くのしかかるもの。誰もがその重荷を軽くしようとして、何らかのお礼をしたいと望むがゆえに、何千もの人々が徐々に彼女の周りに集ってきて、最後にはそのなかの誰かがこう尋ねる。なぜ泣いているのか、と。そうして彼女のわずかな合図さえあれば剣を抜き、かつて竜を退治し、豊かな財宝をもこの国にもたらした男のために復讐が果たされることになる。

ウーテ そなたが言うような合図を——クリームヒルトが送ることがあった、とでも思うのかい？　あれは女ではないのか？　私はあれの母ではないのか？　国王は実の兄ではないのか？　ゲレノートとギーゼルヘルは、あれにとって今日までかけがえのない弟ではないのか？

ハーゲン まるでジークフリートが話しているのを聞いているかのようだな！　鴉《からす》どもがジークフリートの周りを飛び回って、警告していたのだ。だが、ジークフリートの考えでは、自分は義兄弟のもとにいるから大丈夫だという。それで彼は鴉に狐を投げつけ、鴉を追い払うことになるわけだ！

グンター これ、何てことを言うのだ！——未解決の疑問は、誰の口からまずクリームヒルトに事情を告げるのがいちばんいいか、ということだけなのだ！（ウーテに向かって）母上の口から告げるのがいいだろう、と私は考える。クリームヒルトと話してみてくれ。

（全員退場）

第三場

クリームヒルトの私室。

クリームヒルト　（手飼いの小鳥と栗鼠《りす》に餌をやっている）どうしてお年寄りが動物にひどく愛着をもつのか、と以前はよく不思議に思ったものだが、いまは私自身がそうなっている。

第四場

ウーテが入場。

ウーテ また餌籠に手を入れているね？

クリームヒルト ご承知のとおり、これをやめなくてはいけないほど貧乏ではありませんし、飼うのが楽しいのです。動物たちのほうでも私に不満はないようです。窓のように籠を開け放しているので、動物たちは逃げようと思えばすぐに逃げることができるのですが、ここにいてくれます。この栗鼠だってそうです。これは、仕事でお疲れになった創造主が日曜日になってお造りになった傑作で、他に比べるもののないほど可愛らしい造形ですわ。創造主だって名案中の名案というのは仕事が終わってからようやく思い浮かぶものですし、この栗鼠が私にとってはわが子になったわけですから。私はこの動物たちをどう可愛がったらいいか分からないほどですわ！

ウーテ それはさておき、そなたは人間を悲しませているのだよ。そなたが動物たちに施しているものが、私たちには施されないんだからね。私たちはさすがに動物以上の存在ではあるのさ。

クリームヒルト それはどうでしょう。人間のなかに、気高いジークフリートの後を追って死んだ人がいましたか？　私だってそうしてはいませんが、彼の忠犬は後を追ったみたいですね。

ウーテ　これ！

クリームヒルト　あの犬はジークフリートの棺のしたに潜り込みました。そして私が餌を差しだしたら、まるで私が悪いことを唆しているかのように、私に噛みついたのです。そういう私は呪ったり、誓ったりはしましたが、その後も食事をしました。お母さん、こんなことを言って申し訳ないのですが、私は人間の仲間うちでは良くない境遇にありますので、自然そのままの森のなかにもっと良い仲間がいないかと探ってみるほうがいいのです。

ウーテ　そんなことを言うのは、やめてくれ。そなたに話すことがあるのだよ！

クリームヒルト　（ウーテには耳を貸さずに）私はこう思うのです。荒ぶる獅子だって眠っている者には危害を加えません。獅子は自然によって気高く造られているため、抵抗できない者を殺しません。たしかに獅子は目覚めている者を噛みちぎりますが、それは腹を空かせてのことにすぎませんし、それと同じ欲望が、人間を人間へとけしかけることもあります。獅子の攻撃は、相手の顔を妬んだり、相手の自由な堂々たるふるまいを許さなかったりすることが理由にはならないのですが、私たちの間ではそれが動機となり、勇者を人殺しに変えるのです。

ウーテ　けれども、蛇は牙を刺してくる。背後からだろうと前からだろうと、あまり躊躇《ちゅうちょ》はしない。

クリームヒルト　それは人が踏んだときのことです。また、蛇は敵を殺すのに必要な舌を使って、敵にキスをしようなどと誓いを立てません。蛇たちは、われらが神聖な神の平和を破ったがために、われらと闘っているのですから、人間一人一人とならばいつでも争いをやめてくれます。私だってわが息子[031]を腕に抱いて、蛇たちのもとに逃げればよかったのです。一族によって否定され、裏切られた裸一貫の人間、追放者、見捨てられた者を、蛇たちは世界の黎明期に生まれた太古の友情を忘れずに保護してくれるでしょう。私が受けた仕打ちを、あなたがた人間の言葉でわが息子に打ち明ければ、蛇たちはかれらの言葉で息子にどうやって復讐すべきかを囁いてくれたでしょう。それから息子が大人に成長し、重い樫の棍棒を手にして暗い森から立ち現れたならば、獅子に始まりもっとも臆病な虫に至るまで皆が、さながら王に従う臣下のように群がる軍勢をなして息子の後に続いたことでしょう。

ウーテ　そなたの息子がライン河畔にいても、呪うことだったら教えられるだろう。ジークフリートの父親にはその権利があるし、ジークフリートの母親はそれを妨げることはできないからね。だけど、そなたは息子を手元においておくほうが良かったんだよ。

クリームヒルト　お黙りなさい。ああ、何てことを言うのですか。お母さんのことが信じられなくなりそうです。はあ！　ジークフリートの息子をニーベルンゲン族の宮廷に、ですって！　あの子の三本目の歯が生えるまでの間だって、あの子は生かしておいてもらえなかったでしょうよ。

ウーテ　自然がせっかくそなたに与えてくれた慰めをそなたは手放してしまったのだから、その代償は高くつくものさ。

クリームヒルト　息子の最初の泣き声を聞いてすぐに、私は人殺しどもの手から息子を逃がしたのですから、それで十分なのです。忠実に逃がす手助けをしてくれたギーゼルヘルのことを、私は決して忘れないつもりです。

ウーテ　そなたは罰を受けているんだよ。いまとなってはあれに心をかけるしかないのだからね。（小鳥を指さす）

クリームヒルト　どうして私を苦しめるのでしょうか？　あのときどんな状況だったか、お母さんはご存じでしょうに。死人の胸に生きた息子をあてがい、母乳を出せと言ってみてください。そのこわばった乳房のなかで自然の神聖な泉が新たに湧きあがることはあるにせよ、私の魂が冬眠から覚めるのは、容易なことではありませんでした。私ほど心の奥深くまで眠りが忍び込んでいた動物はいなかったのです。あのときの私は、目覚めているときにも夢が混じり、元気な雄鶏の朝の鳴き声をものともせずに寝ていたような状態でした。そんな私に良い母親が務まったでしょうか！　私は息子に望むものもありません。あの子は、私を慰めるために生まれてきたのではないのです。息子は、父の殺害者を討たなくてはなりません。彼がそれを果たしたときこそ、私たちはキスを交わしましょう。しかしその後、私たちは永久に離れ離れになりましょう。

第五場

ギーゼルヘルとゲレノートが入場。

ゲレノート さて、母上、どうなりましたか？
ウーテ あの件はまだ話していないのだよ。
ギーゼルヘル ならば、われらが話しましょう。
クリームヒルト わが親族がこれだけ皆で集まるなんて、いったい何の日ですか？　死の御祓いの祭りでもしているのですか？
ゲレノート それはとっくに終わりました！　いまはもうヨハネ祭のかがり火に向けて蓄えをしていて、じきに葱《ねぎ》を天井の棟木に置くところです。そなたは暦まですっかり忘れてしまったのですか？
クリームヒルト お菓子を当てにしなくなってからというもの、祭りはどれも忘れてしまうわ。そなたたちは相変わらず嬉しいのでしょう。
ゲレノート 嬉しくなどありません。そなたが喪服を着ている限りは。われらがやってきたのは、そなたに喪服を脱いでもらうためでもあるのです。それというのも――（ウーテに向かって）母上、駄目です。

クリームヒルト　やはりそなたのほうがいい！

ウーテ　このゲレノートが突如として顔をそむけてしまうとは、どうしたというのでしょう？

クリームヒルト　ねえ、そなたがもう一度、以前のように私の胸に顔をうずめてくれるというなら——

ゲレノート　ああ、そんなことがまたもや必要となる辛い日が、そなたにも私にも訪れませんように！　お母さんは、もう忘れたのですか？

ウーテ　駄目だ、今日あの話をするのは！

ギーゼルヘル　私はそなたの子ども時代を思い出していたのだよ。

そなたたちでは役目が果たせませんね。よし、これまでよくそうしてきたように、今回も私が手助けをしましょう。私がそなたたちから叱責されることになっても、褒められることになってもです。（クリームヒルトに向かって）姉上には、鳴り響くラッパの音、武具や馬の騒がしい物音が聞こえませんでしたか？　とある高貴な王者が姉上に求婚しているのです。

ウーテ　そうなのだよ。

クリームヒルト　お母さんは、それをわざわざ私に伝える必要があると思っているのですか？　厩舎で私たちに仕えている、いちばん愚鈍な下女だって、私を慮って却下するだけの女の心得があると思っていましたのに。お母さんがそんなことをお尋ねになるなんてありえません！

ウーテ　皆からの通達だからね。

クリームヒルト　物笑いの種にしたいのですわ。

ウーテ　この私が物笑いのための使いだとでもいうのかい？

クリームヒルト　お母さんのお考えは、理解しかねます。（弟たちに向かって）そなたたちはまだ若すぎて、自分が何をしているのかが分からないのだ。そなたたちにそのときが来たら、私から言って聞かせよう。（ウーテに向かって）それにしても、お母さん――いまは亡き、気高いわがジークフリートに背けとでもいうのですか？　あの人が最後に握りしめたことで聖化されたこの手を、別の人の手のなかに置けというのですか？　あの人が亡き後、あの人が眠る棺としかキスを交わさなかったこの唇を汚すようにというのですか？　私はあの人に罪滅ぼしができていないのに、あまつさえあの人のものだった権利を奪い、あの人の記憶を汚したほうがいいというのですか？　人々は、生き残った人の悲しみを見て、故人の価値を推し量るものなのです。未亡人が結婚すれば、世間はこう考えます。あいつは女という女のなかでも最低の女だ、もしくは、あの女は最低の夫に娶られていたのだ、と。お母さんまで私の再婚のことをお考えになるとは、何たることでしょう！

ウーテ　そなたがはねつけようと、受け入れようと、私が言いたいのは、そなたがまだ何か喜びを見つけだせるのなら、それを与えようとそなたの弟たちは心から願っている、ということなんだよ。

ギーゼルヘル　そうです、姉上、それが本当のところです。兄である国王にしても、われらと同じことなのです。伯父上が反対したとき、国王は伯父上を叱り、彼の忠告などお構いなしに、みずからの意にかなうようにしました。姉上がそれを聞いてくださっていれば、いま心から兄上のことをお許しになっているでしょう。姉上は、口ではとうの昔に許すと言っていたわけですが。

クリームヒルト　それでは、トロニエは結婚をやめるよう忠告したのだな？

ギーゼルヘル　ええ、やめるよう言っていましたよ。

クリームヒルト　あいつが恐れている。

ウーテ　伯父さんは本当に心配しているのだよ。

ゲレノート　伯父上が考えているのは、そなたがエッツェルを唆し、フン族たち全員を引き連れてブルグント族のところへ攻め込んでくるかもしれない、ということ。求婚者というのは、他でもない、そのエッツェルなのですから。

ウーテ　勘違いだよ！

クリームヒルト　あいつはわが身に降りかかる仕打ちについては心得ている。

ゲレノート　しかし、われらの一員としてわれらの輪のなかにいれば安全であることを、伯父上はご存じない！

クリームヒルト　伯父は、かつてそなたたちの輪のなかにいた、もっと優れた人物がどんな目にあったのかを、よく覚えているのだろう。

ウーテ　ああ、あんなことになると分かっていればねえ！

ゲレノート　われらが皆、あのように幼かったことが悔やまれます！

クリームヒルト　そう、そなたたちは、私を守るには幼すぎたが、人殺しを匿うには十分大人だったというわけだ。その人殺しを天と地が同時に告発したときのことだ。

ウーテ　そんな風に言うものではないよ！　そなたはトロニエ伯父さんのことを兄弟たちとまったく同じように敬い、愛してもいたのだよ！　そなたが子どものとき、夢のなかで野蛮な一角獣に追い立てられたり、怪鳥グリフィン[032]にも脅かされたりしたとき、その怪物を退治してくれたのはそなたの父親ではなかった。そなたは明け方に伯父さんの首元に飛びつき、最初のキスをして、伯父さん自身には身に覚えのない行動のことでお礼を言ったのだよ。

ギーゼルヘル　そうです、そうです！　年老いた召使が馬小屋でわれらに雷神トールのことをよく語ってくれたときのこと。黄色い稲光が差し込むと、トール自身が屋根裏の隙間から入り込んできたようにわれらは思いましたが、その姿は、槍を投じるときのハーゲンのごとくに見えていたものです。

ゲレノート　そなたに切にお願いします。過ぎ去ったことはともかく過去のものとしてください。勇者だった夫のことを、そなたはもう十分に悼んできました。そなたは夫を亡くした初めての悲しみのなかで、夫の美徳一つにつき丸一年を泣いて過ごそうと固く心に誓ったにせよ、喪の期間はもう過ぎており、誓言からも解放されています。やはりいまこそ、その目の涙を拭いさり、泣くのではなく現実を見てください。エッツェル殿は、新たに目を向けるのにふさわしい相手です。死者を取り戻すことのできる人はいませんが、ここには生ける者のなかで最高のおかたがいるのです。

クリームヒルト　そなたたちは知っているだろう。私がいまだにこの世で望んでいることはたった一つであり、最後の息を引き取るときまでその望みを断つことは決してないのだ、と。

第六場

グンターが入場。

グンター　（弟たちに向かって）どんな具合だ？

クリームヒルト　（彼の前にひざまずく）わが主君にして兄である国王よ、謹んでお願い申しあげます。聞いていただきたいことがあるのです。

グンター　いったい何のことだ？

クリームヒルト　聞きましたところでは、そなたは今日、初めて主君として実際に威光を示したとのことですが――

グンター　初めて、となー！

クリームヒルト　そなたがその王冠と緋衣を見せびらかすためだけに着用しているのではなく、また剣と王笏を笑われるためだけに携えているのでなければ――

グンター　辛辣なことを言うのだな。

クリームヒルト　そんなつもりではありませんでした！　しかし、もし私が言ったことに間違いがなく、戴冠後のそなたがとうとう即位なさるというのでしたら――

グンター　そう思ってもらっていい。

クリームヒルト　ならば、ひどい不正を被ってきた者たちにとって偉大な日が来たことになります。国内で苦しみを味わっている者たち皆の第一人者として、私はまずそなたの前に進み出て、ハーゲン・トロニエを訴えます。

グンター　（足踏みをする）まだそんなことを言うのか！

クリームヒルト　（ゆっくりと立ちあがる）事件のあった森のあの寂しい場所の周りを飛び回っている鴉《からす》は、かたきを討ってくれる者を眠りから呼び覚ますまで、旋回し、鳴くのを決してやめることがありません。鴉は罪なき者の血が流れるのを見たのですから、殺した者の血も流されるまでふたたび落ち着くことはないのです。どうして自分が鳴いているのかが分からずに、それでも自身の義務を怠るくらいなら飢えることを良しとする動物に対して、私は恥じ入らなくてはならないのでしょうか？　わが主君たる国王よ、私はハーゲン・トロニエを訴えます。この訴えは私が死ぬまで続けられます。

グンター　不毛なことだ！

クリームヒルト　そんなに早まった決断をなさらないでください！　いまのような苦しみのなかった良き時代に、怒り狂った鹿がそなたの手を切り裂いたとき、この妹はそなたの手を処置いたしました。いまや哀れな身となったその妹と妹の苦しみを、そなたはじつに、あのときの処置よりもさっさと片づけてしまいます。わが苦しみは静かにこう告げうるものです。この世のどこかにまだ私と同じだけ苦しんでいる人がいるならば、私は笑ってわが身を嘲り、いままで呪ってきた人々皆を祝福しよう、と！　そなたはそれほどの苦しみにほんの僅かな慰めさえ与えることを冷淡に拒み、眉をひそめてそれを門前払いしようするのです。どうかよくお考えくださり、前言を撤回してください。訴えを起こしているのは、私一人ではありません。国中が私とともに声をあげています。子どもは生まれたばかりの声を、老人は最後の声を、新郎新婦はいつにない声をあげているのです。よろしければ、そうした人々を玉座の前に呼び出してみてください。あらゆる年齢、あらゆる階級の人が登場するのを見て、そなたは肝を冷やすことでしょう。なぜなら、あの殺人の罪は、破れんばかりの重苦しい雷雲のごとくに人々皆のうえに覆いかぶさり、刻一刻と迫りくるものだからです。妊婦は、怪物が母胎で成長しつつあるのではないかと首をひねり、そのため産むのをひどく恐れています。太陽と月はいまだにわれらを照らしていますが、多くの人にとってそのこと自体がすでに自然の驚異となっています。もし兄上が王の職責をなおざりにすることがあれば、人々は自衛に向かうかもしれません。かつて王という地位が存在しなかった時代にそうであったように、皆が暴動を起こそうとして集うならば、兄上がいま恐れているあのハーゲンよりもはるかに恐ろしい存在になるかもしれません！

グンター　人々がそのつもりなら、やらせておけばいい。

クリームヒルト　兄上のお言葉は、まるで私が乾いた血のついたスカートをお見せしても、その血が巡っていた血管の持ち主のことなど見たことはない、その人物の声など聞いたことはない、その温かな手の握手など感じたことはないと告げているかのようです。実際そうなのでしょうか？　そうだとすれば、おお大地よ、ブルグント族のもとでおこなわれた虐殺行為がそなたを染めたのと同じ色で、どこもかしこも赤く染めてくれ！　深紅に浸されよ！　希望と喜びの緑の衣などは払いのけよ！生きとし生けるものにこの名状しがたき蛮行を戒めよ。贖罪が拒まれたのだから、この蛮行を全人類に開示してくれ。

グンター　もうたくさんだ！　私にはある目論見があってここに来たのだ。それは感謝されるはずのものだ。（ウーテに向かって）母上はもう話したか？

（ウーテが肯いた後に）

よかろう！　よかろう！――私は返事を尋ねるつもりはない。そなたが自分で返事を決めたと知ってもらうために、使者が直接に返事を受け取ればいいのだ。そなたには使者の話を聞いてやってほしい。その使者とは、老辺境伯リューデガーのことだ。使者の話を聞いてあげるのはしきたりであるし、本人もそれを請うているのだ。

クリームヒルト　リューデガー辺境伯を歓迎いたします。

グンター　ならば、連れてくるぞ。（ウーテと弟たちに向かって）二人だけにしてやろうではないか！（全員退場）

第七場

クリームヒルト 兄上は恐れている！　ハーゲン・トロニエを恐れているのだ。そして聞くところによれば、ハーゲン・トロニエは私を恐れているのだ！――足がかりは得ることができそうだ！　世間は始めのうち私を侮辱するだろうが、事の幕切れを見れば、ふたたび私を称賛するはずだ！

第八場

リューデガーが従者を従えて入場。

クリームヒルト　ようこそお見えになりました、リューデガー辺境伯！――ですが、まずはお聞かせください。私に伝えることがあるというのは、本当ですか？　あなたは使者としてここに来ているのですか？

リューデガー　そのとおりです！　何を隠そう、あのエッツェル殿の使者として来たのです。ニーベルンゲン族の王笏を除いて、王家という王家の王笏を残らず落としてきたあのおかたの使いです。

クリームヒルト　私には興味のないことですが、だからといって驚いていないというわけではありません。私はかねてより、あなたを称賛しているのです。ご自身が冒険的な試みをやってのけ、また、そのことで他の者を一杯食わせた人こそリューデガーであり、この二つの側面は、われらのもとではつねに一緒に言及されます。そのリューデガーを使者として遣わすというのは、この世で最高のものを求めてそうするのでなければ、ありえないことでしょう。

リューデガー　わが主君である国王もそう考えて、私を遣わしたのですよ。

クリームヒルト　リューデガーよ、なにゆえそなたは寡婦に求婚しようとして、この人殺しの巣窟を訪れたのでしょうか？

リューデガー　王女よ、何をおっしゃいますか？

クリームヒルト　ここからは軒先の燕《つばめ》は逃げ去り、忠節な鸛《こうのとり》だって百年来の巣にもう戻ってきません。それなのに、エッツェル王は求婚者としてこの地に立ち寄るというのですから。

リューデガー　そのお言葉は、悲しむべきものです。

クリームヒルト　もっと悲しむべきは、私が見てきた所業です！――知らないふりをしないでください！　ジークフリートがいかなる最期を遂げたのか、そなたはご存じでしょう。いまこのライン河畔で子どもたちを怖がらせている子守歌を耳にしていれば、それだけでお分かりでしょうから。

リューデガー　知っているからといって、どうだというのでしょう？

クリームヒルト　エッツェル殿は、まだ異教徒でしたか？

リューデガー　そなたがお望みになれば、キリスト教徒になります！

クリームヒルト　いま異教徒であるなら、そのままでいるのがいいでしょう！――リューデガーよ、偽りなく言っておきたいのです。私の心は、それをかつて寄せていた男と同様にもう死んでいます。だが、私の身柄は、代償次第では差しあげないものでもありません！

リューデガー　ならば、この地上に国境線を持たない王国というものを差しあげます。

クリームヒルト　王国が小さくとも大きくとも、それは構いません。それよりそなたたちの国では、どのような割り振りになっているのでしょうか？　殿方には剣、王冠、王笏、奥方には光り物と刺繍入りのドレスでしょうか？　いえ、それでは駄目なのです。私にはそれ以上のものが要るのです。

リューデガー　たとえどのようなものであろうと、そなたの要求は、口に出すまでもなく聞き届けられます。

クリームヒルト　エッツェル殿は私に対していかなるお務めも拒みませんか？

リューデガー　そのことは私が請け合います。

クリームヒルト　それで、そなた自身は？

リューデガー　自分にできることでしたら、最後の息を引き取るまで、何なりとそなたに従います。

クリームヒルト　辺境伯殿、それを私にお誓いください！

リューデガー　誓います！

クリームヒルト　（独り言）代償はよく理解されているな。これで大丈夫だ！（従者に向かって）王たちを呼ぶのだ！

リューデガー　それではご承諾いただけましたかな？

クリームヒルト　エッツェル殿は、ブルグントにおいてもよく知られています。その名を聞いた者は、まず血と炎を、次に人間を思い浮かべるのです！――そうですとも、たしかに承知いたしました！――聞くところでは、あのおかたは王冠が顔の周りに溶け落ちて、焼けた剣が滴となって手からしたたり落ちるまで、突撃をやめないといいます！　これぞ打ってつけの人物。この人なら大喜びでやってくれるでしょう！

第九場

ウーテと王たちが入場。

クリームヒルト よく考えたうえで、私はあなたがたの意見に従います！　辺境伯リューデガー殿、手を差しだしてください。その手がエッツェル殿のものであるかのように、握りましょう。さて、これより私はフン族の女王です。

リューデガー あなた様に忠誠を誓います！

（彼は自身の家来たちとともに剣をかたわらに抜く）

ウーテ じゃあ私の番だね。私は女王を祝福します。

（ウーテを避けて、後ろへ下がる）やめるのです！　やめるのです！　母上の祝福には何の力もありません！

クリームヒルト （王たちに向かって）

ですが、そなたたち――そなたたちは私の同行者としてかの地まで行ってくれますか？　私はダンクラート王の娘としてそれを要求して構わないでしょうし、先方は世界の主君としてそれを期待していているかもしれませんので。

グンター　（黙っている）

リューデガー　何と！　駄目だというのですか？

クリームヒルト　私の女王としての資格をお認めくださらないのですか？

（リューデガーに向かって）

辺境伯殿、どうして私が女王の資格を得ることができないのか、グンター王にお尋ねください。

グンター　認めないわけではないのだが、いまはライン河を離れることができない理由があるのだ。辺境伯殿、妹を本人が選んだご主人のもとに私の名において引き渡し、そして私の不義理をお許しくださるようお願いする。妹の様子については、いずれ見せてもらおう。

クリームヒルト　王としていま言ったことを約束してくれますか？

グンター　すでに約束した。

リューデガー　ならば、私が引き取りましょう！

クリームヒルト　では、ジークフリートの墓へ最後のお参りです！　私がお参りしている間に、他のことはご相談ください！

（エッケヴァルトが現れる）

幼い私の子守をしてくれたのは、忠実なわがエッケヴァルトだった。他の皆が私を見捨てても、

彼だけはきっと私の棺の後からついて来てくれるだろう。(退場)

第二幕

第一場

ドナウの河岸。

グンター、フォルカー、ダンクヴァルト、ルーモルトと大勢の従者。グンター王の前にはヴェルベルとスヴェンメル。しばらくしてハーゲン、司祭等を乗せた船が見えてくる。

ヴェルベル　それでは国王陛下、これにてお暇《いとま》をいただきます。わが国の人々はわれらを待ちわびているのです。と申しますのも、人々はヴァイオリンの弓を槍と見分けるくらいが関の山で、ヴァイオリンを弾くことなどできないからです。この度は、堅苦しい使節としてお暇するわれらではありますが、王が晴れて城にお見えになるときには、われらは軽快な弾き手となってまたお目にかかることになりましょう。

グンター まだ時間があるだろう。私はベヒラルンに赴き、リューデガー老人のもとに泊まろうと考えているから、そこまでの道は一緒だ。

ヴェルベル われらはその道以上の近道を知っていますし、急がなくてはなりません。

グンター ならば、行くのだ。

ヴェルベル 感謝いたします。（スヴェンメルとともに退場しようとする）

ルーモルト 贈り物のことをお忘れになったのか？　贈り物が届くまでは、ともかくお待ちなさい。

ヴェルベル （スヴェンメルとともに引き返してくる）そうでした！

ルーモルト もう船が近づいてきます。

フォルカー 奇妙なやつらだな。豪華な贈り物を稼いでおきながら、いざというときにそれを置き忘れてしまうとはな！（せかせかとヴェルベルに向かって）クリームヒルト殿は、まだ悲しみに沈んでいるのですか？

ヴェルベル クリームヒルト殿はまるで苦しみなど知らない者のように楽しげに見えると、われらは伝えませんでしたかな？

フォルカー たしかにそれは聞きました。

ヴェルベル　ならば、それまでのことです。

フォルカー　エッツェル殿が支配する国は、奇蹟の国であるはずです。私が思うに、白い薔薇が植えられて赤い薔薇が摘まれる、あるいは逆に、赤が植えられて白が摘まれるかのようですな。

ヴェルベル　どういうことですか？

フォルカー　クリームヒルト殿はすっかり変わってしまった、ということです。彼女が楽しそうな姿など、われらは見たこともありませんでした。彼女は子どものときだって、ただ静かに喜び、目で笑う人でした。

ルーモルト　最後の荷物とともにハーゲン殿がやってきます。

フォルカー　いったいクリームヒルト殿は、何をして楽しそうにしているのですか？

ヴェルベル　こう言えば、お分かりでしょう。女王は宴席が好きで、なかでもその最大のものにあなたがたを招待しているのです。奇妙なことをお尋ねになる！　あなたがたが約束どおりにそちらから姿を見せないがゆえに、女王から使者が送られるのは当然のことではありませんか？　クリームヒルト殿は、威厳や美貌の点でわれらのところの女どもを凌駕しているだけに、出自の一族によってまるで一族の恥であり、誇りではないかのように放置されていることを女どもは奇妙に思っているし、そう思うのももっともなこと。このままの状態が続けば、女王の王族としての出自に対し、嫉妬心から疑いの目が向けられないとも限らないのです。だからこそ、女王はあなたがたに約束のことを思い出させているのですよ。

フォルカー　ほほう、われらは夏至の頃にはそちらに赴きます。ご覧のとおり、（従者を指さし）われらの従者をすべて引き連れて！

ヴェルベル　たしかに軍勢とも呼ぶべき人数ですな。それだけ大勢の客は、エッツェル殿も思ってもみないところですから、われらも先に戻らせてもらわなくてはなりません！（かれらはちょうど接岸した船へと向かい、そそくさと姿を消す）

フォルカー　やつらは嘘を言っているな。嘘であることは間違いない！　だが、クリームヒルト殿が、向こうでわれらに会いたいとお望みのはずであることも事実なのだ。

ルーモルト　クリームヒルト殿が二番目の夫を説き伏せて、亡き夫のために命を賭けるなどという話を信じるのは馬鹿げたことだろう。そんな話は矛盾しているし、一笑に付されるものだ。しかしながら、秘められた可能性にすぎないことが、実際に起こるかもしれない！

フォルカー　われらには後ろめたいことなどなかろうに。ゆえに、わが身の見張りをするわが目すら要らないのだが、トロニエにはまるで千もの目があるようだ。それだけの目があれば、真夜中の暗闇でも十分だ。

ハーゲン　（船が到着するとすぐに飛び出し、積み荷を降ろすのを眺めてから）何もかも揃っているか？

ダンクヴァルト　あの司祭だけがまだだ！（司祭を指さす）やつはようやくミサの道具の始末に取りかかっている。

ハーゲン　（ふたたび船に飛び乗り、司祭に飛びかかる）じっとしていろ！（彼は司祭を船から水へと突き落とす）あそこで子犬のように転がっているわ。わが雄々しさが完全に蘇ってきたな！

フォルカー　（ハーゲンに続いて船に飛び乗ってから）こら、ハーゲン、何てことを。これはまた、そなたのためにならないことをしたものだ！

ハーゲン　（密やかに）人魚に会ったのだ。その髪は葦のように緑色だった。その目は青く、私にこう告げるのだ——（中断して）おや、どういうことだ？　片方の腕が麻痺しているのに、泳ぐことができるのか？　船の櫂《かい》をよこせ！

フォルカー　（櫂を摑んで、離さない）

ハーゲン　櫂をよこすのだ！　さもなくば、この鎧を着たまま水に飛びこむぞ！（彼は櫂を手にすると、水中を打つ）遅すぎた！——魚のようなやつだ！——ならば、やはりあの予言は正しく、ただの意地悪ではないということ！

司祭　（こちらに向かって叫ぶ）王よ、どうぞお元気で！　私は帰らせてもらいます！

ハーゲン　それなら私が——（みずからの剣を抜き、船を打ち砕く）

グンター　そなたは正気なのか？　船を壊すとは。

ハーゲン　エッツェルの招きに応じて、家来一同が意気揚々とそなたに随行するには、ウーテ殿の見た夢が悪すぎたな。だが、いまとなっては最後の一人までそなたを信じるしかない。

グンター 夢などに恐れを抱いている家来がいるのか？

フォルカー そんな家来はいなかったな。ハーゲンが言っているのは、何のことだ？

ハーゲン 脇へ来てもらおうか。われらの話が誰にも聞かれないようにするのだ。私が信用したいのは、そなただけだからな。（密やかに）私が人魚に出くわしたのは、先ほど船を探しに行ったときのこと。人魚は古い井戸のうえに浮かんでいて、霧のなかを飛び回る鳥に似ていた。その姿が見えたかと思えば、また青い煙にのみ込まれて消える。私が忍び寄ると、人魚どもはおびえて逃げ去ったが、私はその衣をはぎ取ったのだ。すると、やつらは髪を体に巻きつけて、菩提樹の梢《こずえ》に身を隠しながら、媚びるようにこう叫んだ。盗んだものを返してくれれば、そなたに予言をしましょう。われらは、これからそなたたちの身に降りかかることが分かるのです。それを偽りなく伝えましょう、とな！　私は人魚の衣を高く掲げて風にはためかせ、よかろうと頷いた。すると、人魚どもは歌い始めた。幸運やら勝利やら、およそ人が望むことのすべてが歌われた。あんなに素晴らしい歌を聞いたのは初めてのことだった。

フォルカー それはそなたが思うより、良い徴候ではないか！　虫が晴れと雨をかぎ分けるように、人魚どもは運命をかぎ分けるのだ。ただ、人魚どもは話すことを好まない。一言話すごとに寿命が一年縮むのだからな。やつらは天空の太陽や月のように長生きするとはいえ、死なないわけではない。

ハーゲン　それだけにいっそう不吉なのだ！　私は嬉しくなって、衣をまたそこへ放り出し、駆け出した。ところが、そのときだ。背後から笑い声が響いてきた。その声の不快で、恐ろしくも醜悪なことといったら、まるで何千もの蟇蛙《ひきがえる》や鈴蛙《すずがえる》のいる沼から立ち昇ってきた笑い声のようだ。それで私はぞっとして振り返った。これはどうしたことか？　声の主は、またしてもあの人魚どもだったが、いまや恐ろしい姿になっている。そいつらはさまざまに顔を歪めた。今度は鳥の歌ではなく、人魚というのはほっそりした腹からしたのほうは魚になっているということだから、おそらくは魚の声であろう。そいつらは奇妙な舌打ちするような声で私をこう嘲ったのだ。われらはそなたを騙した。そなたたちは皆、もしフン族の国へ向かうならば、緑のライン河を目にすることはもはやない。帰還するのはただ一人、そなたがもっとも軽蔑している男だけだ、と。

フォルカー　まさかあの坊主のことではなかろうな？

ハーゲン　あの坊主だということは、いま見てもらったとおりだ。私も皮肉を込めてこう言い返しはした。それはつまり、よその土地がとても気に入って、われらは故郷を忘れてしまうということだな、と。そうして私は笑い飛ばし、口笛まで吹いて船を探したのだ。とはいえ、その言葉は私には一撃をくらったようにこたえたわ。ともかく、良い結果にはならないと思ってくれ。（声を張りあげて）ハーゲン・トロニエは以前に警告したが、その言葉に従っておけばよかったといずれ知ることになるだろう。

グンター そのハーゲン・トロニエ自身がみずからの考えに従って、居残りを決めないのは、どういうわけだ？　われらの義弟にキスを迫られるという落ちではなくとも、妹の腕に抱きしめられるという結末を迎えそうなこの恐ろしい冒険を、ハーゲン抜きでやってのけるだけの勇気をわれらは持ち合わせている。

ハーゲン ほほう！　私は、死ぬにはまだ若すぎるだろうな！――私が気にかけているのはただそなたのことであって、自分のことではない。

ダンクヴァルト （ハーゲンに向かって）それはいったい何の血だ？

ハーゲン 私のどこかに血がついているのか？

ダンクヴァルト （血を指につけ、それを見せる）ほら、そなたの額から真っ赤にしたたり落ちている。自分で気づかないのか？

ハーゲン ならば、兜《かぶと》がしっかり締まっていないのだ。

グンター いやいや、理由を聞かせてもらおう。どうしたのだ？

ハーゲン じつは内々にな、そなたの代わりにドナウ河の通行料を支払った。そなたはもう催促されることはない。取り立て役は、報いを受けているのだ。だが、自分ではこの血に気づかなかったわ。（彼は兜を脱ぐ）こんなにたっぷり支払ってやったとはな。

グンター　すると、そなたは渡し守を――

ハーゲン　もちろんそうだ。嘘はすぐにばれるというが、それがいまになって分かった。やつが太い櫂を使って挨拶してきたものだから、私は自身の鋭利な剣で礼をしたわけだ。

グンター　あの巨人ゲルフラート[033]を！

ハーゲン　そう、バイエルンの自慢の男を退治した！　やつは舟同様に打ち砕かれて、川に流れている！　だが、心配するな。そなたたちがここで次に舟を求めるときには、私が背負って渡してやる。

グンター　ならば、歩いてこの地を去るしかないわけだ。そなたの不吉な予言が的中するわ――

ハーゲン　国王が音頭を取れば、そんなことにもなるだろう！　どのみち、われらは死の網のなかにいるということ――

フォルカー　そのとおり！　だが、それはいまに始まったことなのか？　われらはずっとそんな具合だったからな。

ハーゲン　よく言った、わがフォルカーよ。礼を言うぞ。そうだ、われらはずっとそんな具合で、それはいまに始まったことなどではない。だがわれらにはな、死すべき他のすべての人間に勝る利点があるのだ。それは、われらが敵を心得、死の網のこともすでに承知しているということだ――

グンター　（容赦なく、つっけんどんにハーゲンの言葉を遮る）出発だ！　出発だ！　さもないと、バイエルン公のところから通行料の取り立てと死んだ渡し守のかたき討ちのために誰かやってくるぞ。ぐずぐずしていては、エッツェル王のせっかくの楽しみをふいにすることにもなる。

（ハーゲン、フォルカーを除く家来たちと退場）

ハーゲン 私は名もない神々に誓おう。私を突き落とす者がいたら、私はそいつを引き裂いてやる、と。

フォルカー そのときは私も手助けするぞ！　とはいえ、ついさっきまで、私も他の者と同じように考えていたと白状しなくてはならない。

ハーゲン じつは私もそうなのだ。だが、ようやく分かったのは、人間とはそんなものだということ。人魚どもの予言を聞いてからというもの、人間も私自身も何とちっぽけで忌々しいものかと思っているわ！

フォルカー 人魚の予言など、いまはまだ疑いたいところだが――

ハーゲン それは違うな、わがフォルカーよ。疑うのは間違いだろう。信じるだけの証拠だってあがっている。

フォルカー しかし、ウーテ殿の言ったことだって間違いではない。クリームヒルトは女子であり、もし夫のかたきを討とうとするなら、実の兄弟や年老いた母親まで一緒に殺さなくてはいけないことになる、とウーテ殿は言ったのだ！

ハーゲン なぜ、そんなことになるのだ？

フォルカー そなたを庇うのは、王たちだ。その王たちをこれまたウーテ殿が庇っている。もし誰かが王たちを射てば、ウーテ殿を射つことにもなるのではないか？

ハーゲン　むろんそうだな。

フォルカー　矢がそなたの皮膚を傷つけるとすれば、その矢はそなたを傷つける前に、いま挙げた者たち全員の心臓を貫かなければならない。そんな矢を女子が放つものだろうか？

ハーゲン　何が来ようと構わん。受けて立つわ。

フォルカー　われらが皆、血を流している夢を見た。ところが、誰もが傷を負っているのは、背中なのだ。そんな傷をつけるのは、武人ではなくて、人殺しの仕業であるから、罠以外に恐れるものはないということになるな、友よ！（両者退場）

第二場

ベヒラルン。応接間。
一方よりグードルンとともにゲーテリンデが、他方よりディートリヒ、ヒルデブラントともにリューデガーが登場。かれらの後からイーリングとテューリングが続く。

ゲーテリンデ ベルンのディートリヒ様、ここベヒラルンでお目にかかれて嬉しく存じます。ヒルデブラント様、あなたにお目にかかれたのは、それに勝るとも劣らない喜びです。私には一枚の舌しかないので、お二人の勇者に対して同時にご挨拶申しあげることができません。ですが、手は二本ございます。お二人のどちらに対しても、この二本の手を激しく高鳴っているこの心に喜んで従わせます。（彼女は両手を差しだす）これでご容赦くださいませ。

ディートリヒ （挨拶に応じながら）この老骨には優しすぎるお言葉です！

ヒルデブラント これはまた、娘さんとの見分けがつきませんな。もう一度、キスをいたします。（彼はグードルンにもキスをする）このかたは、まるでお母様の生き写しのように私の前に立っておりますからな。

ディートリヒ　実際、お二人を取り違えてしまうのも無理はないほどによく似ていますな。

リューデガー　（同様にグードルンにキスをする）

どうぞご遠慮なさらずに！

ディートリヒ　私と師匠は、今日は馬鹿さ加減を競い合います。われらは、まだ髪が褐色だった時分には、殴り比べをしたものです。白髪になったいま、キス比べをするのですよ！

ゲーテリンデ　（イーリングとテューリングに向かって）デンマークとテューリングの皆様には、これまでもたびたびお会いしてきましたから、お二人は友人として扱っていいでしょう！

イーリング　（挨拶に応じながら）ディートリヒ殿には、われらとは扱いの違う立場がふさわしい。このかたが姿を見せれば、皆が進んで一歩退くのだ。

ディートリヒ　われらアーメルンゲンの一族[034]と最北の地からいらっしゃったそなたたちは、そのいずれもが狩人の斧で刻まれながらも、決して切り倒されなかった樫の木のように、血なまぐさい戦いで百回以上も傷を負いながら生き延びてきた者たちだ。そんなわれらがこうして集っているところを見ると、われらはそれと知らずに、死から護ってくれる薬草を摘んでいたのだと思いたいな。

イーリング　不思議なことだ。

テューリング　たいして不思議なことではない！　かつてわれらは玉座についていた。だが、われらはいまやフン族の王のため、血なまぐさいニーベルンゲンの一族[035]を接待する目的でここに来ているのだから、物笑いの種になるべく王冠を被っているようなものだ。エッツェル殿は諸国の王たちを集めた自慢の宮廷をつくり、人々が三十の王冠をすぐに思い浮べるような新しい名称をわが身のために思案しているという。われらとしても王笏を乞食の棒切れと取り換えてしまったほうが良かったのかもしれない。杖などという中途半端なものは、恥ずべき代物だ。

ディートリヒ 私もそなたたちに交ざって、みずから王のもとに出向いたのだ。

テューリング たしかに。とはいえ、出向いた理由が誰にも分からない。何しろエッツェル殿だってわれらと同様に不思議に思っているくらいだ。もしもそなたが私のような人間ならば、という話になるが、私はこう思ってしまう。そなたが出頭したのは、獅子の仲間を装い、獅子が胃袋に熊や狼を収めてしまった後で、その獅子をのみ込んでしまうためではないか、と。だが、そんなことはそなたの人柄からかけ離れたことと承知している。われらが小賢しい了見から、なかば強制されてやっていることをそなたは自発的にしているのだから、われらの愚鈍な頭には理解しかねる、驚くべき理由があるに違いない。

ディートリヒ 私には理由があるのだ。そなたたちがそれを知る日も近い。

イーリング その理由が知りたくてたまらん。本来ならば、そなたが命じる立場になりそうなのに、そなたのほうが頭を下げるというのはいかにも奇妙なこと。率直に言わせてもらえば、屈辱にも近いことをするわけだし、この度のやり方はとくにそうだからな。

テューリング　私が言っているのも、まさにそれだ！

リューデガー　エッツェル殿の高貴なお人柄を忘れるでないぞ！　もし私がディートリヒ殿のように自由の身であったとしても、進んでエッツェル殿に仕えたであろう。エッツェル殿は、われらと同様に貴族であるが、われらは苦労もせずにそうなった。母親たちから血で受け継いだのだ。しかし、あのおかたは自身の心ばえによってそうなったのだ！

テューリング　私はそうは思わん。私は従わざるをえないからこそ従っているのだが、もし私がディートリヒ殿のような――

イーリング　私はわれらの神々のことを想って気を紛らわせている。われらから王冠を奪っていった嵐は、われらの神々をも倒してしまった。これが（王冠に手を伸ばす）もはや昔のように十全に輝かないことが腹立たしくはなるが、そんなとき私はヴォーダン[036]の樫の木立へと駆け込み、もっと多くを失ってしまった神のことに想いを馳せるのだ！

ディートリヒ　それはいいことだ！――世界の大きな歯車が別のところに掛けられるか、ひょっとすると別のものと取り換えられてしまうかもしれない。これからどうなるのかは、誰にも分からない。

リューデガー　なぜそんなことになるのだ？

ディートリヒ　かつてある夜に、私は水の精がいる井戸のところに座っていたのだ。それがどこなのかは、私にも分からなかったのだが、多くのことを耳にしてしまった。

リューデガー　何を聞いたのだ？
ディートリヒ　それをうまく告げることができないのだ。そなただってそうだろう。ある言葉を聞いたからといって、それを理解できるとは限らない。ある絵を見たからといって、それを解することができるとは限らない。ようやく何かが起こってから、あれは運命の女神ノルネがもう何年も前に影の踊りのなかでほのめかしていたことだと思い当たることになるものだ！
（ラッパの音がする）
イーリング　武人たちが近くまで来ている！
テューリング　人殺しどもが！
リューデガー　それは口に出すな！
ディートリヒ　ある謎めいた言葉が、私の耳に残り続けてきた。それはこうだ。巨人は巨人を恐れず、ただ侏儒を恐れるというのだ！　私が何を言っているか、分かるだろうか？　ジークフリートが死んでからというもの、私にはそれが分かりすぎるくらいに分かる。
ゲーテリンデ　（窓辺にて。すぐ近くでラッパの音）ほら、あそこに一行がいます。
グードルン　誰と誰にキスしなくてはならないの、お母さん？
ゲーテリンデ　王様たちとトロニエにだよ！
リューデガー　（武人たちに向かって）さあ、行くぞ！

ディートリヒ　そなたたちは挨拶をしに行け。私は諫《いさ》めるために行く。

リューデガー　何だって？

ディートリヒ　そうするのだ！　もし私の助言に耳を傾けるなら、かれらはそなたと酒を酌み交わし、それから引き返すだろう！（その場から立ち去りながら）いいか、火と硫黄は分け隔てておくものだ。ひとたび火がつけば、それを消すことはできないからな。

（全員退場）

第三場

ゲーテリンデ こちらにおいで、グードルンや。どうしてぐずぐずしているのだ？　立派な客人たちに、私たちがそっけなくしているわけにはいくまい。

グードルン （同様に窓辺に歩み寄る）お母さん、あのうつろな死人の目をした、顔色の悪い人を見てください。きっとあの人がやったのでしょう。

ゲーテリンデ 何をやったというんだい？

グードルン お気の毒な女王様！　女王様は結婚式のとき、まったく楽しそうではなかったわ。

ゲーテリンデ どうしてそなたにそんなことが分かるというんだい？　あのかたが楽しそうにする前に、そなたは眠りに落ちてしまったじゃないか。

グードルン 眠りに落ちたですって！　あのときの私はまだ幼かったけれど、ウィーンでは眠り込むことなどなかったわ！――あのかたはこんな具合に座っていた。頭を手で支え、まるで心ここにあらずで、私たちのことなんか頭にもないようだった。エッツェル殿があのかたに触れたら、蛇が近づいてきたときに私がそう反応するように、ぴくっと体を震わせたのよ。

ゲーテリンデ　こら、グードルン、おやめ！
グードルン　いま話したことは確かなことだと思っていいわ。お母さんたちが気づかなかっただけでしょう。お母さんは、私の目がいいといつも褒めているわよね——
ゲーテリンデ　それは落ちた針を拾いあげるときのことだよ。
グードルン　お父さんだって、私を家の暦と呼んでいるわ——
ゲーテリンデ　もうそう呼ばれることはないはずですよ。そなたがそんなに生意気なことを言うのならね。
グードルン　なら、あのかたは楽しそうだったと？
ゲーテリンデ　未亡人として似つかわしい程度にはね！　もうこの話はやめよう！（彼女は窓から離れる）
グードルン　ちょっと思い出しただけのことよ。私がさっき——（叫ぶ）あら、あの人だ！

第四場

リューデガーが客人たち、およびニーベルンゲン一族とともに入場。ギーゼルヘルが遅れて後に続き、離れたところにとどまる。

ハーゲン わしらが怖がらせてしまったかな？（全員が挨拶を交わす）（グードルンに向かって）おそらく誰かが私の悪口を言って、私がキスもできないやつだと言い触らしたのではないか？　ほれ、できる証拠だ。（彼はグードルンに、続いてゲーテリンデにもキスをする）お許しくだされ、ご婦人よ！　自分の評判が気になるあまり、私だって大蛇ではないことをそそくさと見せる必要があったわけだ。だが、もし私が大蛇であるとしても、この薔薇のような唇がしてくれたキスは、麗しいメルヘンでそうなるように、間違いなく私を善良な羊飼いに変えてしまったのだろう。私はどうするのがよかろう？　菫を探すか？　子羊を捕まえるか？　ご婦人との二回目のキスを賭けて、花ならば花びら一枚失わずに、子羊ならば毛一本失わずにとらえて見せるとしよう。どうだ、賭けてくれるか？

リューデガー　まずは軽く食事だ！　庭に用意してある。
ハーゲン　まずはそなたの武具を見せてもらおうではないか！
（一つの盾の前に立つ）
これがそなたの盾か！　これを鍛造した名匠を知りたい。だが、これは作り手からそなたがじかに受け取ったものではあるまい。
リューデガー　私の前の持ち主を当ててみてくれ。
ハーゲン　（壁から盾を手に取る）おや、こいつは重いな。これだけの相続品に恥じないような人間は、いまではわずかしか見かけんわい。
ゲーテリンデ　グードルンよ、聞いたか？
ハーゲン　この盾ならば、水車場の石臼のように、どこへでも好きなところに置いておけばよかろう。自分の番は自分でするわ。
ゲーテリンデ　その言葉にお礼を申しあげます。
ハーゲン　何ですかな、ご婦人？
ゲーテリンデ　お礼を申しあげているのです。幾重にもお礼を申しあげます。それを携えていたのは、私の父ヌードゥングなのです。
フォルカー　であればこそ、その父上というのが、彼の武具を使いこなすことのできない武人とは結婚しないことをあなたに誓わせたというのは、もっともなこと。その盾を見れば、剣のことも容易に想像がつく。

ハーゲン　いまの話は初耳だが、ヴァイオリン弾きというのは何でもよく知っているものだ！

リューデガー　事の次第は、いま言われたとおりだ。

ハーゲン　（盾をふたたび立てかけようとする）では、父君の死を心からお悔やみ申しあげる。私ならば——こう言うのをお許しくだされ——父君のことを殺していたかもしれん。頑な武人であったに相違ないからな。

ゲーテリンデ　盾はそのままにしておいてくれればいいのです。

ハーゲン　私の代わりに立てかけてくれる家来はいないものでな。

リューデガー　よい、よい。そなたのお気に召す品を、いまやわれらも心得た！

ハーゲン　そうお思いか？　勇者ジークフリートが私に遺してくれたバルムンクの剣に、その盾はむろんぴったりと合うだろうな。それに私は武具を集めていることも否定しない。

リューデガー　もっとも、そなたは作られたばかりの武具は持たないのだな。

ハーゲン　私はその力が証明されたものが好きなのだ。それは確かだ！（全員退場）

第五場

フォルカー　（ギーゼルヘルを引きとめる）ギーゼルヘルよ、そなたに打ち明けなくてはならないことがある。
ギーゼルヘル　私にか？
フォルカー　それから、助言も願いたい。
ギーゼルヘル　われらはほぼずっと道中をともにしていたのに、いまになっていきなり何を言いだすのだ？　それでは、手短に話してくれ！
フォルカー　あの娘さんを見たか？　いや、もちろん見たな。あとは何を尋ねようかな。あの娘は、乾杯しようとさえしなかった。
ギーゼルヘル　間抜けなことを言うものではない。あの娘なら、たしかに見た。
フォルカー　しかし、あの娘さんがするはずだったキスをそなたははねつけたな――
ギーゼルヘル　からかっているのか？
フォルカー　思い違いのないように、そなたに当たってみなくてはならないというわけだ。乾杯してくれる気もなかったことは、そなたも言っていたしな。あの娘は、何歳に見えるだろうか？

ギーゼルヘル もう勘弁してくれ！

フォルカー そなたはまだ焦る年齢ではないな。あの娘は、もう明らかに年頃なのだろうか？

ギーゼルヘル そなたに関係のあることなのか？

フォルカー あるとも。私はここで求婚しようと思うのだ。だから私は、あの娘が目隠し鬼ごっこに呼び出されたら、花婿を忘れて遊びに行ってしまうような子どもではないことくらいは知っておかなくてはならない。

ギーゼルヘル ここで求婚するというのか。そなたがか？

フォルカー 自分のための求婚ではないぞ！　私の兜はでこぼこになっているが、自分の顔を自覚させるくらいには映しだしてくれるわい。違うのだ、ゲレノートのためだ。

ギーゼルヘル ゲレノートのためだと？

フォルカー 今度は真剣に質問するぞ。そなたは賛成してくれるか？　賛成してくれるなら、私は喜んで二人の間を取りもつ！　あの娘が窓辺に立っているのをゲレノートが目にしたとき、彼はまるで稲妻が命中したかのような感情に襲われたのを、私自身が目にしたのだからな。

ギーゼルヘル 兄上が？　兄上は一度も目をあげなかったではないか！――そうなっていたのは、私だ。

フォルカー あれはそなただったのか？　では、私にも打ち明けてくれたかな？

ギーゼルヘル 打ち明けていなかったと思うが、その代わり、いま打ち明けよう。結婚したほうがよかろうとそなたたちからずっとせっつかれていたわけだ。いちばんせっついていたのは、ゲレノートだ――
いまこそそうしようではないか！

フォルカー　いきなり結婚か？

ギーゼルヘル　彼女がそれを望めばな。私は礼儀だけのキスを拒んだのだ――

フォルカー　本当だな？

ギーゼルヘル　ああいうキスをしたほうがよければ、大きなケーキから私の取り分を回すように、後から私に回してくれ。だが、私にはどうでもいいこと。別なキスか、さもなくば、キスをしないか、どちらかなのだ！（急いで退場）

第六場

フォルカー　おやおや、みるみる熱があがっていくようだ！　しかし、まさにうってつけのときゆえ、私もおおいに焚きつけてやろう。もしわれらがリューデガーと縁故関係になれば、エッツェル配下一の腹心の家来がわれらの味方になるということだからな。（退場）

第七場

庭園。

リューデガーと彼の客人たち。背後に宴席が設けられている。

ハーゲン　何やらこっそりとクリームヒルトに誓ったことがあるのではないか？

リューデガー　もしあるとしても、それを言うわけにはいかんだろう。

ハーゲン　やはり私はあると思うぞ。心変りがあまりに早かったのだ！　クリームヒルトは当初、求婚されたことでひどく気分を害していたが、その後突如として求婚が意にかなうものとなってしまった。

リューデガー　そのような次第であるとしてもだ。拒否せざるをえないことをクリームヒルト殿が要求したりするものか。

ハーゲン　分かったものではない！　私なら拒まれても気にしないのだから！

リューデガー　私には分かっているのだ！　たしかに、ひどく感情を害された女が復讐を企み、われら男一同よりも血なまぐさい計画を立てることはあるかもしれない。だがな、女のためにいざ腕が振りあげられる日が来ると、女自身が震えながらにその腕を引きとめ、「まだ駄目だわ！」などと叫ぶものだよ。

ハーゲン そうかもしれんな！――フォルカーよ、どこをうろついていたのだ？

第八場

フォルカーが登場。

フォルカー　私は病人の世話をしていたのだ！――そなたたちのところの空気はよどんでいるぞ。ここでは、二十年以上もおとなしく眠っていた熱病が突発するのだ。しかもその様子ときたら、私がこれまでに見たことがないほど激しいものだ。

リューデガー　その病人とやらは、いったいどこにいるのだ？

フォルカー　ほれ、ちょうどその病人が来るぞ！

第九場

ギーゼルヘルが登場。

リューデガー　食卓へ行こう！　あそこで胡桃《くるみ》や巴旦杏《はたんきょう》を割っていれば、この謎も解けることだろう。

ギーゼルヘル　辺境伯殿、最初に一言申しあげることをお許しください。

リューデガー　料理長が許してくれる間だけならば構わん。それより長いのも短いのもいかん。

ギーゼルヘル　辺境伯殿の娘さんに結婚を申し込みたいのです。

ゲレノート　そうか、ギーゼルヘル！

ギーゼルヘル　兄上には不都合だろうか？　それが図星なら、兄上も申し出るのだ！　そして、おたがいに誓い合おうではないか。われらにどんな籤《くじ》が当たろうとも、恨みっこなしだ！　兄上は笑うのか？　すると、よもやすでに申し出て、承諾の返事をもらっているのか？　それならそれでよかろう。その場合でも私は誓ったことを守るぞ。ただし、妻は娶らないことにするがな！

ゲレノート　何なのだ、その思いつきは！

リューデガー　（妻と娘に合図をする）グードルンや、こっちにおいで！

ハーゲン　（ギーゼルヘルの肩を叩く）そなたは勇敢な鍛冶屋だな！――指輪ができあがるぞ！――私がとりなしをしてやろう！

グンター　私もとりなそう。このように純粋な乙女の頭に冠を置くことができるとすれば、それは私にとって大いなる喜びとなろう。

ギーゼルヘル　（グードルンに向かって）それで、そなたは？

ゲーテリンデ　（グードルンが黙っているために）ああ、痛ましい！　かねてからの噂で聞き及びではありませんか？　わが娘は耳も口も不自由なのです。

リューデガー　あなたのお言葉はなかったことにしていただきたい。

ギーゼルヘル　まだなかったことにしてほしいとは思っておりません。もし娘さんにそんな欠点でもなければ、私には高嶺の花にすぎないでしょう。

ハーゲン　いいぞ、しっかりとハンマーで叩け！　そういう指輪こそ、われらの鎖には打ってつけのものだからな。（フォルカーに向かって）これでもまだわれらに復讐してやろうというなら、クリームヒルトは私の十倍も残忍だということになるな！

ギーゼルヘル　グードルンよ――ああ、私は忘れていた！　娘さんと話すのに必要な身ぶりの仕方を急いで教えてください。とはいえ今回は、私の代わりにお尋ねください！

グードルン　あら、いまの話を信じないでください。私はただ恥ずかしかっただけです。

フォルカー　おや、娘さん！　そなたの唇には魔法が宿っているに違いない。最初のキスのときに願いをかけたら、もうその願いが叶っているわけだ。

ギーゼルヘル　ならば、返事を！

グードルン　それに私の父がまだ答えていませんでしたから。

ハーゲン　（リューデガーに向かって）ほれ、そなたが全権を握っているのだ！　お墨つきをくれ！　そなたの料理人が待ちかねている。

リューデガー　（グンターに対して）まだ私の返事が必要でしょうか？　王冠が頭上に舞い降りてきたというのに、それを受け取ろうなどと天に向かって叫ぶような愚か者の役を私は演じなくてはならないのでしょうか？　いいでしょう、私が承ったとお答えする！（ハーゲンに向かって）そなたたちに対し、私がクリームヒルト殿と共謀しているかどうかが、これで分かっただろう。

ハーゲン　それでは、二人とも手を差しだせ！　それでいい！　指輪の完成だ！　鍛冶屋よ、もうハンマーは打たなくていいぞ！　婚礼は帰郷してからだな？

ギーゼルヘル　なぜだ？

ゲーテリンデ　あら、それがいいでしょう！

リューデガー　私ならば、七年待ってもいいのですよ。

ハーゲン　だが、もしもそなたが手足を二、三本失うことがあっても、破談にはさせないからな。（グードルンに向かって）ギーゼルヘルが首を失くして帰ってくることはないと、私から伝えておく。

リューデガー　そのことはわれらも請け合う。宴席に呼ばれているだけなのだよ。

ディートリヒ　（突如として歩み寄る）分かるものか！　クリームヒルト殿はいまだ昼となく夜となく泣き通しだ。

ハーゲン　エッツェル殿はそれに耐えているのか？　おっと！　料理人がベルを鳴らしているぞ。

ディートリヒ　私はいま話したことを伝えるために来たのだ。言うことは言ったから、あとは気にするもしないも、そなたたちの好きにするがいい。

（リューデガーとともに宴席に向かう）

第十場

ハーゲン　そなたたちは聞いたか？　ベルンのディートリヒ殿があぁ言っているのだ。

ディートリヒ　（ふたたび戻ってくる）誇り高きニーベルンゲンの一族よ、油断しないように。いまは舌先でそなたたちに与している者が、助太刀までしてくれるだろうとは思わないほうがいい。

（リューデガーの後を追う）

第十一場

フォルカー　この世ではもっとも猜疑心《さいぎしん》を抱くことのなさそうな王者が、ああ言っているのだ。
ハーゲン　ディートリヒ殿は名の通った人物だ。
フォルカー　それに魔法の井戸から現れた聡明な水の精が――
ハーゲン　これ、しゃべってしまうのか？
グンター　はて、何のことだ？
ハーゲン　水の精が言うには、すぐれた鎧が必要であろう、と――
フォルカー　だが、鎧は何の役にも立たないであろう、と。
グンター　それが何だというのだ？　助かる道ならもう考えてある。
ハーゲン　どういうことだ？
グンター　そなたが引き返すのだ！
ハーゲン　引き返す？
グンター　そのとおり！　そなたは私の母上に、ここで起こったことを伝えてだな、母上に寝具を整えてもらうようにしてくれ。そなたがわれらを救ったのだから、それは喜ぶべきことだ。そなたが始終警告している危険というのは、そなただけに向かうものであって、われらに向かうものではないからな。そなたさえその気になってくれれば、われらは助かることになるし、そなたの任務はいま伝えたとおりである！　では、引き返せ！

ハーゲン　それは私への命令か？

グンター　命令がしたければ、私はヴォルムスを発つときにそうしていただろう！

ハーゲン　ならば、その任務は私が進んで承るかどうかということ。それはお断りしなければならない。

グンター　それ見たことか。そなたは私のことだけを心配しているのではない。そなたは「ハーゲンはどこにいるのだ？」、「ハーゲンは怖くなったのではあるまいな？」などと馬鹿にされそうだから、姿を隠す気などないのだ。つまり、そなたを駆り立てるものこそ、私を駆り立てるものでもある！　フン族の王から糸紡ぎ車が送られてくるまで、私は悠長に構えている気などない。そう、もし運命の女神ノルネがみずから指を突き立てて私を脅したとしても、私は一歩も退くことはなかろう！　それで、そなたの予言どおりのことがこれから実際に待ち構えているのだとすれば、そなたこそわれらに取り憑《つ》いた死神ということになるだろう。だがな——
（彼はハーゲンの肩を叩く）
さあ来い、死神よ！

（他の人物の後を追って去る）

第三幕

第一場

フン族の国。エッツェル王の城。応接間。

クリームヒルト。ヴェルベル。スヴェンメル。

クリームヒルト　やつは呼ばれもしないのに来るというのだな。ハーゲン・トロニエ、そなたのやりそうなことは分かっていたぞ！

ヴェルベル　彼が先頭に立ち、皆を率いています。

クリームヒルト　やつらが来たら、すぐに武器を手に取るのだ。承知のとおり、策略を用いるのだぞ。

ヴェルベル　策略を用いることは、わが身のために重要ですな。

クリームヒルト　やつらのことを知ったいまになって、怖気《おじけ》づいたということはなかろうな？

ヴェルベル　われら紋雀蜂《もんすずめばち》の群れに、これまで何頭もの獅子が屈してきたのです！——ところで、エッツェル殿はこのことをご存じなのでしょうか？

クリームヒルト　ご存じない！——いや、おそらくご存じだ。

ヴェルベル　ただ一つだけ気になりますのは——

クリームヒルト　何だ？

ヴェルベル　われらは砂漠のなかにいても、客人を敬うことになっているのです。

クリームヒルト　誰にも招待されていない者が客人なのか？

ヴェルベル　いいえ、われらは敵とさえ思っております。

クリームヒルト　ひょっとするとすべてが無用となるかもしれない。グンター王はここに来れば、無頓着にふるまうであろう。もしブルグントのなかにハーゲンを処刑してくれる人が見つかるなら、私がフン族に頼んで復讐する必要もないのだ。

ヴェルベル　ですが、女王様——

クリームヒルト　復讐の必要がなくなった場合でも、私はあなたがたへの誓約を守るぞ。ハーゲンが倒されたならば、ニーベルンゲンの財宝はあなたがたのものとなる。彼を倒したのが誰かは、問わない！

ヴェルベル　われらが何一つできなかったとしても、あの財宝が与えられるということですね？　それならば、エッツェル殿が激怒しても、われらは死ぬまで女王に尽くします！
クリームヒルト　ブルグントの女王には会ったことがあるか？
ヴェルベル　あのかたには誰もお目どおりがかないません。
クリームヒルト　何か聞きつけたこともないのか？
ヴェルベル　奇妙極まりない噂が出回っております。
クリームヒルト　どんな噂だ？
ヴェルベル　その噂とはつまり、あのかたは墓所に住みついていると囁かれています。
クリームヒルト　といっても、死んではいないな？
ヴェルベル　女王様が出発してからすぐにあのかたが墓所に入りました。あのかたは夜中に姿を消し、数週間経ってからようやく発見されたそうですが、いまはもう墓所から離れないとのことです。
クリームヒルト　あの女が――ブルーンヒルトが――ジークフリートの神聖な墓所にいるというのか？
ヴェルベル　そのとおりでございます。
クリームヒルト　吸血鬼だ。
ヴェルベル　棺のところにうずくまっております。
クリームヒルト　魔術でも企んでいるのだ。

ヴェルベル　そうかもしれません。しかし、目には涙を浮かべ、爪で自身の顔をかきむしったり、棺の板を引っかいたりしている、と。

クリームヒルト　ほら、私の言ったとおり、吸血鬼の姿だろう！

ヴェルベル　王は出口をふさぐように命じたのですが、あのかたの年老いた乳母が慌てて戸口に立ちはだかった、と。

クリームヒルト　そなたを追いだし、元どおりにしてやる！――（長い間《ま》の後に）私の母がこの髪の束を送ってよこしたが、これには一言も添えられていなかったのか？

ヴェルベル　そうでございます。

クリームヒルト　私が兄弟たちのことをあまり長く引きとめておくな、と母は警告しているのではないかと思うのだ。

ヴェルベル　あるいはそうかもしれません。

クリームヒルト　この髪の束は雪のように白い。

ヴェルベル　母君は夢をご覧になって、不安に駆られたのです。あの夢を見ることがなければ、きっとそんなことはお考えにならなかったでしょう。母君ご自身が一行の渡航をしきりに急き立てていたのですから。

クリームヒルト　どんな夢なのか？

ヴェルベル　われらが出発するはずだった前夜に、鳥という鳥が死んで空から落ちてくるところを見た、と。

クリームヒルト　何たる前兆だ！

ヴェルベル　ごもっともです。子どもたちがその鳥を、秋に落ち葉を集めるように足でかき集めていた、と

——

クリームヒルト　母の見る夢はいつも正夢となるのだ！——その夢はこれから起こることの証だ！

ヴェルベル　喜んでいますか？　そこで驚いた母君は、われらが馬に乗ろうとしたとき、白い頭髪からその髪の束を切り落とし、女王様への手紙でもあるかのように私に渡したのです。

クリームヒルト　よし、準備にかかってくれ！

ヴェルベル　網はもう仕掛けてあります。

（ヴェルベルとスヴェンメル退場）

第二場

クリームヒルト　（髪の束をもちあげる）お母さんの言いたいことは理解できます！　ですが、ご心配なく！　私が狙っているのは禿鷹だけですから、そなたの子鷹たちは毛一本だって傷つくことはありません。ただし――いやいや、あの人たちは仲が悪いのですから！

第三場

エッツェル　（従者を従えて入場）さて、そなたには不満がないだろうか？　まだ不満があるというなら、私がここを離れるまでに解消しなくてはならないな。ともかく、私がそなたの身内にどのように挨拶したらいいのかを教えてくれ。

クリームヒルト　わが王よ――

エッツェル　言いよどむことはない！　そなたの好きなように取り決めてくれればいい！　私が初めてベルンのディートリヒ老人を迎えたときには、自身が門のところまで出向き、王冠を着用することにした。それが現在に至るまで、私なりに最高の出迎え方だったが、今日はそれ以上のことをする心積もりでいる。フン族だってそなたのことを尊重する術を心得ていると、かれらに分かってもらうためにな。私はわが帝国のなかで最遠方の辺境の地に至るまで、無理強いされたのではなく、みずから進んで私に奉仕してくれる王たちをあらかじめ派遣したのだ。山から山へと灯される歓喜の炎は、そなたの身内がエッツェルの宮廷で歓迎されていることを告げ、われらには一行がどの道を通って近づいてくるのかを教えてくれるものだ。なおそれ以外に、王冠の点検をして、私の緋色の衣をいま一度風に通したほうがよければ、遠慮なく言ってくれ。一ウンツェ[037]の金の冠よりも一ツェントナー[038]の鉄の武具のほうが私には圧迫感がないのだが、そんなことは気にしなくていいのだ。私はいちばん軽いやつを選ぶことにするから、もしそなたが礼をしてくれるというのなら、この度の夏至祭りに向けてそのいちばん軽いやつに赤い帯で目印をつけておいてくればいい。私がすぐに見つけることができるようにな。

クリームヒルト　わが主人のお考えとはいえ、それはやりすぎではないかと。

エッツェル　かれらのためにはやりすぎかもしれないが、そなたのためにはやりすぎではないのだ！　そなたは、この世に残されていた私の最後の願いを叶えてくれたのだからな。わが帝国のため、私に世継ぎを贈ってくれたのだ。私が父になった最初の歓喜のなかでそなたに誓ったことも果たすぞ。つまり、わが息子が生を受けてからというもの、そなたが求めることを、何であれ私は拒まないということだ。それでももし、そなたが自身に要求がないというのなら、そなたの身内のもとで、私が真剣にこの話をしているということを証明させてくれ。

クリームヒルト　それでは、私が身内の者どもを功績と品格に応じて接待し、処遇することをお許しください。どんな扱い方がかれらにはふさわしいのかということは、私がいちばんよく心得ています。たとえ私がどれほど奇妙な宴をしつらえ、どれほど奇妙に宴席を配しても、各人がその人にふさわしく扱われているのだと信じてください。

エッツェル　ならば、そうしてくれ！　私がかれらを招待したのは、ただそなたの望みに従っただけのこと。七年もの間、私を蔑んできたそなたの親類など、かれらにとってもそうだろうが、八年目になったからといって私が必要とすることはない。ゆえに、万事においてそなたが気に入るように取り計らってくれ。そなたがわが王国の半分を使い果たし、身内をもてなそうというのなら、好きにそうすればいい。そなたは女王である。あるいはむしろ、そなたが自分の茶菓を節約したいというのなら、それも結構だ。そなたはこの家の主婦である！

クリームヒルト　わが主人である王よ、そなたは私に対してたえず気高くふるまってくださいましたが、それがいまこのときに勝ることはありません。感謝いたします。

エッツェル　一つだけ頼みがある。ベルンのディートリヒ老人には敬愛の念をもってほしいのだ。そなたが彼のことを敬ってくれるなら、それは私にとって嬉しいことだ。

クリームヒルト　そういたしましょう。心から喜んでそういたしましょう。

エッツェル　客人への挨拶のため、テューリング王、デンマーク王の両名は、私が遣わしたが、ディートリヒはみずから進んで同行したのだ。

クリームヒルト　それはあのかたが客人のことをご存じだからでしょう！

エッツェル　いや、知りはしない。

クリームヒルト　ならば、客人を敬っているか、恐れているからでしょう！

エッツェル　いや、それも違うのだ！

クリームヒルト　だとすれば、歓迎が過ぎるのではないかと！

エッツェル　歓迎が過ぎるどころではない。そなたが思う以上にやりすぎなのだ。なぜかを言おう。この世には自由にして強き者が三人いる。自然がこの三人を創造するためには、人畜一般の力を前もって弱くし、一段階引き下げておかなくてはならなかったと言われている——

クリームヒルト　三人ですか？

エッツェル　その一人目は——許せ！　そなたの亡き夫だ！　二人目はこの私であり、三人目にして最強の者が、彼なのだ！

クリームヒルト　ベルンのディートリヒ！

エッツェル　本人は爪を隠したがり、どうしてもというときに、大地が動くように身動きするだけなのだが、私は自身の目でそれを目撃したことがある。フン族のことはそなたも知っているとおりだ。かれらは豪胆であるがゆえに、頭のてっぺんから足の先までかれらを満たしている思いあがった態度を私は許しておかなくてはならない！　王の領分に通じている者ならば、心得ているものだ。兵士が戦場で無条件に従ってくれるのは、馬小屋ではときに反抗することが許されるからこそである、と。兵士には羽根飾りをこんな具合に、腕輪をあんな具合に身につけるといったささやかな特権を快く与えておくのだ。その特権は、血という高価な代償で贖われるものだからな。そういうわけで、立派な王たちに対する無礼な行為というのは、私が阻止したくともそのすべてを阻止することはできないだろう。最下級の家来でもエッツェルの権力と名声を共有財産とみなし、自分もその分け前に与っているつもりでいるものだから、それを見せてやろうと、よその人がお祈りをすると口笛を吹いたり、丁重に挨拶してくると舌打ちをしたりするのだ。それで実際に、ディートリヒの背後で無礼な言葉を吐いた者がいたのだ。あれはディートリヒが当地にやってきた日のことだった。ディートリヒは何も言わずに振り返ると、樫の木に歩み寄り、その木を引っこ抜いたかと思うと、侮辱した者の背中にそれを降ろした。木の重さで背中は潰れてしまった。これを見た者は皆、「ディートリヒ万歳!」と叫ぶことになった。

クリームヒルト そんなことがあったとは、夢にも思いませんでした!

エッツェル ディートリヒは褒められると、他の者が恥を否定するように、褒め言葉を否定する。彼は自身の功績だって、その引き受け手さえ見つかれば、獲物のようにただであげてしまうような人なのだ。信じられないだろうが、本当のことだ!

クリームヒルト そんなおかたがなぜでしょう?——あらゆる人の子を凌駕する力を持ちながら、そなたの家来になったのは?

エッツェル ディートリヒが王冠をはずして私の前に現れ、剣を下げたときには、私も驚いた。何が彼をそうさせたのかは分からないが、彼は、私が戦場で打ち負かした多くの者ども以上に忠実に私に仕えてきた。すでにおよそ七年になる！　私はディートリヒにきわめて恵まれた領地をいくつも取らせようとしたが、彼は一個の農場以外は受け取らなかったのだ。その農場から生まれたものも、彼は何でもかんでも人にやってしまい、自分が食べる復活祭の卵しか手元に残さないときている。

クリームヒルト　奇妙なおかたです！

エッツェル　そなたにも合点がいかないか？　彼はそなたと同じキリスト教徒だが、そなたたちの風習というのはわれらには馴染がなく、理解しがたいものだ。何しろ、そなたたちの間では洞窟に入り、鴉《からす》が食べ物を運んでくれないなら、そこで餓死したり、暑い砂漠のなかで険しい岩壁によじ登り、頂上に巣ごもりして、ついには突風によって突き落とされてしまったりする人が少なくないというのだから――

クリームヒルト　それは聖者や贖罪者の話であって、ディートリヒは帯刀する身です。

エッツェル　どちらでも構わぬ！――とどのつまり、私はディートリヒに感謝の意を表したいのだが、彼が受け取ってくれる贈り物を持ち合わせていない。そなたが私の代わりを務めてほしい！　そなたは、われらに初めての笑顔を見せるという責任を果たすのだ。彼に笑顔を見せてあげてくれ。

クリームヒルト　それなら、ご満足いただけることになりましょう！

第四場

ヴェルベルとスヴェンメルが登場。

ヴェルベル　王よ、すぐ近くの山々からもう炎があがっております！　ニーベルンゲンの一族が近くまで来ています！

エッツェル　（下りて行こうとする）

クリームヒルト　（彼を押しとどめる）私が出向き、一行を広間へと案内します。そなたはここに残り、お待ちになってください。ここの石段は、ライン河からフン族の城までの全行程よりもかれらには時間がかかるものとなるかもしれませんが。

エッツェル　よかろう。何しろ、これまでのんびり構えてきた人々だからな。私はその間に、窓から武人たちを観察するとしよう。スヴェンメルよ、来るのだ。一人一人について教えてくれ。

（退場。スヴェンメルが後を追う）

第五場

クリームヒルト　さて、私は全権を握っている——まったく十分な力だ！　王の力を借りる必要はない。王が邪魔さえしなければ、私は間違いなく独りでやり遂げることだろう。そして王が邪魔をしないということは、すでに分かっているのだ！（退場）

第六場

王宮の中庭。

ニーベルンゲンの一族がディートリヒ、リューデガー、イーリング、テューリングとともに登場。

ハーゲン さて、到着したぞ！　ここの王宮は煌びやかな姿だ！　あれはいかなる広間なのだ？

リューデガー そなたたちのための広間であるぞ。晩までにはそなたも直接ご覧になることだろう。あの広間は、千人以上の客を収容できるのだ。

ハーゲン 今日では、昔のわが祖先のように煙に苦しめられることがない。それゆえ、われらもまんざら熊の巣穴で暮らしているわけではなかろうと思っていたが、この王宮はまったく比べ物にならんわ！（王たちに向かって）ここのアジアの親戚をうっかり招待しないようにするのだ。この親戚はそなたたちの貴賓室に馬を送りこみ、自分のための部屋はどこになるのか、などと尋ねてくるだろう。

リューデガー 人民は王の住処を見て、王の姿を思い浮かべるものだ、とエッツェル殿はおっしゃっている！それゆえ、エッツェル殿は身につけるものを華やかにすることを潔く拒み、華やかさのすべてを住まいに向けているというわけだ。

ハーゲン　ここの窓が人民に向かってきらきらと輝きかけてくるとき、人民はそれだけたくさんの数の目で見られているところを想像し、遠くからでも震えあがる。やはりこれは良い考えだ！

リューデガー　それ、女王様のお出ましだ！

第七場

クリームヒルトが大勢の従者を従えて登場。

ハーゲン いまだに黒装束だ！

クリームヒルト （ニーベルンゲンの一族に向かって）本当にそなたたちですか？　ここにいらしているのは、私の兄弟たちですか？　そなたたちが大がかりな軍勢であるため、きっと敵の襲来だろうとわれらは思っておりました。ともあれ、ご挨拶申しあげます！

（歓迎はするものの、キスや抱擁はしない）

ギーゼルヘルよ、私はブルグントの殿がたにフン族の女王として挨拶したが、そなたには姉としてその誠実な唇にキスをしますよ。ディートリヒ殿、あなたが客人を迎えてくださったことに謝辞を述べるよう王から託されております。いまそのお礼を申しあげます。

（彼に手を差しだす）

ハーゲン 敬っている殿がたへの挨拶ががらりと変わったな。こいつは、くだらない夢の数々が信じるに足るものとなる奇妙な兆候だ。

クリームヒルト　（兜の紐をしっかり結ぶ）そなたもいるのか？　誰に招かれたのか？

ハーゲン　わが主君たちを招いたのなら、私も招いたことになる！　私を歓迎しないのなら、ブルグント族を招くべきではなかったということ。ブルグント族にとって、私は剣のごとき付属品なのだからな。

クリームヒルト　そなたに会いたいと思う者が、そなたに挨拶すればよかろう。私に挨拶を期待しているのなら、どんな土産を持参しているというのだ？　そなたには別れの挨拶をする価値もないと思っていたぞ。いまになって懇ろなもてなしなど、期待するほうがおかしい！

ハーゲン　わが身以外の何を持参すべきというのだ？　私はいまだ海のなかに水を運んだことなどないわ。そなたのもとにさらに新しい宝物を積んだほうがいいのか？　そなたはかねてより、世界一裕福な女ではないか。

クリームヒルト　私は自分の所有物以外には何一つ望みはしない。あれはどこにあるのだ？　ニーベルンゲンの財宝はどこにいったのか？　そなたたちは軍勢を従えている！　きっとあの財宝をこちらへ運んでくるのに必要だったのだろう。さあ、あの財宝を引き渡すのだ！

ハーゲン　何と馬鹿なことを言いだすのだ。財宝はうまくしまってある。われらはあの財宝のために安全な場所を、つまりは泥棒のいない唯一の場所を選んだのだ。あれはライン河のいちばん深いところに沈んでいる。

クリームヒルト では、そなたたちにまだその意思さえあればどうにかなることでも、埋め合わせてはくれないというわけだな？　今回の旅にそなたが必要だったと言ったが、財宝は必要ではなかったのか？これがそなたたちの義理の立て方なのか？

ハーゲン われらは夏至祭に招かれたのであって、最後の審判に招かれたわけではないのだ。われらに死神や悪魔と踊れというなら、お達しの時期を逸している。

クリームヒルト 私が財宝のことを尋ねるのは自分のためではない。私には自分の裁縫用の指ぬきがあれば、それで十分だ。もっとも、女王に結納の品がまったく届かないということなら、しかるべき敬意が払われていないということになるがな。

ハーゲン われらの鉄の武具はあまりに重く、そのうえにそなたの黄金まで引きずってくることはできなかったというわけだ。私の盾と鎧を担いだ者は、そこから砂埃を吹き飛ばしてやろうという気にはなっても、砂粒一つ増やす気にはならないものだ。

クリームヒルト 私はここではまだ婚約の贈り物さえしていないが、それはエッツェルが気にする問題であって、私が意に介することではない。では、重いものを脱いで、広間までついてまいれ。王はそなたたちをとうに待ちわびている。

ハーゲン いや、女王、武具は携えるぞ。そなたに侍従のような仕事をさせてはならないしな！（クリームヒルトの合図でハーゲンの盾を摑んだヴェルベルに向かって）親切な使いの者よ、そこまで

クリームヒルト　丁重にしてくれなくていい。鷲に爪が生えているからといって、それは重荷にはならんのだ。そなたたちは武装して王の前に現れるというのか？　ということは、どこかの裏切り者がそなたたちに警告したのだな。その人物が誰か分かったら、何を企んでそなたたちに迫ったにせよ、その者にも罰を受けてもらおう。

ディートリヒ　（彼女の前に進み出る）それは私なのです。ベルンの城主ディートリヒなのです！

クリームヒルト　あなたの言うことですから信じましょうとも！　世界はあなたを高潔なディートリヒと呼びます。まるであなたという存在が火と水をせき止めたり、太陽と月が軌道上で道に迷うことがあれば、それらに正しい道を教えたりするために生まれてきたかのように、世界はあなたのことを仰ぎ見ます。それなのに和解しようとしている身内同士を新たに焚きつけ、燃え殻を煽り立てるふいごへと自分の舌を貶《おとし》めることが、他に抜きんでるがゆえに名状しがたいとまで世に称される、あなたの徳なのでしょうか？

ディートリヒ　私はそなたが何を企んでいるのかが分かったので、それを未然に防ぐために出向いたのです。

クリームヒルト　企みとは何のことでしょうか？　もしそなたが私の心中の願いをご存じで、男として武人としてそれを非難してしかるべきというのなら、私にそう申し立て、お好きなようにお叱りください。ですが、私に不正の罪を着せるだけの勇気がないために何も話すことはできないというのなら、この者たちから武器を取り立ててください。

ハーゲン　このおかたがそうする必要があるというのなら、このおかたに武器を渡そう。
ディートリヒ　そなたには私が武器を請け合う！
クリームヒルト　この双方からの屈辱に対し、エッツェル殿が憤激して復讐などしないということも請け合ってくださいますか？　私の真珠が水の精の装身具となり、私の黄金が醜い魚の玩具となっています。そしてここでは平和の証として手が結ばれる代わりに、挨拶と称してかれらの剣がぎらつくことになるのです。
ハーゲン　エッツェル殿はもうブルグントに来なくなってしまったが、そなたがとくに教えなくとも、われらの慣習がどうであるかは十分に知っている。
クリームヒルト　誰であれ、当人の意志に即して運命の符号が選ばれる。そなたたちはみずから血塗られた運命の符号のもとに入るのだ。だが、覚えておけ。そこでわが身の保護に固執する者は、外からは保護されないもの。それまでのことだ。
ハーゲン　われらはな、いつでも自分たちの力だけを頼みにしており、それ以外のすべてを重く見てはいないのだ。
ディートリヒ　いさかいが起こらないように、私が食卓の塩壺まで見張っておこう。
クリームヒルト　そなたはこの人たちをご存じないのです。これから大いに後悔することになりましょう！
ハーゲン　（リューデガーに向かって）辺境伯殿、親戚として挨拶してくださらんか。そうすれば彼女もすぐに、われらが平和を旨とすることが分かるだろう。婚礼の発起人が争いなど求めるわけがないのだからな。いいか、女王よ、たしかにわれらは鉄器を身にまとって出向くのだが、色事の面倒も見てきた。それでお願いなのだが、ギーゼルヘルとグードルンの間に新たに結ばれた絆《きずな》を、女王の祝福によって確たるものにしてやってくれないか。

クリームヒルト　そうなのですか、リューデガー殿、そんなことがありえるのでしょうか？

ギーゼルヘル　はい、姉上、そうなのです！

クリームヒルト　そなたたちはもう結婚したのか？

ギーゼルヘル　婚約しました。

ハーゲン　そなたが祝福を与えてくれた後に結婚式となるわけだ！（グンターに向かって）だが、もう宮廷に出向く時間になったようだな！　いつまでも呑気《のんき》な顔を見せているわけにもいくまい。

ディートリヒ　私があなたがたに同行する！（ニーベルンゲンの一族とともに退場）

クリームヒルト　（立ち去り際にリューデガーに向かって）リューデガー殿、あなたはみずからの誓いを忘れてはいませんね？　あなたにそれを果たしてもらわなくてはならないときが迫っています。

（両者退場。次々とたくさんのフン族の人々が姿を現す）

第八場

ルーモルト　いまの様子を、どう思うか？

ダンクヴァルト　われらはとにかくみずからの軍勢を掌握し、後のことは待つばかりとしよう。

ルーモルト　どうにも奇妙なのは、エッツェル王がわれらを出迎えなかったことだ。王はいつもなら礼儀正しいかたであるらしいからな。

ダンクヴァルト　それにしても、何ゆえにこいつらはじろじろ見てきたり、こそこそと肘で突きあったり、ひそひそとささやいたりするのだ！（近くに寄りすぎた数人のフン族に向かって）こら！　その場所はもう空いておらん。そこもだ！　それから、そこ！　ここから二十歩のところまでは、わが足の親指の範囲である。そこへ踏み込もうとするやつは、容赦しないぞ。

ルーモルト　（背後に向かって叫ぶ）私の背中にも同じくらい場所を空けておいてくれ！　この背中は鶏の卵のように脆《もろ》くて繊細なのだ。

ダンクヴァルト　おや、効き目があるな！――やつらはぶつくさ言いながらも、引きさがっていく。小柄なくせに厚かましく、気味の悪いやつらだ。

ルーモルト　私は以前に、岩の裂け目から薄暗い洞窟のなかをのぞき込んだことがあった。そこでは角《かど》という角、隅という隅から、緑色、青色、燃えるような黄色の、おそらく三十もの目玉がぎらぎら光っていた。猫や蛇といった動物がそこにうずくまっており、瞬きをしながら、目玉をぐるぐる動かしていたのだ。ぞっとするような光景だった。まるで地中の奥底から星を散りばめた地獄が口を開き、火花という火花を踊り狂わせているかのように思われた。それが何だか見当もつかなかったので、私は思わずのぞき口から飛びのいてしまった。いまこうしてフン族の民から陰険にじろじろ見られていると、あのときのことが思い出されるというわけだ。辺りが暗くなればなるほど、あのときの様子とそっくりだ。

ダンクヴァルト　蛇や猫であれば、数は多いだろうな。だが、獅子も交じっているのか？

ルーモルト　獅子がその洞窟にいなかったということは、話の続きを聞いてもらえば分かるはずだ。われに返ると外は明るかったために、私はすぐに洞窟の入り口を探し当て、なかに矢を放った。少なからず矢が命中していたことはあえぎ声から分かったのだが、大きなわめき声やうなり声は聞こえてこなかった。洞窟に集まっていたのは、夜陰に乗じて悪さをするような連中であり、大きな前足や爪や角を使って公然たる戦いへと飛び出してくるようなことはせず、あくまで引っかいたり、突きさしたりしてくるだけの臆病な一団だった。私にはここの連中も同じ類に見えるな。やつらにに忍び寄られないように用心しておけば、あとは何も難しいことはない。

ダンクヴァルト　私はやつらを見くびるつもりはない。エッツェルはこの輩とともに世界を征服したのだから。

ルーモルト　エッツェルがわれらに攻撃を仕掛けたことがあったか？　草ならば刈られてきたが、彼はドイツの樫の木を目の前にしたとき、刈る手を下ろさせたのだ！

第九場

しばらく前からスヴェンメルとともにヴェルベルの姿がフン族のなかに見えている。かれらには気づかれずにエッケヴァルトが付き従っている。

ヴェルベル　さあて、おまえさんがた、宿に行きたいか？
ダンクヴァルト　宿はまだ決まっていない。
ヴェルベル　もうとうに準備は万端だ。（自分の部下に向かって）こちらに来るのだ！　そなたたちは、うまい具合に入り交じるのだぞ。
ダンクヴァルト　待て！　われらブルグント族はわれらだけで休みたいのだ。
ヴェルベル　（部下に来るよう促す）おや、何だって！
ダンクヴァルト　重ねてお断りする！　水入らずで休むのがわれらの習わしだ。
ヴェルベル　それは戦のときのこと！　宴席でそんな習わしはなかろう！
ダンクヴァルト　下がれ！　さもなくば、剣を抜かせるぞ！

ヴェルベル こんな客など見たこともない！

ルーモルト この客人たちは、そちらのご主人たちにそっくりなのだよ！

（拍手が聞こえる）

ダンクヴァルト われらへの拍手だ。誰がいるのだ？

ルーモルト そなたでも分からんのか？

ダンクヴァルト 味方が隠れている。

ルーモルト さきほど、クリームヒルト殿のお供として当地に来たエッケヴァルト老人がこっそり通りすぎるのが見えた。

ダンクヴァルト 拍手をしたのはエッケヴァルトだったと思うか？

ルーモルト そう思う。

ダンクヴァルト あの者は、クリームヒルト殿に死ぬまで忠誠を誓い、つねに彼女の味方となり、かいがいしく仕えてきた。この拍手は、われらにとって何かを告げているのだろう。

第十場

ハーゲンがフォルカーとともに戻ってくる。

ハーゲン　こちらはどんな様子だ？

ダンクヴァルト　われらはそなたが命じたとおりにしている。

ルーモルト　それから、クリームヒルトの侍従がわれらに拍手を送ってよこした。

ハーゲン　さて、エッツェルは私好みの人物であった。

ダンクヴァルト　そうなのか？

ルーモルト　悪い人物ではないのか？

ハーゲン　悪くはないと思う。エッツェルはな、自身が手にかけた武人たちのなかでも最高の者の服を着用し、死者がかつて担っていた役割を引き継いでいるのだ。その服は彼の肩幅には少しきつすぎて、本人が気づかぬうちによく縫い目がほころびることもある。だが、それもよかろうと彼は考えている。

ダンクヴァルト　では、なぜ出迎えに来ないのか？

フォルカー 私が思うに、エッツェルは誰かに束縛された身のうえであるがゆえに、挨拶に来なかったのだろう。

ハーゲン そのとおりだ。エッツェルは彼の妻から出向いてはいけないと言われたわけだが、私が会ったときの彼の温厚な態度は、それを十分埋め合わせるものだった。

フォルカー エッツェルがあまりにも愛想よく握手の手を差しのべたとき、私は自分の飼い犬のことを思い出した。この犬は紐につながれて、私を出迎えに戸口まで飛び出してくることができないときには、いつもの倍も尻尾を振るのだ。

ハーゲン 私が思い出したのは、そなたの犬ではなく、獅子のことだ。獅子は鉄鎖ならば引きちぎるが、女子の髪には大人しく繋がれていると言うではないか。（ダンクヴァルトとルーモルトに向かって）さあて、大いに食べ、飲んでくれ！　われらはもう済ませたから、そなたたちに代わって見張りを引き受けよう！

ダンクヴァルト （ヴェルベルとスヴェンメルに向かって）では、よろしければわれらを案内してくれ。

ヴェルベル （スヴェンメルに向かって）そなたが案内をしてくれ！（こっそりと）私はすぐに女王様のところに行かなくてはならん。

（全員が離散する。ヴェルベルは宮殿に入り、ふたたびエッケヴァルトの姿が見える）

第十一場

フォルカー　どう思うか？

ハーゲン　われらを裏切ろうというのは、エッツェルの意志によるものではなかろう。何しろ、彼は実直さを自負する人物であるし、ようやく誓いの言葉を述べる機会が来たので喜んでいるのだ。長年の間、彼の良心は飢えていたので、なおのこと、この機会にそれを満足させることができるというわけだ。だがな、足下はぐらついている。どこへ踏み出しても、地響きがする。先ほどの楽士は、地下をこっそりと掘り崩す土竜《もぐら》だ。

フォルカー　ああ、あの男は初氷のように油断できないやつだ！――ぺろぺろ舐めていたかと思えば、出し抜けに噛みついてくる、人に馴れたあの狼のことは、どこにいても忘れないようにしようではないか。身内以外は、当てにはならないな。おや、あそこを見てくれ。白髪頭の奇妙な風体で、あそこを通り抜けていくのは誰なのだ？

（エッケヴァルトがゆっくりと通りすぎていく。物思いに耽《ふけ》りながら自身と語らう者のようである。その様子は、次に述べられるフォルカーの描写と一致している）

ハーゲン　（叫ぶ）おい、エッケヴァルト！

フォルカー　彼はひそひそ声で、何やら空中に呟いている。われらのことなど見ていないふりをしているな。彼についていってみよう。向こうもついてくると思っているからな。

ハーゲン　こら、フォルカー、盗み聞きがわれらにふさわしいというのか？　盾に切りかかり、剣で打ち鳴らしてやれ！

（彼は武器をがちゃがちゃいわせる）

フォルカー　ほら、彼が合図を送っている。

ハーゲン　ならば、後ろを向くのだ！（かれらは後ろを向く。大変な大声で）何か知らせなくてはならないことがあるのなら、まだそれを知らない人のところに行って告げればいい！

フォルカー　それが誰かと言えば――

ハーゲン　口を慎め。フン族の王に恥をかかせないようにしようではないか。王にはじかに見物してほしい。

（エッケヴァルトは呆れて首を振り、姿を消す）

フォルカー　ハーゲン、それはあんまりだ！

ハーゲン　（フォルカーの手を摑む）なあ、われらはそなたの歌にあった死の船[039]に乗っているのだ。全部で三十二の風は、どれももはや役には立たない。四方を荒々しい海に取り巻かれ、頭上には赤い雷雲がある。鮫にのみ込まれようと、稲妻に打たれようと、気にすることなどあろうか？　どのみち同じことだ。もっとましなことを告げてくれる預言者がいるわけでもない！　だからこそ、そなたも私のように耳を塞ぎ、みずからの心の奥底の望みを解き放つのだ。それが死にゆく定めにある者の最後の権利だ。

第十二場

王たちがリューデガーとともに登場。

グンター まだ夜風に当たっているのだな？
ハーゲン またちょっと雲雀《ひばり》の声が聞きたくなったのだ。
ギーゼルヘル 雲雀は明け方にならないと目を覚ましません。
ハーゲン 明け方まで梟《ふくろう》や蝙蝠《こうもり》を狩っておくわ。
グンター そなたたちは夜通し起きているつもりなのか？
ハーゲン そうだ。リューデガー殿の手でわれらが着替えさせられてしまわない限りはな。
リューデガー 何てことを言うのだ！
ギーゼルヘル それなら私も一緒に起きていましょう。
ハーゲン いやいや！　われらだけで十分だ。そなたたちには、血の一滴まで無事であることを保証する。
ただし、蚊に吸われる一滴は別だが。
ゲレノート それでは、伯父上がお考えなのは――

ハーゲン　何も考えておらん！　ともかく、私を探すことがあれば、すぐに見つかるようにはしておく。さあ、寝床にいくのだ。酒盛りの後は、そうするものだ。

グンター　何かあれば、呼んでくれるか？

ハーゲン　心配は無用だ。雄鶏以外にはそなたたちを呼ぶものはなかろう。

グンター　では、お休み！（他の者たちとともに広間に向かって退場）

第十三場

ハーゲン （退場したグンターのほうに向かって）それから、夢を見たらよく覚えておくのだ！　出発のときのそなたの母上のようにな。（フォルカーに向かって）そなたが夢のことを話して聞かせないうちに、夢が正夢とならぬよう気をつけようではないか！――国王にはまだ何の予感もないようだ。

フォルカー そんなことはあるまい！　王は意固地になって、認めようとしないだけだ。

ハーゲン そうだな、盲目でもなければ、周囲の顔がこれだけ曇っているのは見えているだろう。しかも、もっとも頼りになる者たちがいちばん暗い顔をしている。（多数のフン族の人々が戻ってきている）

フォルカー ほら、見てくれ！

ハーゲン これが老いたエッケヴァルトの言おうとした秘密なのだ！　だが、そんなことはとうに念頭にあった！――来てくれ、腰を下ろそう！　背中をこう向けるのだ！
（かれらはフン族に背を向けて座る）
背後でちょこちょこ歩き出したら、咳ばらいをしてくれ。そうすれば、ばたばた駆け出す音がするだろう。やつらは二十日鼠《はつかねずみ》のようにやってきて、溝鼠《どぶねずみ》のように去っていくからな！

第十四場

クリームヒルトがヴェルベルとともに階段のうえに現れる。

ヴェルベル　ご覧ください！　あそこにかれらが座っております！
クリームヒルト　寝床に行くようには見えないな！
ヴェルベル　私が合図をすれば、わが軍勢が余すところなく突撃します。
クリームヒルト　その軍勢はどのくらいの数なのだ？
ヴェルベル　千人近くになります。
クリームヒルト　（フン族に対し、不安そうに引きさがれという身振りをする）
ヴェルベル　どういうことですかな？
クリームヒルト　あちらへ行って、そなたの軍勢が動き出さないようにしてくれ。
ヴェルベル　やはり急にご身内のかたがたが気の毒になってしまったのでしょうか？
クリームヒルト　馬鹿者、そなたの千人の軍勢など、あの楽士がヴァイオリンを弾いているうちに、トロニエが一人で打ちのめしてしまうわ。そなたはニーベルンゲンの一族のことを知らないのだ！　行くぞ！

(両者は姿を消す)

第十五場

フォルカー　（飛びあがる）もはや耐えがたいわ！（愉快なメロディーを奏でる）

ハーゲン　（彼のヴァイオリンを叩く）違う、死の船の歌にしてくれ！　友人同士が刺し違えるというような最後を迎え、それから火の手があがるというわけだ――明日にはそれが始まるのだ。

第四幕

第一場

深夜。

フォルカーが立ち、ヴァイオリンを奏でている。ハーゲンは先ほどのように座っている。両者を取り囲んでいるフン族は、集団になっていぶかしげに、注意深くその様子を眺めている。幕が上がる前から、フォルカーの演奏が聞こえている。開幕後すぐに、フン族の一人が盾を落とす。

ハーゲン　やめるのだ！　そなたがこれ以上弾いたり、歌ったりしていると、やつらの息の根をとめることになる。武器がもう落ちているわ。これは盾だったな！　あと三回弓を運べば、続いて槍が落ちることになる。ならば、われらがここに来るまでに成し遂げた功績を物語ってくれるだけでよかろう。こいつらを制圧するために、新たに何かする必要などない。

フォルカー　（ハーゲンの言うことには耳を傾けず、幻覚を見ているように）始めのうちは黒かった！　暗がりで撫でられた猫のように、それは夜中にだけ輝いた。馬の蹄によって砕かれたときのこと。その破片を求めて、二人の子どもが争った。怒りに任せて二人がそれを投げ合えば、たがいに急所を打ち当て、かれらは相果てた。

ハーゲン　（ぞんざいに）新しい歌が始まっているな。やればいい、やればいい！

フォルカー　いまや燃えるような黄色を帯びて、それはきらきら輝き出した。それを目にした者は、手に入れたくて堪らなくなり、その思いを断ち切ることもできなかった。

ハーゲン　この歌は聞いたことがなかったぞ！――やつは夢でも見ているのだろう！　他の歌ならすべて知っているというのに！

フォルカー　すると荒々しい喧嘩や禍々《まがまが》しい妬みが生まれた。あらゆる武器を携えた人々がやってきて、鋤の刃先まで取り出して、殺しあいが起こった。

ハーゲン　（徐々に注意を払うようになる）何の話をしているのか？

フォルカー　その血は河となって流れ、流れに取り巻かれた黄金の色を、凝固した血のように鈍くしたかと思いきや、やがて黄金の輝きは一段と増すことになった。

ハーゲン　そうか！　黄金の話だな！

フォルカー　黄金はすでに赤く、殺害のたびごとにどんどん赤みを増していく。さあやるのだ、やってしまえ、そなたたちが怯むことなどなかろう。誰一人生き残る者がいなくなったとき、黄金は本当の輝きを手に入れる。その輝きには最初の血の滴が必要だったように、最後の血の滴だって必要なのだ。

ハーゲン　おお、私もそう思うぞ。

フォルカー　黄金はどこだ？――大地がのみ込んでしまった。残された者たちはあちこちへと散っていき、占い棒を探し求める。愚かな者どもよ！　貪欲な侏儒たちがすぐさまそれをかすめ取り、地下の深いところで見張っている。諦めよ。諦めれば、永久の平和が手に入る！（腰を下ろし、ヴァイオリンを脇へ置く）

ハーゲン　おや、お目覚めか？

フォルカー　（ふたたび飛びあがり、荒々しく）無駄だ！　無駄だ！　黄金はまたもや姿を現した！　そして黄金そのものに宿る呪いには、さらに新たな呪いがつけ加わった。黄金を手に入れた者は、その喜びを味わうまでもなく、死なねばならない。

ハーゲン　やつはニーベルンゲンの宝のことを言っているのだな。ようやく私もすべてをのみ込んだ。

フォルカー　（ますます荒々しく）殺しに次ぐ殺しにより、とうとうこの世から黄金の持ち主がいなくなるとき、黄金から炎が吐き出され、御しがたくすべてを焼き尽くした。どんな海原でもその炎を鎮めるこ

とはできない。全世界が炎に包まれ、神々の黄昏[040]が続く定めであるからだ。（腰を下ろす）

ハーゲン それは確かなことか？

フォルカー 侏儒たちが宝を失ったとき、怒りのうちにそう呪いをかけた。

ハーゲン なぜ宝を失ったのだ？

フォルカー 神々が宝を奪ったのだよ！　オーディンとロキ[041]がうっかり巨人族の子どもを殺してしまい、その償いをしなければならなかったというわけだ。

ハーゲン 神々でも償いをさせられたのか？

フォルカー かれらは人間の姿をしていたから、人間の身体では人間並みの力しかなかったのだ。

第二場

フン族に交じってヴェルベルが姿を見せ、小声で言う。

ヴェルベル　これ！　そなたたちは、音楽で魔法をかけられ、魂を抜かれてしまった蜘蛛なのか？　やるのだ！　いまがそのときだ！

第三場

クリームヒルトが従者を従えて階段を下りてくる。松明がゆらめく。

ハーゲン　あちらから近づいてくるのは誰だ！

フォルカー　女王自身がお見えだ。こんなに遅い時間に寝るのだろうか？　さあ、立つとしよう！

ハーゲン　何を言いだすのだ。いやいや、座ったままでいよう。

フォルカー　無礼を働くことになるぞ。あの人は貴婦人だし、女王なのだから。

ハーゲン　立ちあがったりすれば、われらが怖くてそうしたと思われることになる。バルムンクよ、恥ずかしがることはない！

（バルムンクを膝のうえに置く）

そなたの目は、彗星のように強烈な光を放って夜を照らしている。絢爛《けんらん》な紅玉のようだ！　この刃で流されてきた血をすべてのみ込んできたかのような赤さだ。

クリームヒルト　そこに座っているのは、人殺しだな！

ハーゲン　ほう、誰を殺したというのだ？

クリームヒルト　私の夫を殺した。

ハーゲン　女王の目を覚ましてやってくれ。女王は夢を見ながら歩き回っているのだ。そなたの夫は生きている。私は今宵、そなたの夫と酒盛りをしたぞ。そなたの夫の安泰を、この良き剣で守ることになっている。

クリームヒルト　ああ、こいつめ！　私が誰のことを言っているのか、よく分かっているのに、わざと知らないふりをするのだ。

ハーゲン　そなたは自分の夫と言った。そなたの夫はエッツェルであり、私はその客だ。だが、そなたの言うこともまたしかり。いまの夫は二番目の夫であったな。二番目の夫に抱かれながら、最初の夫のことを思い出しているのか？　それならば、言うまでもない。最初の夫は私が殺した。

クリームヒルト　皆の者、聞いたか！

ハーゲン　ここにまだ知らなかった者がいるのか？　私は語って聞かせることだってできるぞ。おそらくそこにいる楽士がヴァイオリンで伴奏してくれる！——

(歌い出さんばかりの調子で)

オーデンヴァルト、その地に勢いよく湧きあがる泉——

クリームヒルト　(フン族に向かって) こうなったら、好きなようにやってしまえ。どんな結果になろうと問いはしないぞ。

ハーゲン　ベッドへ行け！　ベッドへ行くのだ！　いまのそなたには、別の務めがあるだろう。

クリームヒルト　その嘲りをすぐにでもそなたの黒い血のなかに沈めてやる！　行け、エッツェルの刺客ども、行くのだ。私が二番目の夫に身を任せた理由をやつに教えてやれ。

ハーゲン　（立ちあがる）では、本当に闇討ちで仕留めようというのだな？　それもよかろう！（鎧をとんと叩く）鉄がもう冷えすぎている。手っ取り早く寒さ払いをするには、打ってつけだ！

（バルムンクを抜く）

出てこい！　胴より頭の数が多いように見える！　何を後ろでそんな風にもぞもぞしているのだ？　この兜の輝きでな、そなたたちのことはとうに見えているのだ。（身構える）やつらが逃出すぞ！　さては、エッツェル殿がまだ来ていないのだな！――ベッドへ行け！

クリームヒルト　何てこと！　そなたたちはそれでも男なのか？

ハーゲン　違う、砂の山だ。たしかに砂の山は町や村を覆うことはできる。だが、それは風がやつらを吹き飛ばしてくれる場合に限られる。

クリームヒルト　そなたたちは世界を征服したのではなかったか？

ハーゲン　数で征服したのだ！　百万も集まれば一つの力にはなるが、その実態が砂粒であることに変わりはない！

クリームヒルト　いまの話を聞いて、目にもの見せてやろうとは思わないのか？

ハーゲン　やってみろ！　せいぜい発破をかけるのだ。私はやり返さん！（フン族に向かって）腹這いになって進み、われらの足にしがみついてみろ。それがそなたたちの戦術と聞いている。われらが躓いて、足を踏みはずし、もんどりうって事切れるとしても、助けを呼んだりはしない。それは誓うぞ！

クリームヒルト　そなたたちの人数が少なければ、宝を分ける人数も少なくていいのだ！

ハーゲン　そして宝はたっぷりあり、世界中の人間が来てもいいくらいだ。それどころか、宝そのものが増えていく。宝のなかに指輪が交ざっていて、いつでも新しい黄金を生みだすのだ。その指輪をどうするかと言えば——おっと駄目だ！　まだ言ってはいかん！（クリームヒルトに向かって）これはそなたもまだ知らなかったことだろう？　私が指輪の力を試してみたと思ってもらえばよかろう。私を打ち負かした者にだけ、その秘密を教えてやるのだ！　死者を蘇らせることのできる魔法の杖だけは宝のなかになかったがな！（クリームヒルトに向かって）見てのとおりだ。そなたであれ私であれ、われらがこの脆い砂どもをかき集めようとしてももはや効き目はない。ゆえに、これにて諦めることとしよう！（腰を下ろす）

クリームヒルト　（ヴェルベルに向かって）立ち向かう度胸はないのか？

ヴェルベル　次はきっとこんなことにならないかと。

フォルカー　（指で示しながら）次の一群が来るぞ！　甲冑が最初の朝日に輝いているわ。今度は、やつらを率いる楽士がいるな。クリームヒルトよ、感謝するぞ。音楽を聞けば、われらがどんな踊りに招かれたのかが分かるというものだ。

クリームヒルト　何が分かったというのだ？　私の怒りが収まらないとすれば、それは私を馬鹿にしたそなたたちに責任があるのだ。客が眠らないとなれば、泊める側も起きているのが得策だろうしな。

ハーゲン　（笑う）エッツェルがこいつらをよこしたのか？

クリームヒルト　違う、犬め、私自身がしたことだ。たとえそなたが朝日を見ることになったとしても、私から逃れられると思うなよ。私はジークフリートの墓所に帰るつもりだが、まずは経帷子を染めなくてはならない。それはそなたの血でしか染めることができないのだ。

ハーゲン　よくぞ言った！　クリームヒルトよ、われらはうわべだけを取り繕う必要などない。たがいによく知った仲なのだ。だが、これから言うことも覚えておけ。狩人の手を逃れるのが鹿のいちばんの偉業であり、それに次ぐ偉業は、鹿がその手に落ちかけた狩人を道連れにすることなのだ。二つのうちのどちらを、われらはうまくやってのけるだろう！

第四場

寝間着姿のグンターが登場。ギーゼルヘル、ゲレノート等が後に続く。

グンター どうしたというのだ？

クリームヒルト 私は以前に告訴しました！　いま、これを最後にハーゲン・トロニエを訴え、裁きを求めます。

グンター そなたは武装して裁きを求めようというのか？

クリームヒルト そなたたちが輪になって集い、法と義務にもとづいて判断することを誓い、判決をくだし、その判決を執行してくれるよう私は求めます。

グンター 断る。

クリームヒルト ならば、その男を引き渡してください！

グンター 引き渡さない。

クリームヒルト それなら、力ずくでやらねばならない。いや、その前に個々に尋ねてみよう。わがギーゼルヘルとゲレノートよ、そなたたちは手を汚していない。安心してその人殺しを手にかけていいし、そなたたちが仲間扱いされることもないはずだ！　ゆえに進んでそいつのもとを離れ、後のことは

ゲレノートとギーゼルヘル　私に任せてくれ！――そいつに加勢するなら、わが身の危険を覚悟してくれ。

クリームヒルト　（剣を抜き、ハーゲンに与する）

どういうことだ？　そなたたちは森に同行せず、殺害が起こったとき、それを厳しく非難した。いまになって殺害を擁護しようというのか？

グンター　ハーゲンの命運は、われらの命運だ！

クリームヒルト　言うまでもない！

ギーゼルヘル　ああ、姉上、もう勘弁してくれ。われらはこうする以外にないのだから。

クリームヒルト　私だって他に何ができようか？

ギーゼルヘル　姉上はどうとでもできるではないか。生死にかかわるようなときでもわれらを助けてくれたこの人を、もしわれらが見捨てるようなことがあれば、永遠に拭えない汚辱を被ることになろう。

クリームヒルト　汚辱など、そなたたちはとうに被ってきた！　そなたたちは武人の一族がいまだ被ったことのないような汚辱で覆われてしまっているわ。だが私はな、そなたたちが汚辱を洗い落とすことのできる泉へと案内しようというのだ。（ハーゲンの胸を突き飛ばす）この胸からその泉が湧いている。

ハーゲン　（グンターに向かって）どうしたものか？

グンター　そうだな、やはりそなたは国に残ったほうがよかったな。だが、いまとなってはもうどうでもいい。

クリームヒルト　そなたたちは忠義の極みが求められ、指一本だってそこから退くべきではないときにはそれを破り、忠義が汚辱になったいまになってそれを守ろうというのか？　姻戚関係であれ、血縁であれ、戦友のよしみであれ、破滅から救いだした恩であれ、ジークフリートのことでは何一つそなたたちの心は動かされなかった。彼は野獣のように屠られてしまった。殺害に手を貸さなかった者だって、諫めたり反発したりすることもなく、口を閉ざしたままだったわけだ――（ギーゼルヘルに向かって）そなただってそうだ！　英雄に慈悲をかけるべきときには砂粒ほどの重みももたなかったものが、その英雄に先立たれた未亡人が殺害者を出してくれと請ういまになって、急に地球ほどの重みをもつようになるのか？（グンターに向かって）そなたの確認を取るのは、これにて二度目のことになる。そなたがまだ若いとかいう理由ではもはや許されるものではない。（ギーゼルヘルとゲレノートに向かって）そなたたちも肩をもつわけだから、共同で責任を負うことになる。

ハーゲン　自分のこと、わが身の責任も少しは思い出すのだ！　いちばんの罪はそなたにある。

クリームヒルト　私だと！

ハーゲン　そうだ、そなたなのだ！　私はジークフリートが好きではなかった。それは間違いない。ジークフリートがヴォルムスのわれらのところに来たとき、その手でわれらの名誉のすべてを弄んで摘み取ってしまい、その目で「そんな名誉などどうでもいい！」と告げていた。もしそんな様子で私がニーダーラントに行ったとしても、やはり私は好かれなかっただろう。そなたが一つの花束を携えているとしよう。その花束のどんなに小さな花びらが傷つけられても、それが致命傷になりかねない。そなたの全身に収められた血液以上の代償を要する花束だ。その花束がそなたから無理やり奪われる、いや、足で踏みつけられるとしよう。それを踏みつけた敵に、それでもキスができるというのなら、そうしてみてくれ。しかも、そなたの頭上へ踏みつけられたとしたらどうだ！　とはいえ、その恨みが私の心にいかに深く宿っていたにせよ、それだけなら私はまだ我慢して腹に納めたのだ。わが王の命に賭けて、いまの発言は本当だと誓うぞ。だがそのとき、あの激しい口論がもちあがった。そなた自身が怒りに任せてわれらに打ち明けたところでは、ジークフリートはにわかに誓いと義務を忘れて口走ったというではないか。グンター殿としては彼を許そうとしたのだが、許せば王妃を追い詰めることにもなりかねなかったわけだ。致命傷となった槍を喜び勇んで投じたことは否定しない。いまでも喜んでいる。だが、私に槍を渡したのはそなたの手だ。ここで罪滅ぼしをすべきというなら、自身でそうするのだ。

クリームヒルト

私が罪滅ぼしをしていないとでもいうのか？　私の苦しみの半分さえ、そなたの身に降りかかることなどあるはずもない。この王冠を眺め、とくと考えてみよ！　この王冠が思い起こさせるのはな、この世でいまだかつてなかった婚礼の宴のことであり、このうえなく恐ろしい夜に交わされた、生きるか死ぬかのはざまでの身の毛もよだつキスのことであり、自分が愛することのできない一人の子どものことだ！　しかし、私の婚礼の喜びはいまになって到来している。これまで苦しんできたのだから、いまは満喫するつもりだ。私は何も贈呈しないぞ。費用はもう支払ってあるのだからな。そなたの首に届くまでに百人の兄弟を切り倒さなくてはならないとしても、私はやってやろう。私は忠義のためだけに忠義を破ったのだと世界に知らせるためにな。（退場）

第五場

ハーゲン　さあて、おのおのがた、服を着てこい。だが、薔薇の花の代わりに武器を手に取るのだ。

ギーゼルヘル　ご心配なさらずに！　私はそなたを見捨てたりはしません。姉上が私に危害を加えることはないでしょう。そんな仕打ちを受けるようなこともしていませんし。

ハーゲン　いいか、彼女はやりかねないぞ。だからこそ、そなたにはこう忠告する。ベヒラルンに馬で戻れ！　そなたが戻ると言えば、彼女は間違いなくそうさせてくれると思う。だが、それ以上のことを彼女に期待するな。さあ、急ぐのだ。彼女の言うことも、もっともではある。私は彼女をひどく辛い目にあわせたということだ！

ギーゼルヘル　伯父上はこれまでにも良くない助言をいろいろとしてきましたが、今回の助言はその最たるものですよ！（グンター、ゲレノートとともに館のなかへ向かって退場）

第六場

ハーゲン 何だ、あいつは？　オーデンヴァルトから戻ってこのかた、あいつは私に優しい言葉などかけたことがなかったが、いまになって――

フォルカー やつはしかめっ面をしているが、私はやつに疑いの目を向けたことはないのだ。考えてもみてくれ。やつはそなたを罵りはしても、そなたの前に立ちはだかって守り、そなたの足の指をかかとで踏んづけながらも、同時にそなたに向かって飛んできた槍を受け止める男だ！　女性の純潔は肉体に関わるものだが、男性の純潔は魂に関わるもの。乙女がそなたに裸を見せることはあっても、あのような青年がそなたに心を露わにすることはなかなかないものだよ。

ハーゲン この若者のことを思うと、いたたまれない気持ちになる！――死はわれらの背後で身をもたげており、私はそのもっとも濃い影に包まれている。あいつにだけは、まだ夕焼けの光が差しているのだが！（両者退場）

第七場

エッツェルとディートリヒが登場。

ディートリヒ　さて、クリームヒルト様がかれらを招待した目的がお分かりでしょうな。
エッツェル　分かっておる。
ディートリヒ　私にはずっと、あのかたは灰のなかで新鮮な風を待ちわびている炭火のように見えていました。
エッツェル　私はそうは見ていなかった。
ディートリヒ　何もご存じなかったのですか？
エッツェル　いや、そうではない！　しかし、私はリューデガーの目で物事を見ており、女の復讐というものは、気が済むまで誓わせておけば、それで満たされるだろうと考えていたのだ。
ディートリヒ　では、あの涙は、あの喪服は、どうなのでしょう？
エッツェル　そなたから聞いていたではないか。敵を愛し、もし殴られたら、キスで報いるというのがそなたたちキリスト教徒の流儀だとな。それでまあ、そう信じていた。
ディートリヒ　本来はそうあるべきなのでしょうが、誰もがそうできるほど強いわけではありません。

エッツェル 何しろ彼女は熱心に使者を送ろうとしていたので、それは母親のせいだろうと考えていた。母親に対し、彼女は子どもらしい別れ方をせず、それを後悔しているとも聞いていたからな！

ディートリヒ 母親は国に残りました。母親が招待されたかどうかも疑わしいと思います。しかし、他の者たちは、女王がどうしても守ろうとした宝を出発の前夜に松明の灯りのもとでライン河に沈め、永久に葬ってしまったのです。

エッツェル かれらはいったいどうして国にとどまらなかったのだ？ まさか私が楽士どもの後を追って、鎖や剣をひっさげて乗り込んでくることを恐れたわけではあるまいな？

ディートリヒ 王よ、かれらはクリームヒルトに約束をしたので、それを何とか果たさなくてはならなかったのです。何物にも束縛されていない人ほど、束縛されているように感じるものですからな。そのうえ、かれらは自負心が強すぎて、危険を回避することも忠告を尊重することもできないのです。そなたも死と向き合うことに慣れていますが、そなたの場合、まだ理由があるからそうするわけです。かれらには理由がありません！ かれらの野蛮な先祖たちは、愉快な宴を終え、人生最高のときが過ぎてしまったように思えたとき、歌や音楽を響かせ、客人たちの輪のなかでみずからの手でみずからの体を刺し貫きました。それどころか、酔った勢いで舟に乗り込み、自分たちはもう戻ってこない、外の海原で仲間同士の殺しあいをして死ぬことにより、自然の最後の苦しみに対して自分たちの最後にして最高の行為を刻みつけようと誓い合ったのです。そのような血統上の悪魔はいまだあの者たちのなかにも力を宿していて、ひとたびその血が沸きたち、湯気を立てれば、あの者たちは喜んでその悪魔に従うのです。

エッツェル　それがどうあれ、今日の務めには礼を言おう。私はクリームヒルトに負い目のあるままではいたくないのだ。どうやったら負い目を帳消しにできるか、いまようやく分かったのだからな。

ディートリヒ　それはどういうことですかな？

エッツェル　私は婚礼の夜を迎えた後、すぐに彼女から遠ざかり、大いに気を遣ったつもりでいた——

ディートリヒ　実際、あれは多大な気遣いでしたな。

エッツェル　いやいや、それくらいは何でもないことだった！　とはいえ、私はたしかに気を遣ってきたし、もっと確かなことは、私は彼女が望むなら、もっと多くのことをしてあげたいということなのだ。そなたを前にしてここで私はその誓いを立てる！

ディートリヒ　そなたにできそうなことは——

エッツェル　そなたが咎《とが》めるようなことは何もしない。だがそれでいて、彼女が私から期待する以上のことを私はしてやるだろう。もし私がそうしてやらなければ、彼女は別の賭けに出たほうが良かったことになるからな。（退場しながら）そうだとも、クリームヒルト、今回やってきた縁者たちに対する私の評価は、そなたが兄弟たちにくだしている評価以上のものではなかった。そして、その縁者たちがそなたにとって人殺しでしかないのなら、どうして私にとってそれ以上の存在でありえようか！

（両者退場）

第八場

大聖堂。
広場に多数の武装した人物。クリームヒルトがヴェルベルとともに登場。

クリームヒルト　家来どもを主人たちから引き離したか？
ヴェルベル　助けを呼んでも聞こえないくらい遠くに離しました。
クリームヒルト　家来たちが広間に集まり、食事をしているときに、そなたたちが襲いかかり、全員を殺すのだ。
ヴェルベル　はい、そういたしましょう。
クリームヒルト　（彼女の装飾品をフン族の人々のなかに投げる）それ、手付金をとっておけ！——奪い合うことはない、そんなものはいくらでもあるのだ。そなたたちがその気になれば、今宵のうちにそのような宝石の雨が降るぞ。（歓喜の叫び声）

第九場

リューデガーが登場。

リューデガー　はやくも王国の半分をあげてしまうのでしょうか？

クリームヒルト　それでも、そなたのためにはとっておきのものが残っています。

(フン族に向かって)

恐れるな！　ニーベルンゲンの財宝があれば、そなたたちは世界を買うことができる。そなたたちのなかで千人が生き残ったとしても、争うには及ばないのだ。まだ千人くらいは王になることができる！

クリームヒルト　(フン族は集団に分かれて散っていく)

(リューデガーに向かって) 何かベヒラルンから取り寄せたいものはありませんか？

リューデガー　思いつくものはありませんな！

クリームヒルト　あるいは、何か送りたいものはありませんか？

リューデガー　いっそう思いつきませんな、女王。

クリームヒルト　では、剣でそなたの髪を一房、切り取ってください。ほら、兜のしたから一房がはみ出しています――

リューデガー　何のためでしょう?

クリームヒルト　そなたから送ることのできる品があるようにしたいのです。

リューデガー　何ですと!　私はもはや帰らぬ人になるのですか?

クリームヒルト　なぜそんなことを?

リューデガー　そなたが髪の毛などというものをご所望になるからです。われらのところでは、指物師が金槌をもって近づいてきて、髪の毛を棺へと釘で打ちつけることになれば、それは死者を偲ぶ形見の品となります。

クリームヒルト　未来のことは分かりませんが、そんな風には受け取らないでください!　そなたの使者にはギーゼルヘルを選び、彼が馬で花園を通りかかるたびに、花嫁のために薔薇を一輪摘むよう言づけてください。薔薇が集まって花束になりましたら、私の名において彼は花束を花嫁の胸に刺し、その胸で憩うのです。花嫁がそなたの髪を使って、私のための指輪を編みあげるまではそうしてもらいましょう。この私の心遣いが感謝に値するということは、いずれ明らかになりましょう。

リューデガー　女王よ、ギーゼルヘルは行かないでしょう。

クリームヒルト　真摯な気持ちで彼に命じてください。そなたはいまや彼の父であり、彼はそなたの息子なのですから。もし彼がそなたに対して服従を拒むなら、罰として彼を塔に幽閉してしまうのです。

リューデガー　どうしてそんなことができましょうか？

クリームヒルト　もし力ずくやるのは無理なようでしたら、策略でおびき出し、塔に入れてしまいなさい。彼には旅に出てもらうようにすれば、うまくいくでしょう。それで彼がわが身を解放するまでには、すべてが終わっていることになります。最後の審判の日は、すぐそこまで来ています！　何も言い返さないでください！　娘さんのことが気がかりならば、私の言っているようにするのです。私はそなたに対し、王たる心遣いをしたのです。なぜなら——いえ、先の見通しならそなた自身で立てることができましょう！　天空には敬虔な星々ではなく、血なまぐさい彗星が姿を現し、きらめきながら世界に暗い影を落としています。善き方策はすでに尽きたので、悪しき方策の出番です。薬の効き目がなくなったときに毒が登場するようなものです。殺されたジークフリートのかたき討ちが終わったときにようやく、この世にはまた悪行なるものが生じることになります。それまでの間は、正義は隠れ、自然は深い眠りに沈んでいるのです。（退場）

第十場

リューデガー　この人が、かつて見かけたときに泣き暮れていたあの女なのか？　彼女には恐怖さえ感じるくらいだが、ようやく彼女を呪縛している魔法が分かってきた。私がギーゼルヘルを追い出すだと！　そんなことをするくらいなら、トロニエの盾を火中に投じるほうがましだ。

第十一場

ニーベルンゲンの一族が登場。

リューデガー これは武人の皆さん、こんなに早くから出かけるのか？

ハーゲン ミサの時間だからな。知ってのとおり、われらは善きキリスト教徒だ。

フォルカー （フン族の一人を指さす）どういうことなんだ？　あんなにめかしこんだやつらがここにいるのか？　われらの国で聞いた話では、フン族は顔を洗わないということだったが、いま見ると、羽根飾りのような男さえうろつき回っているではないか？（ハーゲンに向かって）何か私に尋ねたようだな。

ハーゲン いやなに、死への途にあるようだから、一緒に死んでくれるか、と尋ねなくてはならないのだ。

フォルカー （ふたたびフン族の男に向かって）それにしても、脅かされるとすぐに羽を使うやつは人間なのか？　鳥ではないのか？

（槍を投げ、その男を突き通す）

いや、人間だった！――これが私の答えだ！　死なばもろともということだな。

ハーゲン　よくぞ言った、上出来だ！

ヴェルベル　（フン族の人々に向かって）どうだ？　もういいだろうな？

（大騒動）

第十二場

エッツェルがクリームヒルトや配下の王たちとともに慌ただしく登場し、フン族とニーベルンゲン族の間に割って入る。

エッツェル 許さんぞ！　すぐに武器を置け！　私の客を手にかけようとするのは誰だ？

ヴェルベル 王よ、客のほうが攻撃してきたのです。これをご覧ください！

エッツェル それはフォルカー殿がついうっかりやってしまったことだ！

ヴェルベル こう申しあげるのをお許しください。証人としてここにリューデガー辺境伯がいらっしゃいまして――

エッツェル （辺境伯に背を向ける）親戚の皆さん、これはようこそ！　しかし、どうしてまだ鎧を着ているのか？

ハーゲン （なかばはクリームヒルトに対して）祝宴に出向くときには、これがわれらの国の習慣なのだ。われらは剣ががちゃがちゃ鳴る音に合わせてしか踊らないし、ミサだって腕に盾を抱えて聞いている。

エッツェル その習わしは風変わりだな。

クリームヒルト　この最大の汚辱を平気で見逃し、何事もなかったかのような態度をとるのも、風変わりな習わしという意味で負けてはいません。もしそなたがこのことで私から謝意を期待しているのなら、それは思い違いというもの。

ディートリヒ　私は今日は教会からの使いだ。ミサに行きたい者は、私についてきてくれ。

(彼が先頭に立って大聖堂へ入り、ニーベルンゲンの一族がそれに続く)

第十三場

クリームヒルト　（その間、エッツェルの手を摑んでいる）主人よ、脇へ避けてください。もっと離れて、もっと離れて。さもないと、かれらに突き倒されてしまいます。それでももしそなたが倒れてしまったら、いや、自分は立っていようなどとお誓いになることもできませんから。

エッツェル　リューデガー殿、今日は武芸の試合はなしだ。

クリームヒルト　あるいは武芸の代わりに、皆がよくやっている断食でもするのですか？

エッツェル　デンマーク王とテューリング王にもそう伝えてくれるようお願いする。ヒルデブラント老人はすでに承知している。

クリームヒルト　リューデガー殿、もう一つ言いたいことがあります。かつてライン河畔のヴォルムスであなたは私に何を誓ったでしょうか？

リューデガー　いかなる務めであろうとも、ご用命を拒みません、と。

クリームヒルト　それはあなただけの誓いだったのでしょうか？

エッツェル　リューデガーが誓ったことは、私も守る。

クリームヒルト　では、こう申しあげます。ハーゲン・トロニエが殺害の槍を投じたとき、グンター王は黙って背を向けていました。今日のそなたも黙って背を向けてくださっていたのなら、私に対して何の借りもなかったことでしょう。しかしながら、そなたは私が自分でやろうとしたことを妨げてしまったがゆえに、私はそなたからあの人殺しの首を請求します！

エッツェル　ハーゲンが私の首を打ち落とすことがなければ、私がやつの首をそなたのところに持ってこよう。(リューデガーに向かって) さあ、行ってくれ！

クリームヒルト　いまさら何ゆえに出向くのでしょう？　武芸の試合には、いさかいが付きもの。ひとたび荒々しい炎が燃えあがり、すべてが狂ったように激しく入り乱れるときこそ、そなたたちが事を成し遂げるのにいちばん容易であるはず。この国では私のことをお察しくださっていると思ったからこそ、私はこちらに参ったのです。いまだに私のことをご理解くださっていないのでしょうか？さあ、武芸の試合を始めてください！

エッツェル　違う、クリームヒルトよ、違うのだ。私にはそんなつもりはない！　やつがわが館の翼下にいるときには、髪一本たわめられることはない。私が殺したいと願っただけでやつのことを殺すことができたとしても、やつの身は安泰だろう。もし客人が神聖に扱われないとすれば、他には神聖に扱われるべきものなどないというわけだ。(彼はリューデガーに合図し、リューデガーが去る)

第十四場

クリームヒルト そんな風におっしゃるのですか？　あまりありがたいことではありませんわ！　人々はそなたを慣習や風俗を破ったり、軽蔑したりする者とはみなしても、その番人とはみなしていません。使者がそなたのところから姿を見せて、そなたと話したのに腕や足を失くしていないとなれば、いまだに不思議がられるほどです。

エッツェル 人々はいまの私ではなく、かつての私を見ているのだよ！——かつて私は名馬に乗っていた。その馬の尾は、今宵の空にもまたたく、たわんだ彗星としてそなたを照らしている。あの馬は嵐のように私を運んでくれた。私は玉座を吹き倒し、いくつもの王国を粉砕し、王たちを縄に繋いで連れていった。私は自分の前にあるものをすべて打ち倒し、世界の灰に覆われて、そなたたちの教皇が君臨するローマにやってきた[042]。この教皇を私は最後まで残しておいて、大勢の王たちとともに、教皇自身の神殿のなかで切り捨てるつもりだった。諸民族すべての頭領に対して私のこの手で執行される怒りの裁きを通じて、私こそが主君のなかの主君であることを示し、あらゆる者の血の滴が加わった血液を自分の額に塗ることによって私が聖別されたことを示すためにだ。

クリームヒルト　エッツェル殿はそういうかただと私はずっと考えていました。そうでなければ、私はリューデガー殿からの求婚を受け入れなかったことでしょう。そんなエッツェル殿を何が変えたのでしょうか？

エッツェル　私をローマから追い払った、恐ろしい幻影だ！　その幻影のことはうまく人に伝えられないのだが、私の心が大きな衝撃を受けた結果、私は殺すことを誓っていたあの老人に祝福を請い求め、あの聖者の足に口づけをして自分は幸せだと言ったものだ。

クリームヒルト　それでは、どうやって私への誓いを果たすお考えでしょうか？

エッツェル　（天を指さす）私の名馬はいまだあそこにいて、鞍の準備だってできている。知ってのとおり、あれはなかば馬小屋から出ているのだ。あの馬がいま一度背を向け、頭を雲のなかに深く隠してしまったのは、あれの尻尾を見ただけで恐怖に満たされている世界への同情や慈悲の心からそうしたまでのこと。なぜなら、あれの目は町を燃え立たせ、あれの鼻からはペストと死が立ち昇るからだ。大地があれの蹄を感じれば、震えあがり、実りをもたらすのをやめてしまう。私が合図をすれば、あの馬はすぐにまた降りてくるので、私は正義の戦いであれば、喜んでもう一度馬にまたがり、そなたのために戦う。そなたの身内に対して、そなたが受けたあらゆる苦しみへの恨みを私が晴らしてやるつもりだ。もしそなたがもっと早く打ち明けてくれていたら、私はとうにそうしていただろう。ただし、かれらはひとまず平和裏にここを離れなくてはならない。

クリームヒルト　しかし、ここを離れるときまでかれらは好き放題をして、何ならそなたの髭《ひげ》をむしってもいいということでしょうか？

エッツェル 誰がそんなことを言ったのだ？

クリームヒルト かれらはそなたの家来を刺殺したのです。それなのにそなたは、ついうっかりなどと説明なさいました。

エッツェル かれらは裏切られたと思っていたので、そうではないということを見せる必要があった。昨夜は、褒められたものではないようなことがたくさん起こったため、かれらがそう思うのも無理はない。だが、ともかく信用してくれ。私は主人の義務を心得ているのと同様に、客の義務も心得ている。われらが皆、誰かの家の敷居をまたいだときに拘束されることになる蜘蛛の巣の糸を、厚かましくも滅茶苦茶にしてしまうやつは、当人が案ずるまでもなく鉄の鎖につながれるのだ。心配せずに、安心して待っていてくれ。いまでこそ私はかれらのために蚊を叩いてやっているが、かれらがここで飲む葡萄酒の一杯と引き換えに、かれらの血を一缶、そなたのところに持ってこよう。ただ、私は裏切りや陰謀には我慢できないのだ。（退場）

第十五場

クリームヒルト　ならば、戦か！　戦をして何になるというのだ！　戦なら、私だってとうの昔に起こすことができた！　だが、戦ということなら懲罰ではなく、応酬が問題となろう。暗い森での殺戮行為に対して、堂々たる武人の戦をするのか？　ひょっとすると向こうが勝利することさえあるのか？あいつは若い頃から勝利こそ最高のものと心得ているから、もし勝利を手にすることができれば、何と大喜びすることだろう！　駄目だ、エッツェル、殺害には殺害で応じるのだ！　竜は洞穴に座している。そして私を刺したように、竜がそなたを刺してくるまでは動きださないというつもりなら、刺されて動きだせばよかろう！――そうだ、動いてもらうため、エッツェルは刺されるのがよかろう！（退場）

第十六場

ヴェルベルが部下たちとともに通りかかる。

ヴェルベル やつらは食卓に就いている！　さあ、急げ！　戸口を押さえておけ！　窓から飛び出すやつがいれば、そいつの首が折れるまでだ。

（フン族の人々は歓声をあげ、武器を打ち鳴らす）

第十七場

大広間。祝宴。
ディートリヒとリューデガーが入場。

ディートリヒ　さて、どうする、リューデガー？
リューデガー　すべては神の御手にある。だが、まだ希望は捨てていない。
ディートリヒ　あの夜と同じように、私はまたもや水の精の井戸のところに座り、なかば眠りながら、水がざわめき、言葉がこぼれるのを夢うつつで聞いていた。すると突然——世界は何と謎めいていることか！　折悪く包帯がずれていなければ、これまでのどんな人間よりも多くのことを知りえただろうに！
リューデガー　包帯が？
ディートリヒ　そうだ、私の腕に巻かれた包帯だ。できたばかりの傷で夜も眠れなかったものでな。水の精たちは井戸の底のほうで対話しながら、大地の中心、臍《へそ》の部分に向かって、私がかれらの話に聞き耳を立てているように耳を澄ませているようなのだ。それで聞き取ったことをささやき合いながら、誰それの理解したことは正しい、正しくないと言い争いもして、さまざまなことについてひそひそ話をしていた。話題となったのは、人の記憶を超え、長い間隔をおいて回帰する大太陽年のことである。それから創造の泉のことや、その泉が大太陽年になると、沸き立ってあふれ出し、何百万もの泡となってほとばしり出るさま。自然のあらゆる姿を破壊する秋の終わりと、より良い自然の姿をもたらす春のこと。旧さと新しさのことや、そのどちらか一方が圧倒されるまで続く残酷な戦いのさま。人間の知恵が獅子によって打ち負かされたくないのならば、獅子の力を奪い取るしかない人間の定め。さらには位置を変え、軌道を移し、光を改める星々のことさえ話題にのぼり、もはやこれとは話が特定できない！

リューデガー　だが、包帯はどうなった！　包帯のことだ！

ディートリヒ　すぐにその話になる！　いまに分かるだろう！　その後、水の精たちの話は、くだんの事柄が起こる場所と時間のことになった。だが、情報が重要になるにつれて、ささやき声は小さくなるので、こちらはますます貪欲に耳を傾けた。その大太陽年はいったいいつやってくるのか？　私はそれを疑問に思い、井戸のなかへと身を屈め、耳を澄ました。さっそくその年数が聞こえたので、私は息を凝らしたのだが、そのときやにわに叫び声が響いた。「ここに血の滴が落ちてきた。誰かが盗み聞きしているぞ！　逃げろ！　さあ、さあ！」それですべてが終わった。

リューデガー　その血の滴というのは？

ディートリヒ　私の腕から落ちたものだ。私が腕をついて、包帯をずらしてしまったものだから、話のいちばん肝心なところを、話の鍵を聞き逃してしまった。しかし、いまのような状況になっては、もうその鍵は必要ないかもしれないな！

第十八場

イーリングとテューリングに案内されて、ニーベルンゲンの一族が入場。多数の従者。

リューデガー 一行が来たぞ。
ディートリヒ まるで戦に向かうようだ。
リューデガー 素知らぬふりをしよう。
ハーゲン ディートリヒ殿、そなたたちはここで静かに暮らしているようだな。どうやって退屈を凌いでいるのだ？
ディートリヒ 狩りと武芸の試合だな。
ハーゲン いや、違うのではないか！　今日はあまりそんな様子を目にしなかった。
ディートリヒ われらは死者の埋葬をしなければならないのだ。
ハーゲン フォルカーがついうっかり刺してしまったやつのことか？　いつ埋葬するのだ？　悔恨と悲しみの意を表するため、われらも参列しないわけにはいくまい。
ディートリヒ それはご免こうむりたい。

ハーゲン　そうはいかん、そうはいかん！　われらはお供するぞ！

ディートリヒ　静かにしてくれ！　王のお出ましだ！

第十九場

エッツェルがクリームヒルトとともに入場。

エッツェル ここでも武装しているのか？
ハーゲン いつものことだ。
クリームヒルト 良心に照らせば、そんな格好をすることになるのだろう。
ハーゲン これはまた、女王よ、お言葉をありがとう！
エッツェル (腰を下ろす) よろしければ、座ってくれ。
クリームヒルト 座りたければ、どうぞお好きなように。
グンター 私の家来たちはどこへ行ったのだ？
クリームヒルト 申し分のない扱いを受けています。
ハーゲン 家来のことは私の弟が責任をもつぞ。
エッツェル ならば、私はコックのことに責任をもつ。
ディートリヒ それがいちばん重要ですな！

ハーゲン　あのコックは本当に大変な手柄だ。フン族というのは、生きた雄牛から腿肉を切り落とし、それを鞍のしたに敷き、馬に乗ってすり潰すという話をよく聞いたが——

エッツェル　それはフン族が馬上の人となり、楽しげな炉火をともす時間がないときのことだ。平時にはフン族だって口をうるおすことを気にかけており、恩知らずな胃袋の世話だけしているのではない。

ハーゲン　すでに昨晩、それには気づいていた。しかも、こんなに立派な広間があるからな！　この世にこれほど天の蒼穹《そうきゆう》に似たところはあるまい。見回せば、惑星の舞いだって見つかりそうだ。

エッツェル　その広間はむろんわれらが建てたものではない！——私が遠征したときに、妙なことがあったのだ。遠征の途に就いたとき、私はまったく見境のない人物で、何物も労わらず、納屋だろうと神殿だろうと、村だろうと町だろうと、焼き払っていた。だが、遠征から帰還するときには、物事を見る目が備わっていた。そして、その建物がまだ燦然《さんぜん》とした姿で立っていたときには感じられなかった驚嘆の念が、それがなかば廃墟となり、風雨と戦いながら最期を待っているときになって私を襲ってきた。

フォルカー　それは当然のこと。何しろ人というのは死者を、死者が生きていたときとは別の目で見るものだから、少し前にその人を切り捨てたのと同じ剣で、今度はその人の墓穴を掘ってやるものだ。

エッツェル　そのようなわけで、私はこの驚くべき建物を自分で破壊しておきながらも、何年かしてから瓦礫《がれき》となったその姿をふたたび目の当たりにしたとき、みずからの手を呪うことになった。しかし、そのとき一人の男が私に近づいてきて、こう言ったのだ。この建物を最初に建てたのは自分であるから、もう一度建てるのもきっとうまくいくだろう、と！　私はその男を連れて帰り、この建物がいまここに立っているというわけだ。

第二十場

一人の巡礼者が入場、食卓の周りを巡回し、ハーゲンのところに立ち止まる。

巡礼者　一個のパンと一発のびんたをお願いいたします。パンは、私をお創りくださった主たる神のために、びんたは私自身の罪業のために。
（ハーゲンは彼にパンを一つ差しだす）
お願いです！　私は飢えていますが、あなたにびんたをしてもらうまではそれを食べることができないのです。

ハーゲン　妙なやつだ！（彼をそっと叩く。巡礼者は去る）

第二十一場

ハーゲン　いまのはいったい何だ？
ディートリヒ　どう思われたかな？
ハーゲン　頭がおかしいのか？
ディートリヒ　とんでもない！　あの人は誇り高い大公なのだよ。
ハーゲン　どういうことだ？
ディートリヒ　彼が巡礼をしている間は、一つの玉座が空席になっている。奥方は彼の行方を探っている。
ハーゲン　（笑う）妙な世の中になったものだ。
リューデガー　聞くところによると、彼はいったんは帰宅したのだが、敷居のところでまた引き返したという。
ハーゲン　そんな馬鹿者はとっとと消えろ！　もしあいつがふたたびやってきたら、すぐにもう一発くらわして王であることを自覚させてやろう。
ディートリヒ　それなりのわけがあるのだよ！　十年の歳月が過ぎて、とうとうある晩に彼は自宅まで戻ってくる。すでに灯りがともされ、自分の妻、子どもの姿が目に留まる。彼がノックしようと指を持ちあげたとき、自分はそれだけの幸せに値しないという気持ちに襲われる。彼に挨拶してくる飼い犬の口をそっとふさぎ、彼はまたもやこっそりとその場を離れ、もう一度長い旅に出る。馬小屋から馬小屋へと彼は物乞いをして回り、足蹴にされれば、その相手が自分にキスをして抱きしめてくれるまでその場にとどまる。そんなことをするのは、それなりのわけがある！

ハーゲン　（笑う）ほう！　そなたは、ライン河畔のわれらの国にいる司祭のようなことを言うのだな！

エッツェル　それにしても、楽士は今日はどこにいるのだ？

クリームヒルト　ここに一人おります。この者は、どんな弾き手も黙らせてしまうほどの腕前です。それでは、弾いてください、フォルカー殿！

フォルカー　いいでしょう。さあ、何がお聞きになりたいのか、教えてください。

クリームヒルト　少しだけお待ちください！（彼女は召使いに合図し、召使いは去る）

ギーゼルヘル　（杯を掲げ、飲む）姉上！

クリームヒルト　（杯の酒を空ける。リューデガーに向かって）そなたは自分の髪の毛を惜しみましたね。いまとなっては、失うものは髪の毛では済みませんよ！

第二十二場

オトニートが四人の騎兵により金の盾に載せられて運び込まれる。

エッツェル これはちょうどいい！

クリームヒルト この子をご覧いただけますか？　いっぺんに食べることができるサクランボの数より多くの王冠を相続することになる子です。さあ、この子の名誉と称賛のために歌い、演奏してください。

エッツェル どうだろうか、親戚の皆さん？　わが子息は、年の割には大きく育っているな？

ハーゲン われらがよく見ることができるよう、まずは皆のところに彼を回してもらおうか。

クリームヒルト （オトニートに向かって）では、機嫌をとってきてくれ。そのうちに、向こうから機嫌をとりにくるようになるからな。

（オトニートは順に回される。彼がハーゲンのところに来る）

エッツェル どうかな？

ハーゲン 私が誓って言いたいのは、この子は長生きしないということだ！

エッツェル 体が丈夫ではないのか？

ハーゲン　そなたたちも知ってのとおり、私は妖魔の子であり、人々が怯える死骸のような目をしているが、それでも眼力は二倍もあるのだ。われらがこの子息のもとに宮仕えにいくことはなかろう。

クリームヒルト　それがそなたからの挨拶の言葉なのか？　そなたの望みを言っているだけだろう！　フォルカー殿、埋め合わせに弾いてくれ。調律はもういいのだ。この若い王はまだ細かいことは気にしない。

第二十三場

ダンクヴァルトが血まみれの鎧を着て、入場。

ダンクヴァルト どうだ、兄上、この姿が見えるか？　それにしても長いこと食卓にいるものだな！　今日はそんなに美味いのか？　さあ、どんどんやってくれ！　飲み代は払ったからな！

グンター どうしたのだ？

ダンクヴァルト 私の手に託されたブルグント族のなかでもう一人も生き残っている者はいない。あなたがたが飲んでいる葡萄酒の代償となった。

ハーゲン （立ちあがり、剣を抜く。周囲が騒然とする）それで、そなたはどうした？

クリームヒルト その子を！　私の子どもを！

ハーゲン （オトニートのうえによりかかりながら、ダンクヴァルトに向かって）そなたから血が滴っているな！

クリームヒルト 子どもがあいつに殺される！

ダンクヴァルト これは赤い雨にすぎん。（彼は血を拭いとり）見てのとおり、後から流れだすことはない。しかし、他の者は全員死んでしまった。

クリームヒルト　リューデガー殿！　皆の者、助けてやってくれ！
ハーゲン　（オトニートの首を切り落とす）ここだ、母上、ここにいるぞ！――ダンクヴァルト、戸口へ！
フォルカー　あそこにもまだ出口があるぞ！
（ダンクヴァルトとフォルカーは、広間の両側の戸口をふさぐ）
ハーゲン　（机のうえに飛びあがる）さあて、教えてやろうではないか、墓を掘るやつは誰だ。
エッツェル　私だ！――皆の者、後に続け！
ディートリヒ　（フォルカーに向かって）そこをどけ、王に場所を空けろ！
（エッツェルとクリームヒルトが一同のもとを横切っていく。リューデガー、ヒルデブラント、イーリング、テューリングが後に続く。他の者たちもそれに続こうとするとき）
フォルカー　そなたたちは待て！
エッツェル　（戸口にて）そなたたちの家来が殺されたことはまったく知らなかった。もし知っていれば、そなたたちが憐憫の情で耐えられないほどに罰したであろう。それは誓う！　だが、こうも誓う。いまやそなたたちは世界の平和からはじき出され、同時に戦時の諸権利もふいにした！　ならば私は、白旗の前で立ち止まることなく、合掌された手など気にしない火や水さながらに、しきたりや礼儀を知らずに故郷の荒野から出現したときのままに、そなたたちに対して息子のかたきを討つ。妻のかたきもだ。そなたたちはもうこの広間を出ることはなかろう。ディートリヒ殿、そなたが請け合ってくれ。フン族の王がかつてこの世でどれほど恐ろしかったかを、この狭い部屋でそなたたちにお目にかけよう！

（退場。全体で戦闘）

第五幕

広間の前。
火事、炎と煙。広間はアーメルンゲン族の射手たちに包囲されている。広間に向かって両側から幅の広い上り階段があり、それらは上部で一つのバルコニーにつながっている。

第一場

ヒルデブラント、ディートリヒ。

ヒルデブラント　この惨状はあとどのくらい続くことになるのでしょうか？
ディートリヒ　最後の一人が倒れるまで続くのではないかと思う。

ヒルデブラント　火がうまく抑えられています。御覧なさい、ほら！　すでに煙が赤々とした炎をのみ込んでいます。

ディートリヒ　ならば、血で消えているのだ。

ヒルデブラント　人々は膝まで血に漬かって歩いているので、兜をバケツ代わりに使うことができるのです。

第二場

広間の扉が開かれ、ハーゲンが姿を現す。

ハーゲン　ふうっ！（後ろを振り返り）まだ生きているやつは、返事をしろ！

ヒルデブラント　あのハーゲン殿が窒息しかけている！　よろめいているわ！

ディートリヒ　エッツェルよ、そなたは恐ろしい人だ！　天空で自分が目にした恐ろしい幻影を、そなたはこの世でわれらに見せつけているのだろう。

ハーゲン　来い、ギーゼルヘル、ここなら空気が澄んでいるぞ！

ギーゼルヘル　（広間のなかから）そなたがどこにいるのか分かりません！

ハーゲン　ならば、壁に触れるのだ。それで私の声がするほうに来い。（なかば広間へと体を入れて）転ぶなよ、そこに死体の山があるからな！（ギーゼルヘルを引っ張りだす）

ギーゼルヘル　はあ！――これはいい！　もう少しでくたばるところだった！　ひどい煙だ！　燃えているほうがまだいい！

第三場

グンター、ダンクヴァルト、ゲレノートがルーモルトを囲みながら現れる。

グンター あそこに出口があるぞ。
ダンクヴァルト 急げ！ 急げ！
ゲレノート （深く息をつきながら）こいつはありがたい！
グンター （倒れかけたルーモルトに向かって）この者にはもう役に立たない。
ハーゲン 死んだのか？
ダンクヴァルト 料理長、しっかりしろ！――逝ってしまった！
ギーゼルヘル 喉が渇いた！ 喉が！
ハーゲン おやおや、ならば酒場に引き返せ。赤葡萄酒なら足りないことはないからな。まだ多くの樽からあふれ出してくるわ。
ヒルデブラント いまの冗談が分かりましたかな？（死体が積まれた一隅を指さして）空になった樽があそこに転がっている！

ディートリヒ　神のご加護がありますように！

ハーゲン　この広間が丸天井であるのは、せめてもの幸運だったな。この煉瓦《れんが》の縁が、雨のように降ってくる銅に対してわれらの傘となってくれた。この縁がなければ、誰も助からなかっただろう。

グンター　そなたは鉄の鎧を着ているのに、焼けていないのか？

ハーゲン　まずは風に当たってくれ。いまのわれらには風が役に立つだろう。

グンター　まだ風が吹いているのか？

第四場

クリームヒルト　（窓から）いまが狙い目ではないのか、ヒルデブラント？

ヒルデブラント　射て！（射手たちが弓を構える）

ハーゲン　私が守ってやる！

（ハーゲンが盾を持ちあげると、盾が彼の手から落ち、階段を転がり落ちる）

逃げ込め！（階下に向かって叫ぶ）笑う前に、その盾をよく見てくれ！　盾が重くなっただけなのだ。私の腕が弱くなったわけではない。そなたたちの槍が皆、そこに刺さっているからな。（他の者たちの後に続く）

第五場

ヒルデブラント　私はもう耐えられません。あなたが終わらせてくれませんか？
ディートリヒ　私が？　私にそんなことができるものか。私は王の臣下である。私はみずから進んで、ただ心の命じるままに王に従った身であるため、なおのこと忠義を尽くす義務があるのだ！
ヒルデブラント　お忘れなさるな！
ディートリヒ　例のことは言ってくれるな。
ヒルデブラント　服従の修行をするということで、あなたご自身が設定した年季はもう明けました。それを証言してくれる人だってまだ生きていますぞ！
ディートリヒ　今日、そんなことを言うのか？
ヒルデブラント　今日でなければ、いつ言うのでしょう！　いまのいままで神によって奇跡的に護られてきた英雄たちが死ぬかもしれないのです。
ディートリヒ　ならば、私だっていまの自分のままでいるべきだ！　そうすることで私がふたたび王冠を戴くべきか、死ぬまで家臣のままでいるべきか、が決まってくることになる。そなたにも分かるだろう。

私自身は、そのどちらであってもすぐに従う覚悟だ。

ヒルデブラント では、あなたが何も言わないのでしたら、私が言いましょう！

ディートリヒ それはいかん！　そなたが言っても、状況は何も良くならん！

（ヒルデブラントの肩に手を置く）

ヒルデブラントよ、主人の家で火事があれば、家来というものは、家来の義務を免れていても主人の家に戻るものなのだ。ひとたび主人の家の敷居をまたいだことのある身ならば、晴れ着をふたたび脱ぎ、荷物の束を放り出してでも、ともに火を消すものだ。ましてやこの私が、裁きの日になって退去するとでもいうのか？

ヒルデブラント やつらはまたもや死体を窓から放り出しています。どうかもう終わりにしてください！　悪魔だってもう満たされていますぞ！

ディートリヒ 私がやめてほしいと望んだところで、どうすることもできない。罪と罪とがあまりに深く絡み合っていて、一方に退却せよと申し渡すことなどできないだろう！　双方が理にかなっているのだ。復讐する者がみずから嘔吐し、最後の一片に怖気づいて顔を背けてしまうことでもなければ、開かれた奈落の口をふさぐことはもはや誰にもできない。

ヒルデブラント （側方に行き、戻ってくる）いまやとうとう、われらの側の貴人たちも気の毒な兵士と同じ運命に向かっています。大半の者は鎧でしか見分けがつきません。勇敢なイーリングが一群の先陣をきりました。どうかあちらには行かないでください。彼の頭が黒焦げなので、キスをしてやることもできないでしょうから。

ディートリヒ　忠節の人だった！

（ハーゲンが上方にふたたび姿を見せる）

ヒルデブラント　またもやハーゲンです。

第六場

クリームヒルトが登場。

クリームヒルト　射て！

（ハーゲンがふたたび姿を消す）

ヒルデブラント　何人の者がまだ生きているのか？

ディートリヒ　（死体が積まれた一隅を指さす）あそこをご覧になれば、何人死んだかが分かります！

クリームヒルト　この国へやってきたブルグント族の者たちは皆、死んでしまった——

ディートリヒ　しかし、ハーゲンが生きている！

クリームヒルト　およそ七千人のフン族があそこで死んでいる——

ディートリヒ　だが、ハーゲンが生きている！

クリームヒルト　誇り高きイーリングが死んだ。

ディートリヒ　だが、ハーゲンが生きている！

ディートリヒ　温厚なテューリング、イルンフリート、ブレーデルも配下の者たちもろとも死んでしまった。

クリームヒルト　ハーゲンが生きているのだ！　勘定を済ませてくれ。そなたたちが自分たちを勘定書きの最後の項目にしているにせよ、私にとっては全世界をもってしても、ハーゲンの代価にはならないのだ。

ヒルデブラント　悪魔だ！

クリームヒルト　どうして私を罵るのだ？　いや、罵りたければ、そうしてくれ！　罵られてしかるべきなのは、そなたがきっと罵るつもりのない人々である。というのも、私がいまの姿になったのは、そなたが罰しないでおきたい人々のためであるからだ。世界に溺れるまで血が流され、月に埋葬することができるまでに死体の山が積みあがるとしても、それは私がかれらの罪を積んでいるのであり、自分の罪を積んでいるのではない。ああ、私に私自身の姿を見せてくれ！　私がそれにたじろぐことはない。どんな表情であれ、私の表情が告発するのはあそこにいる怪物どもであって、私ではないからだ。やつらは私の思考を染め直した。私が二心を抱く、腹黒い女であるというのか？　いかにして勇者を罠にかけるかを教えてくれたのはやつらだ。私が同情の声に耳を貸さないというのか？　岩さえも涙で溶けたときに、同調しなかったのはやつらだ。私の姿はすべての点において、やつらを映しだしているにすぎない。悪魔を憎むならば、悪魔が醜い仮面をまとわせたその鏡像に向かって唾を吐くのではなく、悪魔そのものに襲いかかり、悪魔そのものを世界から追い払うのだ。

第七場

ハーゲンがふたたび現れる。

ハーゲン　エッツェル王は、ここにいるか？

クリームヒルト　王に代わって私が話そう。望みは何だ？

ハーゲン　野外において正々堂々と戦ってほしい。

クリームヒルト　それは断る。そもそもの私の考えでは、室内での戦いなどもせず、飢えと渇きと炎で攻めるつもりだった！

ディートリヒ　王ご自身が来た！

第八場

エッツェルが登場。

ハーゲン　エッツェル殿よ、われらが傷に包帯を巻いているときに、広間に火を放ったのはあなたの意向によるものか？

エッツェル　あなたがたはわれらに死者を引き渡さなかったな？　私にわが子を引き渡すことさえ拒んだのではないか？

ディートリヒ　それはひどい！

エッツェル　死者を焼くのは、われらの習わしである！　その習わしを知らなかったというのなら、いま知ったわけだ。

ハーゲン　それならば、われらとは絶交だな！　赤恥をかきたくないなら、どうしても許容すべきわれらの望みだけは叶えるのだ。

クリームヒルト　その言い分に耳を貸すことが赤恥だ。射て！　射つのだ！

ハーゲン　彼女は国王にでもなったのか？

エッツェル　もう何も望むな。私はあなたがたの運命をその姉妹の手に委ねたのだ。

クリームヒルト　やつらは生きている者をおびき寄せようとして、その担保として死者を引き渡さなかったのだ。だが、愚かにも近づく者はいなかった。

エッツェル　一族の恨みは、一族に対して晴らすぞ！　やつらは私の一族を手にかけた。やつらの一族も後世に続くべきではないのだ。

クリームヒルト　何があったのだ？　リューデガー老人が怒り狂っているのか？

第九場

リューデガーがフン族の一人を追い立てて舞台を横切り、拳で彼を殴り倒す。

リューデガー　さあ、倒れたままでもう一度で毒づいてみろ。

エッツェル　リューデガー殿、敵を助けるつもりか？　あなたが上乗せしなくとも、もうたくさんの者が死んでいる。

クリームヒルト　この者が何をしたのですか？

リューデガー　（エッツェルに向かって）私はそなたの口先だけの友人でしょうか？　私は、犬が肉に喰いつくように、贈り物に飛びつくのでしょうか？　私は底なしの布袋を担いでおり、おまけに膠《にかわ》で接着し、鞘からはずれない剣を携えているのですか？

エッツェル　誰がそんなことを言っているのだ？

リューデガー　いま述べたことが言ってはならぬことであるならば、この男を罰する私を叱らないでください。いましがた、夏至祭によってわれらが見舞われた不憫な出来事の数々を涙ながらに思い浮かべていたところ、この男は面と向かって私にいま述べた言葉を吐き、この男の仲間も口々に賛同したのです。

クリームヒルト それでは、大勢がこの者を支持したということですね？　リューデガー殿、ならばいまの罰は厳しすぎたというもの。全員ではないとしても、多くの者たちが同じように考えたわけですから。あなたがただちに剣を抜き、ニーベルンゲンの一族に切りかかっていれば、もっと良い回答を示すことになったでしょう。

リューデガー 私がそんなことをするのですか？　私は自分の手でかれらをこの国へと連れてきたのではないでしょうか？

エッツェル だからこそ、かれらを片づけるのもそなたの役目だ。

リューデガー いいや、王よ、それはお望みにならないでください！　そなたは私が進んでやろうとした務めをたいていはお許しくださいませんでした。それなのに、われとわが身を賭けても、何事を賭けても拒まざるをえないようなことをお求めになるのでしょうか？　私はかれらを弁護することはできないし、そのつもりもありません。しかし、私がかれらに忠義を立て、かれらを連れてきたからには、そなたに対してかれらを庇うことはできないにせよ、そなたに手を貸すわけにもいかないのです。

クリームヒルト そなたはいまだ自由の身で、自分のことは自分で決めると言わんばかりですね？

リューデガー そうしてはいけませんか？　私が王にお仕えするのをやめれば、そうできないことがありましょうか？

クリームヒルト　何ですと？――そなたは誓いを立てたのではありませんか！　そなたは息を引き取るときまで私の家臣であり、私への務めを拒んではいけません。そこでです、私の望みはいま述べたとおりです。

リューデガー　そなたのおっしゃることが間違いだとは申しませんが、あまり意を得たものではありません。なぜなら、いまのそなたは、私に誓いを求め、私が誓いを立てた頃のそなたとは別人になっているからです。あの頃のそなたであれば、誓いについても今日は違う解釈をしたでしょう。

エッツェル　リューデガーよ、そなたは忠義のことを言っていたな。私が忠義を厳かに守る人間であることは、そなただって証人となってくれることだろう。だが、いまここでそれを言うのが良いことだろうか？　かれらは自然の摂理を超えたところで、世界の仕組みが構成される以前から深い淵にひそかに沈んでいたものを武器として使っている。かれらは、世界が丸くなったときに、取り除けられ、底のほうに残っていた四元素の滓《かす》をわれらに投げつけてくる。かれらは釘という釘を引っこ抜き、天井の梁《はり》には鋸をかけてしまう。もしそなたに役に立とうという気があるなら、おそらくここでは忠義の壁を飛び越えてしまうことも必要だろう。

クリームヒルト　そのとおりです。毒を塗った剣は、それを最初に抜いた者の汚点であり、二度目にそれを抜く者は、自由に振り回していいのです！

リューデガー　そうかもしれません。いや、きっとそうなのでしょう。私はあなたがたと言い争うつもりはありません。だが、よくお考えください。私は、かれらがドナウ河の国境を越えてきたとき、かれらを葡萄酒とパンで歓迎し、ご当家の敷居まで案内しました。かれらが最大の苦境に立たされたいまになって、その私が剣を突き立てることなどできましょうか。たとえ自然界全体がかれらに反発し、この世で数えあげられる手という手がこぞってかれらに対して武器を構え、ナイフや鎌がぎらりと光り、投石が飛び交うことになっても、やはり私はかれらに義理があると感じざるをえません。私にできることとしては、犂《すき》で墓の土を掘りかえすことくらいが関の山でしょう。

エッツェル　私はそなたには最大限の配慮をして、いちばん最後に声をかけたのだ。

リューデガー　どうかご慈悲を！　私の娘婿となる若いギーゼルヘルが、私を出迎えて挨拶のために手を差しだすとき、私はどう言えばいいのでしょうか？　私のような老人が彼のような若者を負かしたとしても、私はどの面下げて娘に会えばいいのでしょうか？（クリームヒルトに向かって）亡くした人を思う悲しみがそなたを突き動かしていますが、そなたはそなたと同じように愛する人を思い、かつ何の罪もない娘にまでその悲しみを移し、やがては命を奪うおつもりでしょうか？　そなたが私を復讐者に選ぶということは、そういうことなのです。というのも、血なまぐさい運命がいかなる決着をみようとも、勝者もともに葬られることになるでしょうから。私と娘婿のどちらかが生きて帰ることはありますまい。

クリームヒルト　そうしたことはすべて、私と盟約を結ぶ前に、よく検討すべきことだったのです。そなたが誓ったことはそなた自身が知ってのとおり！

リューデガー　いや、そのときは分からなかったのです。全能なる神にかけて言いますが、そなた自身にもお分かりだったはずがありません。あの頃は国全体がそなたへの称賛に満ちていました。そなたの目のなかに私は見初めにして見納めとなった涙を認めました。そのときを例外として、そなたはすべての涙をそのお優しい手で拭い去ってしまったのでしょう。どこに行っても、人はそなたを祝福していました。子どもが眠りにつくときには、いつもそなたのことを思い浮かべ、乾杯のときの杯といえば、それはいつもそなたが満たしてくれたものでしたし、どんなパンが切られ、配られても、それはそなたの籠から出たものだったのです。現在のような事態になることが、どうして私に知りえたでしょうか！　誓いを立てるに際しては、わが首をさし出すことが条件となることはあるにせよ、まさかそなたの兄弟である、王たちの安否が条件になろうとは思いもしませんでした。そなただって、かれらが大聖堂に行こうとして白髪のご老母を囲んで集まっているのを見ていたとき、まさかご自身でかれらの命を要求することになるとは思いもしなかったのではないでしょうか？　私とて、若者のなかでも第一にして気高いことこのうえない人物がわが娘に求婚することなど、どうして予想できましょうか？　また、どうしてそれを退けることができましょう？

クリームヒルト　私はいまなお、全員の命を求めているわけではありません！　一人を除いたかれら全員に、扉は開かれているのです。かれらが部屋のなかで武器を捨て、そこから出て和睦を誓うなら、晴れて自由の身となります。さあ、そなたが出向き、かれらに最後通告をしてくるのです。

第十場

ギーゼルヘルが上方に現れる。

ギーゼルヘル　姉上でしょうか？　この若いわが身に情けをおかけください。
クリームヒルト　さあ、降りてこい！　いま食卓についている者がまだ腹を空かせていたとしても、そなたに席を譲らせよう。私がじかに、地下室でいちばん冷たい葡萄酒を供しよう！
ギーゼルヘル　一人では行くことができません。
クリームヒルト　ならば、ウーテが母としてあやした者を一緒に連れてくるのだ。そうすれば、母上は産みの喜びを味わった者を悲しみのうちに埋葬することにならずに済む。
ギーゼルヘル　われらのなかにはそれ以外の者もいます。
クリームヒルト　そんな思わせぶりを言おうというのか。もはや慈悲をかけるまでもない。この期に及んで庇護《ひご》を求める者は、まずトロニエの首を打ち落とし、それを見せるのだ！
ギーゼルヘル　言いに来たのが間違いでした！（ふたたび姿を消す）

第十一場

リューデガー　見てのとおりです！

クリームヒルト　私を怒らせるのは、まさにああいうところなのだ！　かれらは今日は仲たがいしているかと思えば、明日は義理がたくなる。かれらは誰よりも高貴な者の血を、まるで汚れた水のようにぶちまけたかと思えば、この悪魔どもの血管に沸きたつ地獄の血飛沫を、まるで聖杯から汲んできたもののように最後の一滴まで大事に守る。かれらがたがいに言い争っているのを見ていたときには、予想すらしなかったことだ。修道院のわが墓は静かではあったが、果てしなく言い争う声が響かないことはなかった。渋面でパンを分けあっていたかれらが、ここではまるで一つの臍《へそ》の緒につながれているかのように密に絡まりあっていることなど、当時の私は思いもしなかった。だが、どうでもいいこと！　あの残忍な人殺しは、棺のところで私をひどく嘲笑したのだ。「そなたのジークフリートは竜と区別がつかなかった。竜どもは退治されるまでだ」、とな。いまこそ、私が同じことを言ってやる！　私はハーゲンという竜を退治し、その仲間やそれを匿う者を道連れにするのだ。

エッツェル　かれらを閉じ込めて、四方の壁から徐々に忍び寄り、日差しのように伸びてくる無言の恐怖を与えよと私が命じたとき、あなたは戦を求めた。──私が兵糧攻めを託したとき、あなたはその墓掘り役を羨ましがった。絶体絶命のかれらがあなたをおびき寄せようとして、策略を練って嘲弄すれば、あなたは笑うこともなく、盾を掲げ、ともかく不平をぶちまけて私を承服させた。であれば、戦い抜け！　私だって自分の番となれば、必ずや参戦するつもりだ。約束は約束だからな。

リューデガー　私ほどに厳しい試練を課された者はいなかったことでしょう。何をしてもしなくても、悪事を働いたかどで批判されますし、一切から手を引けば、それはそれで皆に悪く言われるのです。

（広間から杯を打ちあわせる音がする）

クリームヒルト　何事だ？　杯を打ちあわせたような音がしたぞ！

（ヒルデブラントが階段を登って、様子を見に行く）

かれらがわれらを馬鹿にしているのではないかと思うのだ！　あれは喜んでいる者の作法だ。兜を引きずっていき、それを打ちあわせるのだ。

ヒルデブラント　一目だけでもなかをご覧になれば、何も言えなくなってしまいます！　かれらは死体のうえに座り、血を飲んでいます。

クリームヒルト　何であろうと飲んでいることに変わりはない！

ヒルデブラント　この様子にも心が動きませんでしたか？　ここにいるニーベルンゲンの一族ほどの団結には先例

がありません。たとえかれらがいかなる罪を犯したにせよ、この勇敢さ、この忠義こそ、罪を相殺するものであり、そなたがおっしゃったような作法だとすれば、なおのことかれらは敬意に値します！

リューデガー　わが主君たる王よ、そなたは私にたくさんの贈り物を与えてくださり、その返礼もすべて免じてくださったので、私ほどそなたに恩義のある家臣はいないでしょう。クリームヒルト様、私はそなたに誓いを立てたのですから、誓いを守らなくてはなりません。それは自分の義務だと私は高らかに宣言したのですから、とやかくは言いません。しかしながら、私がひざまずくのをご覧になれば、その姿は、窮地に立たされた鹿が狩人に向かって身を翻し、あるいは慈悲の心が芽生えないかとこの世の名残となる血の涙を見せるところを思わせるはずです。私は金や高価なものをお願いしているのではなく、自分の命や体を惜しんでいるわけでもありません。妻や子どものことでもありません。そういったものはすべて諦めがついています。私がお願い申しあげているのは、わが魂のことなのです。この誓いから解かれなければ、私の魂は浮かばれません。（エッツェルに向かって）そなたが私の国をふたたび自分のものにするとご指示なされば、家臣の舌はうまく回りませんし、目が喜びで輝くわけではありませんが、いずれはおのずとそなたに帰属することになるものですから、私があえて差しあげるものでもありません！（クリームヒルトに向かって）私の命をお望みなら、どうぞ命をお取りくださり、私の体をお求めなら、明日にでも私を牛のように軛に繋いでくださいとは、あえて言いますまい！（二人に向かって）一介の人間が差しだすことのできるものとしてはこれがすべてであるように見えるかもしれませんが、私はなお多くのものを差しだします。つまり、この戦で腕を振るうことを免じてくださるのなら、この腕は私にとってもはや無きものとなりましょう。人が私を殴るなら、私は抵抗などしませんし、人がわが妻を侮辱しても、私は妻を守りません。それで私は、時代の荒波に揉《も》まれて剣に別れを告げることになった老人のように、力いっぱい乞食の杖にすがって、世界を遍歴いたしましょう。

クリームヒルト

気の毒ではありますが、そなたには行ってもらわなくてはなりません！　私が比類なき葛藤を経て、エッツェルとまた新たな夫婦の床についたとき、私の魂が救われたとでも思うのですか？ああ、思ってもみてください。私が女の帯を解くように求められたわずかな一瞬、私が固く固く縛りあげていたその帯を、エッツェルが怒りを込めて短剣で引き裂くまでのわずか一瞬、その拷問の一瞬に比べれば、あらゆる恐怖、熱と炎、飢えと渇きと死に満ちたこの広間など大したものではないのだと。私がついにその苦しみを乗り越えて、奪ったエッツェルの短剣でわが身、彼の身かまわずに刺し通すこともなく、夫婦の床についたとき、私に力を与えてくれたのはそなたの誓いであり、私が待ちこがれていたのは今日この日であり、今日の最後を飾るはずのいまこの一時であるというわけです。それをいまになって、道化芝居のように終わらせろというのですか？私がわが身を犠牲にしておきながら、その代償を諦めろというのですか？　いいえ、駄目です。

たとえ私が、まだ巣立っていない子鳩に至るまで世界全体の生物から血を絞りとらなくてはならないとしても、怯むことはないでしょう。ゆえにリューデガー辺境伯よ、案ずるには及びません。あなたも私のように、やらねばならぬことをやるのです。もし呪いたければ、あなたや私をそう仕向けているやつらを呪うのです。

リューデガー　（家来に向かって）では、行くぞ！

クリームヒルト　まずは握手を。

リューデガー　それはふたたびお目にかかりますときに。

ヒルデブラント　ベルンのディートリヒ殿よ、いまこそ忠告します！　その汚らわしい番人の槍を投げ捨て、王にふさわしい姿で入場するのです。リューデガーよ、いましばらくお待ちください。ディートリヒ殿には、王としての資格も権利もあるのです。このおかたは七年の期限でエッツェル殿に仕えてきましたが、その七年が過ぎ去り、誓いはすでに失効しました。嘘だと言う者がいれば、私が証人を立てます。

エッツェル　そなたの言葉だけで十分だ。

ディートリヒ　（ヒルデブラントが話している間に、誓いの三本指を掲げていた）わが主君たる王よ、たしかに誓いは過去のものになりました。ですが、わが老師匠が話している間に、私は心のなかで新たな誓いを立てたことに彼は気づいていません。そしてこの誓いは死ぬまで続きます。

ヒルデブラント　（リューデガーの前から立ち退く）それでは、お行きなさい！　だがその前に私と最後の握手をしてください。あなたが勝とうと負けようと、もう二度と握手はできないでしょうから。

リューデガー　エッツェル殿、私からは妻と子どものことを、それから国を追われた気の毒な者たちのこともお願いいたします。エッツェル殿ご自身が大きな国でなさっていたことを、私は小さな国で模倣していましたからお願いする次第です。

第十二場

リューデガーが配下の者たちとともに登ってくるのを、ハーゲンとニーベルンゲンの一族は広間のなかから見ている。

ギーゼルヘル まだ和睦の道がありますよ。見えますか？　リューデガーだ！

ハーゲン いよいよ最後のいちばん厳しい戦いとなるな。これから愛しあう者同士が殺しあうことになるはずだ。

ギーゼルヘル 何ですって？

ハーゲン 和睦というものが、これまでに武器をまとって乗り込んできたことなどあったか？　抱きあうのに、甲冑が必要なのか？　剣を振り回して、キスを取り立てようというのか？　やつが率いている一群は皆、和睦の証人として連れてこられたというのか？

ギーゼルヘル われらは全員、ベヒラルンで武器を交換しました。私はリューデガーの武器を持っていますし、彼は私の武器を持っています。どこであろうとも武器を交換したりするのは、もう二度と戦いたくないという場合だけでしょう。

ハーゲン　その考えはここでは当てはまらない。違うのだ、試しに握手の手を差しだし、お休みなさいとでも言ってみるがいい。われらは最終局面を迎えているのだ。

ギーゼルヘル　（リューデガーを出迎える）ようこそ！

リューデガー　何も聞こえないぞ！――音楽だ！　音楽だ！

（どよめくような音楽が鳴る）

ハーゲン　せめて盾があればいいのだが！

リューデガー　盾がないのか？　盾を欠かすわけにはいくまい。ここに私の盾があるぞ。（ハーゲンにリューデガー自身の盾を渡し、その間にヒルデブラントが自分の盾をふたたびリューデガーにもたせる）音楽だ！　鎧を叩け、槍で打ち鳴らせ！　もう何も聞こえないぞ。

（仲間たちと広間に入る。戦闘）

第十三場

エッツェル 私の兜を持ってきてくれ！

ヒルデブラント （広間のなかを覗きこみ、クリームヒルトに対して拳を突き出す）そなたが、まさかそなたが！

クリームヒルト 誰か死んだのか？

ヒルデブラント そなたの弟のゲレノートが死んだ。

クリームヒルト それはみずからが望んだことだ。

ヒルデブラント これほどに私の目を眩《くら》ませる、この光は何なのだ？　もはや何も見えん！――バルムンクだ！――ハーゲンが太刀を振るっている辺りは、まるで火花の海となり、その海のなかを彼が歩んでいる。彼の周りでは火花が虹の七色になって踊り、目を痛めつけてくるので、とてもじゃないが目を開けていられない。何という剣だ！　あの剣はこれ以上ない深手を負わせながらも、放たれる光でその傷が見えない。おや、伐採が中断したぞ！　どうなっているのだ？　ハーゲンは刈り終えてしまったのだ！　まだ首をもたげている茎の何と少ないこと！　ギーゼルヘルも――

クリームヒルト ギーゼルヘルがどうしたのだ？

ヒルデブラント　倒れている。
クリームヒルト　倒れている？　ではおそらく、事切れたのだろう。
ヒルデブラント　あの死神がまたもや息を吹き返した。新たに始まったぞ。リューデガーは何と荒れ狂っていることか！　まるで喜び勇んでいるかのように、忠実に誓いを果たしている！　だが、いまや孤立無援の身となった。
クリームヒルト　ならば、手を貸してやるのだ！
ヒルデブラント　ニーベルンゲン族を討つのに手助けなどしない！——ダンクヴァルトよ、そなたは義務を果たさずして、ぼんやりと隅にもたれかかっているのか？　そなたはフォルカーが倒れるのが見えないのか？——ああ、もっともな理由があるのだ。ダンクヴァルトを立たせているのは壁であって、数多の過酷な戦いを通して彼を支え続けてきた足ではなかった！——ああ、神よ！
クリームヒルト　何事だ？
ヒルデブラント　かれらが胸を抱きあったまま倒れている！
クリームヒルト　誰のことだ？
ヒルデブラント　リューデガーとトロニエだ！
クリームヒルト　くたばれ、恥知らずめ！
ヒルデブラント　悪態はつかなくていい！　二人とも浴びた血で目がくらみ、転ばないように手探りで歩いていたからだ。

クリームヒルト そうであれば、許す。

ヒルデブラント いま二人は目を拭い、水に潜った者のように身震いし、キスを交わし——それ以上が知りたければ、自分でこちらに登り、広間のなかを覗いてみてくれ。

クリームヒルト いまだに私を驚かすようなことがあるというのか？

（登ってくる）

ハーゲン （クリームヒルトが階段を半分ほど登ったところで、彼女に向かって）リューデガー辺境伯が自身の墓のことをよろしく頼むと言っていた！

エッツェル （二人の従者が差しだした兜に手を伸ばす）こうなったら私の番だ。誰も私を止めてくれるな！

ディートリヒ 私の番になります。王は最後になさってください。

（広間に入る）

ヒルデブラント 主に栄光あれ！　地上の力は二分割され、われらに与えられた。片方は何百万人もの民全体に与えられ、もう片方はディートリヒただ一人に与えられたのだ。

第十四場

ディートリヒ　（ハーゲンとグンターを縛りあげて連れてくる）ここにかれらを連れてきました！
ハーゲン　（自分の傷を指さす）栓はもうすべて開いておるわ。いまさらひねり出すこともあるまい。
グンター　私は少し座りたい。ここに椅子はないのか？
ハーゲン　（ばったりとくずおれて、四つん這いになる）ここだ、国王よ、ここにある。そなた自身の所有物である、このハーゲンに腰かけてくれ。
ディートリヒ　死の定めのもとではかれらが奇跡的に助かるかどうかも覚束ないので、かれらには恩赦を与えてやっていただきたい。
エッツェル　かれらの身は明日までは安泰だ！　それ以降のことは、クリームヒルトが決める！　かれらを館に連れていけ。
（ハーゲンとグンターが連れ去られる）
クリームヒルト　ハーゲン・トロニエ殿よ、聞くのだ！
ハーゲン　（振り返る）何の御用かな？

クリームヒルト　ただちに申しあげるぞ！――まだ生きているフン族の武人は、エッツェル王だけなのか？
（死体が積まれた一角を指さす）
あそこでまだ何かが動いているように思われる！
エッツェル　そのとおりだ！　あと一人、フン族の者が死体の山から何とか這い出ようとしている。あの者は剣を杖として使っている。
クリームヒルト　ひどく身体が損傷しているな。その砕けた四肢で身動きができるなら、こちらへ来るのだ。私はそなたに約束した身であるから、報酬で報いるぞ！
一人のフン族の者　（近づく）
クリームヒルト　ハーゲン殿、財宝はどこにあるのだ？　こう尋ねるのは自分のためではなく、財宝の持ち主となったこの男のためだ。
ハーゲン　財宝を沈めたときにな、わが王たちが一人でも生きているうちは、誰にもそのありかを明かさないと私は誓わせられたのだ。
クリームヒルト　（こっそりとそのフン族の者に向かって）まだ剣を使うことができるか？　よし、ならば出向いて、捕まっている王を切り倒し、その首を私のところに持ってきてくれ。
フン族の者　（頷き、去る）
クリームヒルト　ウーテの息子たちのなかでもいちばんに罪深い男が、生き残ってはならない。この男が生き残っ

フン族の者　ていては、この最後の審判が物笑いの種となりかねない！

クリームヒルト　（グンターの首とともに戻ってくる）（それを指さして）この首に見覚えはあるか？　さあ、言ってもらおう。財宝はどこだ？

ハーゲン　これで終わりだな！　私が予想したとおりの結末だった！
（ぱちぱちと拍手する）

クリームヒルト　悪魔め、私はそなたをまたもや欺いてやったのだ。いま、宝のありかは神と私しか知らない。だが、そのありかは、神も私もそなたには教えてやらないのだ。
ならば、バルムンクよ、そなたの最後の務めを果たしてくれ！
（ハーゲンの脇からバルムンクを引き抜き、ハーゲンに抵抗されることなく、彼を切り殺す）

ヒルデブラント　ここには死神より先に悪魔が来ているということだな？　地獄へ戻れ！（彼はクリームヒルトを切り殺す）

ディートリヒ　ヒルデブラント！

ヒルデブラント　やったのは私です。

エッツェル　こうなっては私が裁かなくてはならないだろう――かたきを討ち――血の海へと新たに注ぐ川をつくらなくてはならないだろう――だが、嫌気が差した。私にはもうそれができない――私には荷が重すぎるのだ――ディートリヒ殿、私から王冠をはずし、この先はあなたが世界を背負っていってくれ——

ディートリヒ　十字架のもとで息絶えたおかたの名において、そういたします！

註

001——劇場の戯称。

002——クリスティーネ・ヘッベル（Christine Hebbel　一八一七－一九一〇）が、エルンスト・ラウパッハ（Ernst Raupach　一七八四－一八五二）作の『ニーベルンゲンの財宝』（一八二八初演、一八三四）にクリームヒルト役で出演したことを指している。

003——ギリシア神話に登場する、百の蛇の頭をもつという巨大な怪物で、ゼウスとの死闘の末に退治された。

004——北欧神話に登場する運命の女神で三姉妹。

005——北欧神話の主神オーディンに仕える武装した乙女たちで、戦死した英雄の霊をヴァルハラ宮殿に導く。

006——ギリシア神話の登場人物で、アイスキュロス（Aischylos　前五二五－前四五六）の悲劇『アガメムノン』によれば、ミュケナイ王アガメムノンの后であるクリュタイムネストラは、トロイア遠征中の夫が血をわけた娘イピゲネイアを犠牲にしたことを許すことができない。彼女は夫の遠征中に深い仲になっていたアイギストスと結託して、アガメムノンが凱旋した夜に彼を殺害する。

007——ヘッベルが参照したルートヴィヒ・ブラウンフェルス（Ludwig Braunfels　一八一〇－八五）の現代語訳『ニーベルンゲンの歌』（一八四六）では、最終章となる第三十九歌章で、語り手は「これぞニーベルンゲンの災いである」という言葉で物語を締めくくっている。この結びの言葉は、同書のもっとも古く、かつ信頼すべき写本とみなされている写本B（ザンクト・ガレン本）に拠るものである。

008——トロニエは、ハーゲンの出生地である。中世前期のゲルマン人は姓をもたず、名に出生地、または領地の名を添えて呼ぶ慣わしだった。

009——ニーベルンゲン族の財宝を守る侏儒の国の王である。

010——第一部第四場に、一連の経緯が記されている。

011——北欧神話における雷神で、ゲルマン神話のドーナル（Donar）に相当する。

012——英雄叙事詩『ニーベルゲンの歌』の第三歌章において、ニーダーラントの王妃ジゲリントは、息子ジークフリートがブルグントの国に行くと告げたとき、グンターの家来によって息子が命を落とすのではないかと案じて、さめざめと泣いたと記されている。

013――『ニーベルゲンの歌』の第一歌章では、クリームヒルトが飼っていた鷹が、二羽の鷲の爪に引き裂かれた夢のことが記されている。

014――昔の長さの単位で、一ツォルは二・三〜三センチメートル。

015――『ニーベルゲンの歌』の第六歌章によれば、ブルーンヒルトは、槍投げ、石の遠投、石の後を追う幅跳びの三種目で求婚者と競い合い、そのうち一種目でも求婚者が負ければ、求婚者は首を落とすことになったという。

016――北欧のニーベルンゲン伝承を伝える『ヴォルスンガ・サガ』によれば、シグルズ（ジークフリート）はブリュンヒルド（ブルーンヒルト）のもとを訪れ、彼女と恋仲になったが、グンナル（グンター）の母に忘れ薬を飲まされて、愛の誓いを忘れたという。

017――北欧神話における最高神で、戦争や死などをつかさどる。ゲルマン神話のヴォーダン（Wodan）に相当する。

018――アイスランド南西部の活火山。

019――北欧神話において竜と化して宝を守る怪人で、ジークフリートによって退治された。

020――前者がデンマーク国王、後者がザクセン国王であり、二人は兄弟である。『ニーベルンゲンの歌』第三歌章では、ブルグント国に攻め込もうとした両者が、ジークフリートの助けを借りたブルグント勢によって討伐される様子が描かれている。ヘッベルの本作においてその詳細は描かれていないが、第二部第四幕第二場で、両者がふたたび襲来するという偽の情報が、ジークフリートを連れ出すハーゲンの口実として使われている。なお、ザクセン国のリューデガー（Lüdeger）は、本作第三部で登場するベヒラルンの辺境伯リューデガー（Rüdeger）とは綴りが異なり、別の人物である。

021――ナス科の多年草で、根が人間の姿を連想させることから、民間信仰では病に対して神秘的な効能をもつとされた。

022――十七世紀に絶滅した野生種の牛。

023――新約聖書の「使徒言行録」に登場するユダヤ人のキリスト教徒で、キリスト教における最初の殉教者であったと伝えられている。

024――ユダヤ名はシモン（Simon）、十二使徒の一人で、初代ローマ教皇であると伝えられている。

025――ドイツ北部のシュレースヴィヒ地方に住んでいたゲルマンの一種族で、その一部がイギリスへ移住した。

026――オーデンヴァルト北東部の山地。

027――カインは弟アーベルを殺害し、神によって印を与えられる。この印によってカインは誰にも殺害されず、放浪の人生を送ることになる。

028――『ニーベルンゲンの歌』第十七歌章には、ハーゲンたちがジークフリートの棺に近づくと、死体の傷口から盛んに血が吹きだし、そのことで殺害の下手人が判明したというくだりがある。

029――ベルンは、イタリアのヴェローナのことであり、東ゴート族の王ディートリヒ（テオドリック）の故郷と伝えられている。

030――夏至に催される聖ヨハネ祭の前夜に焚くかがり火。

031――クリームヒルトがジークフリートとの間に儲けた息子について、ヘッベルの本作では仔細が省かれている。『ニーベルンゲンの歌』第十一歌章によれば、クリームヒルトはジークフリートとの結婚後、ニーダーラントに移り住み、十年の歳月が経過するなかで一人の息子を儲けたことになっている。さらに第十八歌章によれば、ジークフリートの死後、彼の父親であるジゲムント王がクリームヒルトに帰国を促すが、彼女はそれを拒み、息子はニーダーラントに残されることとなった。

032――ギリシア神話に登場する、胴体は獅子、翼と頭部は鷲の怪鳥で、しばしば中世の紋章のモチーフになった。

033――『ニーベルンゲンの歌』におけるゲルフラートは、ハーゲンによって倒された渡し守ではなく、バイエルンの伯爵であり、渡し守の復讐を企てたことにより、ハーゲンの弟ダンクヴァルトによって討伐された。

034――東ゴート族の王家の一族で、ディートリヒはこの一族に出自をもつ。

035――ニーベルンゲンの財宝を所持する一族が、ニーベルンゲン族と称されるため、ここではブルグント族のことである。

036――註017を参照。

037――オンスとして英語圏で使われている重量の単位で、一ウンツェは二八・三五グラム。

038――ドイツの伝統的な重量の単位で、一ツェントナーは約五〇キログラム。

039――ノルウェーの伝説に由来するモチーフである。

040――古ノルド語のラグナロクは、元来「神々の運命（Götterschicksal）」の意味だが、「神々の黄昏（Götterdämmerung）」という訳語で知られている。北欧神話の世界における神々と世界の破滅、終末のときを指す。

041――古代北欧歌謡集『エッダ』によれば、オーディンの義兄弟でオーディンを帮助する役割も果たすが、巨人族の子バルドルを殺害したことにより、神々に捕縛される。しかし、ロキは侏儒アンドヴァリから奪った金を使って釈放される。

042――ローマ教皇レオ一世（三九〇－四六一）は、四五二年に、ローマに侵攻してきたフン族のアッティラ王を交渉と贈答品によって撤退させた。エッツェルは、アッティラの伝説上の名である。

フリードリヒ・ヘッベル［1813–63］年譜

▼——世界史の事項　●——文化史・文学史を中心とする事項　**太字ゴチの作家『タイトル』**——〈ルリユール叢書〉の既刊・続刊予定の書籍です

一八一三年

三月十八日、クリスティアーン・フリードリヒ・ヘッベルが、デンマーク領ホルシュタイン公国のヴェッセルブーレンにて、壁工クラウス・フリードリヒ・ヘッベルとその妻アンティエ・マルガレータの長男として生まれる。

▼ライプツィヒの決戦で、ナポレオン敗北［欧］▼モレロス、メキシコの独立を宣言［メキシコ］●オースティン『高慢と偏見』［英］

一八一四年　▼ウィーン会議（～一五）［欧］▼四月六日、ナポレオン退位。王政復古［仏］●ブレンターノ《ポンス・ド・レオン》上演［独］●シャミッソー『ペーター・シュレミールの不思議な物語』［独］●E・T・A・ホフマン『カロー風の幻想曲集』（～一五）［独］●スティーヴンソン、蒸気機関車を実用化［英］●オースティン『マンスフィールド・パーク』［英］●スコット『ウェイヴァリー』［英］●ワーズワース『逍遥』［英］●スタンダール、ミラノ滞在（～二一）［仏］●カラジッチ『スラブ・セルビア小民謡集』、『セルビア語文法』［セルビア］●曲亭馬琴『南総里見八犬伝』（～四二）［日］

一八一五年　▼ドイツ連邦の発足［墺・独］▼ワーテルローの戦い［欧］▼穀物法制定［英］●Fr・シュレーゲル『古代・近代文学史』［独］●ホフマン『悪魔の霊酒』（～一六）［独］●アイヒェンドルフ『予感と現在』［独］●バイロン『ヘブライの旋律』［英］●スコット『ガ

イ・マナリング』〔英〕●ワーズワース『ライルストーンの白鹿』〔英〕●ベランジェ『歌謡集』〔仏〕●**ヴェッリ『エローストラトの生涯』**〔伊〕●ヴーク・カラジッチ『セルビア民謡集』〔セルビア〕

一八一六年　▼金本位制を採用、ソブリン金貨を本位金貨として制定（一七年より鋳造）〔英〕▼両シチリア王国成立（～六〇）〔伊〕●ホフマン『夜曲集』〔独〕●グリム兄弟『ドイツ伝説集』（～一八）〔独〕●ゲーテ『イタリア紀行』（～一七）〔独〕●コールリッジ「クーブラカーン」、『クリスタベル姫』〔英〕●P・B・シェリー『アラスター、または孤独の夢』〔英〕●スコット『好古家』、『宿家主の物語』〔英〕●オースティン『エマ』〔英〕●コンスタン『アドルフ』〔仏〕●グロッシ『女逃亡者』〔伊〕●インゲマン『ブランカ』〔デンマーク〕●フェルナンデス＝デ＝リサルデ『疥癬病みのおうむ』（～三一）〔メキシコ〕●ウイドブロ『アダム』、『水の鏡』〔チリ〕

一八一八年　▼アーヘン会議〔欧〕●キーツ『エンディミオン』〔英〕●スコット『ミドロジアンの心臓』〔英〕●P・B・シェリー『イスラームの反乱』〔英〕●M・シェリー『フランケンシュタイン』〔英〕●ハズリット『英国詩人論』〔英〕●オースティン『ノーザンガー寺院』、『説得』〔英〕●コンスタン『立憲政治学講義』（～二〇）〔仏〕●シャトーブリアン、「コンセルヴァトゥール」紙創刊（～二〇）〔仏〕●ジョフロア・サンティレール『解剖哲学』（～二〇）〔仏〕●ノディエ『ジャン・スボガール』〔仏〕●グリルパルツァー《サッフォー》初演〔墺〕

一八一九年　▼カールスバート決議〔独〕▼ピータールーの虐殺〔英〕●ゲーテ『西東詩集』〔独〕●ショーペンハウアー『意志と表象としての世界』〔独〕●W・アーヴィング『スケッチ・ブック』（～二〇）〔米〕●P・B・シェリー『チェンチ一族』〔英〕●バイロン『ドン・ジュアン』（～二四）〔英〕●シェニエ『全集』〔仏〕●ユゴー、「文学保守」誌創刊（～二一）〔仏〕●レオパルディ『カンツォーネ集――イタリアについて、フィレンツェで準備されているダンテの記念碑について』〔伊〕

一八二三年　▼モンロー主義宣言〔米〕●クーパー『開拓者』〔米〕●ロンドン（リージェンツ・パーク）でダゲールのジオラマ館開館（〜五一）〔英〕●スコット『クウェンティン・ダーワード』〔英〕●ラム『エリア随筆』（〜三三）〔英〕●クレール・ド・デュラス『ウーリカ』〔仏〕●ミツキエヴィチ『父祖たちの祭り』（〜三二）〔ポーランド〕

一八二四年　▼第一次ビルマ戦争（〜二六）〔英〕▼イギリスで団結禁止法廃止、労働組合結成公認〔英〕●**ティーク『旅人たち』**〔独〕●ハイネ『ハールツ紀行』〔独〕●W・ミュラー『冬の旅』〔独〕●クーパー『水先案内人』〔米〕●ランドー『空想対話篇』〔英〕●M・R・ミットフォード『わが村』〔英〕●ホッグ『疑いのはれた罪人の私的手記と告白』〔英〕●レオパルディ『カンツォーネ集』〔伊〕●ライムント《精霊王のダイヤモンド》上演〔墺〕●コラール『スラーヴァの娘』〔スロヴァキア〕●インゲマン『ヴァルデマー大王とその臣下たち』〔デンマーク〕●アッテルボム『至福の島』（〜二七）〔スウェーデン〕

一八二五年　▼ニコライ一世、即位〔露〕▼デカブリストの乱〔露〕▼外国船打払令〔日〕●ロバート・オーエン、米インディアナ州にコミュニティ「ニュー・ハーモニー村」を建設〔米〕●世界初の蒸気機関車、ストックトン〜ダーリントン間で開通〔英〕●ハズリット『時代の精神』〔英〕●盲人ルイ・ブライユ、六点式点字法を考案〔仏〕●ブリア＝サヴァラン『味覚の生理学（美味礼讃）』〔仏〕●プーシキン『ボリス・ゴドゥノフ』、『エヴゲーニー・オネーギン』（〜三三）〔露〕

一八二六年　▼ボリーバル提唱のラテン・アメリカ国際会議を開催〔南米〕●アイヒェンドルフ『のらくら者日記』〔独〕●ハイネ『ハールツ紀行』〔独〕●クーパー『モヒカン族の最後』〔米〕●ディズレーリ『ヴィヴィアン・グレー』〔英〕●E・B・ブラウニング『精神についての小論、およびその他の詩』〔英〕●**シャトーブリアン『ナチェズ族』**〔仏〕●ヴィニー『古代近代詩集』、『サン＝マール』

〔仏〕●ユゴー『オードとバラード集』〔仏〕●レオパルディ『韻文集』〔伊〕

一八二七年〔十四歳〕

十一月十日、父が三十七歳の若さで急逝する。ヘッベルは、ヴェッセルブーレンの教区管理所に書記見習いとしての地位を得て、同所に住み込みで働く。教区管理人ヨハン・ヤーコプ・モーアの家の蔵書を耽読し、素養を磨く。

▼ナバリノの海戦〔欧〕●ベートーヴェン歿〔独〕●ベデカー、旅行案内書を創刊〔独〕●ハイネ『歌の本』〔独〕●クーパー『赤い海賊』〔米〕●ド・クインシー『殺人芸術論』〔英〕●スタンダール『アルマンス』〔仏〕●ネルヴァル訳ゲーテ『ファウスト（第一部）』〔仏〕●レオパルディ『オペレッテ・モラーリ』〔伊〕●マンゾーニ『婚約者』（改訂版、四〇～四二）〔伊〕

一八二八年〔十五歳〕

夏頃から詩を書き始め、九月四日の週刊新聞「ディトマルシェンとアイダーシュテットの使者」において、彼の詩が初めて公表される。当初は匿名での発表だったが、以降三一年までの間に約三十篇の詩が同紙に発表される。

▼露土戦争〔露・土〕▼シーボルト事件〔日〕●レクラム書店創立〔独〕●ウェブスター編『アメリカ版英語辞典』〔米〕●ブルワー＝リットン『ペラム』〔英〕●ライムント《アルプス王と人間嫌い》初演〔墺〕●ミツキエヴィチ『コンラット・ヴァレンロド』〔ポーランド〕●ハイベア『妖精の丘』〔デンマーク〕●ブレーメル『日常生活からのスケッチ』〔スウェーデン〕

一八三〇年　▼ジョージ四世歿、ウィリアム四世即位〔英〕▼七月革命〔仏〕▼十一月蜂起〔ポーランド〕▼ベルギー、独立宣言〔白〕▼セルビア自治公国成立、ミロシュ・オブレノビッチがセルビア公に即位〔セルビア〕▼クロアチアを中心に南スラブの文化的覚醒をめざすイリリア運動〔クロアチア〕●フォイエルバッハ『死および不死についての考察』〔独〕●リヴァプール・マンチェスター間に鉄道完成〔英〕●ライエル『地質学原理』(〜三三)〔英〕●コント『実証哲学講義』(〜四二)〔仏〕●ドラクロワ《民衆を導く自由の女神》〔仏〕●フィリポン、「カリカチュール」創刊〔仏〕●ユゴー《エルナニ》初演、古典派・ロマン派の間の演劇論争に〔仏〕●スタンダール『赤と黒』〔仏〕●メリメ『エトルリアの壺』〔仏〕●**ノディエ『ボヘミア王と七つの城の物語』**〔仏〕●リュデビット・ガイ『クロアチア・スラボニア語正書法の基礎概略』〔クロアチア〕●ヴェルゲラン『創造、人間、メシア』〔ノルウェー〕●チュッチェフ『キケロ』、『沈黙』〔露〕●プーシキン『ベールキン物語』〔露〕

一八三一年　▼マッツィーニ、青年イタリア党結成〔伊〕●グラッベ『ナポレオン、一名百日天下』〔独〕●ピーコック『奇想城』〔英〕●ユゴー『ノートル＝ダム・ド・パリ』〔仏〕●レオパルディ『カンティ』〔伊〕●グリルパルツァー『海の波 恋の波』〔墺〕●フィンランド文学協会設立〔フィンランド〕●ゴーゴリ『ディカニカ近郷夜話』(〜三二)〔露〕

一八三二年〔十九歳〕

「ニュー・パリ・モード」誌等の青少年向きの雑誌に、投稿した詩が掲載される。同誌の編集者であるハンブルクの女流作家アマーリエ・ショッペは、ヘッベルの後援者探しを請け合う。

▼コンスタンティノープル条約、ギリシアの独立〔欧〕▼第一次選挙法改正〔英〕▼六月暴動〔仏〕▼天保の大飢饉〔日〕●クラ

ウゼヴィッツ『戦争論』（〜三四）〔独〕●ゲーテ歿、『ファウスト』（第二部、五四初演）〔独〕●メーリケ『画家ノルテン』〔独〕●リージェンツ・パークに巨大パノラマ館完成〔英〕●H・マーティノー『経済学例解』（〜三四）〔英〕●ブルワー＝リットン『ユージン・アラム』〔英〕●F・トロロープ『内側から見たアメリカ人の習俗』〔英〕●**テプフェール『伯父の書斎』**〔スイス〕●ガロア、決闘で死亡〔仏〕●パリ・オペラ座で、バレエ《ラ・シルフィード》初演〔仏〕●ノディエ『パン屑の妖精』〔仏〕●アルムクヴィスト『いばらの本』（〜五二）〔スウェーデン〕●ルーネベリ『ヘラジカの射手』〔フィンランド〕

一八三五年［二十二歳］

ショッペの執り成しにより、二月中旬にハンブルクへ移住する。三月二十三日、彼の生涯にわたる日記の執筆が始まる。洋裁などで生計を立てる三十歳のエリーゼ・レンジングと知り合い、恋愛関係に発展する。六月二十七日に起稿した最初の短編小説『理髪師ツィッターライン *Barbier Zitterlein*』を八月一日に完成させる。

▼フェルディナンド一世、即位〔墺〕●ニュルンベルク・フュルト間でドイツ初の鉄道開通〔独〕●シーボルト『日本植物誌』〔独〕●**ティーク『古文書と青のなかへの旅立ち』**〔独〕●**ビューヒナー『ダントンの死』**、**『レンツ』**（／三九）〔独〕●グツコー『懐疑の女ヴァリー』〔独〕●モールス、電信機を発明〔米〕●シムズ『イエマシー族』、『パルチザン』〔米〕●ホーソーン『若いグッドマン・ブラウン』〔米〕●R・ブラウニング『パラケルスス』〔英〕●クレア『田舎の詩神』〔英〕●トクヴィル『アメリカのデモクラシー』〔仏〕●ヴィニー『軍隊の服従と偉大』〔仏〕●バルザック『ゴリオ爺さん』〔仏〕●ゴーチエ『モーパン嬢』〔仏〕●スタンダール『アンリ・ブリュラールの生涯』（〜三六）〔仏〕●クラシンスキ『非＝神曲』〔ポーランド〕●アンデルセン『即興詩人』、『童

話集』〔デンマーク〕●レンロット、民謡・民間伝承収集によるフィンランドの叙事詩『カレワラ』を刊行〔フィンランド〕●ゴーゴリ『アラベスキ』、『ミルゴロド』〔露〕

一八三六年〔二十三歳〕

三月末、大学の聴講生としてハイデルベルクに移り、同地でエーミール・ルソーと親交を深める。ハイデルベルクでの一学期を経て法律の勉学を断念する。九月にテュービンゲンにおいて長年敬愛していた作家ルートヴィヒ・ウーラントと面会した後、ミュンヘンに移る。指物師の娘ベッピ（ヨゼーファ・シュヴァルツ）と一時の恋愛関係に陥る。ミュンヘン大学でヨーゼフ・ゲレス、フリードリヒ・シェリングの講義を聴講する。

▼ロンドン労働者協会結成〔英〕●インマーマン『エピゴーネン』〔独〕●ハイネ『ロマン派』〔独〕●エマソン『自然論』〔米〕●ハリバートン『時計師、あるいはスリックヴィルのサム・スリック君の言行録』〔カナダ〕●マリアット『海軍見習士官イージー』〔英〕●ディケンズ『ボズのスケッチ集』〔英〕●E・B・ブラウニング『セラフィムおよびその他の詩』〔英〕●ラマルチーヌ『ジョスラン』〔仏〕●バルザック『谷間のゆり』〔仏〕●ミュッセ『世紀児の告白』〔仏〕●ヴェレシュマルティ『檄』〔ハンガリー〕●マーハ『五月』〔チェコ〕●シャファーリク『スラヴ古代文化』（〜三七）〔スロヴァキア〕●クラシンスキ『イリディオン』〔ポーランド〕●プレシェルン『サヴィツァ河畔の洗礼』〔スロヴェニア〕●ヴーク・カラジッチ『セルビア俚諺集』〔セルビア〕●ゴーゴリ《検察官》初演、『鼻』、『幌馬車』〔露〕●プーシキン『大尉の娘』〔露〕

一八三八年〔二十五歳〕

九月三日から四日にかけての夜に母の死、十月二日に親友ルソーの死を経験する。

▼「人民憲章」の発表、チャーティスト運動（～四八）〔英〕▼第一次アフガン戦争（～四二）〔英・アフガニスタン〕●メーリケ『詩集』〔独〕●フライリヒラート『詩集』〔独〕●ポー『アーサー・ゴードン・ピムの物語』〔米〕●エマソン『神学部講演』〔米〕●ロンドン・バーミンガム間に鉄道完成〔英〕●初めて大西洋に定期汽船が就航〔英〕●ディケンズ『オリヴァー・ツイスト』〔英〕●コンシェンス『フランデレンの獅子』〔白〕●インマーマン『ミュンヒハウゼン』（～三九）〔独〕●レールモントフ『悪魔』、『商人カラーシニコフの歌』〔露〕

一八三九年〔二十六歳〕

三月十一日にミュンヘンを出発し、二十日間におよぶ、約六〇〇キロメートルの行程の徒歩旅行を経て、同月末にハンブルクへ帰還する。四月三日、ヘッベルの詩を高く評価していた青年ドイツ派の作家カール・グツコーと面会し、彼が編集する年報類への寄稿を要請される。十月二日に三幕悲劇『ユーディット *Judith*』を起稿する。

▼反穀物法同盟成立〔英〕▼ルクセンブルク大公国独立〔ルクセンブルク〕▼オスマン帝国、ギュルハネ勅令、タンジマートを開始（～五六）〔土〕●**ティーク**『**人生の過剰**』〔独〕●グリム兄弟『ドイツ語辞典』編集開始（～六一）〔独〕●ディケンズ『ニコラス・ニクルビー』〔英〕●マリアット『幽霊船』〔英〕●エインズワース『ジャック・シェパード』〔英〕●C・ダーウィン『ビーグル

号航海記』〔英〕●フランソワ・アラゴー、パリの科学アカデミーでフランス最初の写真技術ダゲレオタイプを公表〔仏〕●
スタンダール『パルムの僧院』〔仏〕

一八四〇年〔二十七歳〕

一月二十八日、『ユーディット』を脱稿する。同作は七月六日にベルリン王立劇場で初演され、十二月一日にハンブルク市立劇場でも上演される。九月十三日、五幕悲劇『ゲノフェーファ *Genoveva*』を起稿する。十一月五日、エリーゼとの間に息子マックスが誕生する。

▼ヴィクトリア女王、アルバート公と結婚〔英〕▼アヘン戦争（～四二）〔英・中〕▼ワイタンギ条約〔英・ニュージーランド〕●「ダイアル」誌創刊（～四四）〔米〕●ポー『グロテスクとアラベスクの物語』〔米〕●ペニー郵便制度を創設〔英〕●P・B・シェリー『詩の擁護』〔英〕●エインズワース『ロンドン塔』〔英〕●R・ブラウニング『ソルデッロ』〔英〕●ユゴー『光と影』〔仏〕●メリメ『コロンバ』〔仏〕●サント＝ブーヴ『ポール＝ロワイヤル』（～五九）〔仏〕●エスプロンセダ『サラマンカの学生』〔西〕●シトゥール『ヨーロッパ文明に対するスラヴ人の功績』〔スロヴァキア〕●シェフチェンコ『コブザーリ』〔露〕●レールモントフ『ムツイリ』、『詩集』、『現代の英雄』〔露〕

一八四一年〔二十八歳〕

三月一日に『ゲノフェーファ』を脱稿する。七月四日に『ユーディット』をハンブルクのカンペ社より出版する。ミュンヘン時代に構想し、『ユーディット』の完成後すぐに執筆に着手した五幕喜劇『ダイヤモンド *Der Diamant*』を、十一月二十九日に脱稿する。

▼天保の改革〔日〕●フォイエルバッハ『キリスト教の本質』〔独〕●クーパー『鹿殺し』〔米〕●ポー『モルグ街の殺人』〔米〕●エマソン『第一エッセイ集』〔米〕●絵入り週刊誌「パンチ」創刊〔英〕●カーライル『英雄と英雄崇拝』〔英〕●ディケンズ『骨董屋』、『バーナビー・ラッジ』〔英〕●**テプフェール『ジュネーヴ短編集』**〔スイス〕●ゴットヘルフ『下男ウーリはいかにして幸福になるか』〔スイス〕●エルベン『チェコの民謡』（～四五）〔チェコ〕●スウォヴァツキ『ベニョフスキ』〔ポーランド〕●シェフチェンコ『ハイダマキ』〔露〕●A・K・トルストイ『吸血鬼』〔露〕

一八四二年〔二十九歳〕

七月に『詩集 *Gedichte*』を出版する。十一月中旬に旅行扶助金の申請のため、コペンハーゲンに出立する。

▼ハンブルク大火〔独〕▼カヴール、農業組合を組織〔伊〕▼南京条約締結〔中〕●ハイネ『アッタ・トロル』〔独〕●ビューヒナー『レオンスとレーナ』〔独〕●ドロステ＝ヒュルスホフ『ユダヤ人のぶなの木』〔独〕●「イラストレイテッド・ロンドン・ニューズ」創刊〔英〕●ミューディ貸本屋創業〔英〕●ブルワー＝リットン『ザノーニ』〔英〕●テニスン『詩集』〔英〕●マコーリー『古代ローマ詩歌集』〔英〕●ベルトラン『夜のガスパール』〔仏〕●**シュー『パリの秘密』**（～四三）〔仏〕●バルザック〈人間喜劇〉刊行開始（～四八）〔仏〕●**マンゾーニ『汚名柱の記』**〔伊〕●ゴットヘルフ『黒い蜘蛛』〔スイス〕●ゴーゴリ『死せる魂〈第一部〉』〔露〕

一八四三年〔三十歳〕

三月十日、コペンハーゲンにおいて三幕の市民悲劇『マリア・マクダレーナ *Maria Magdalena*』を起稿する。四月四日、デンマーク国王クリスティアーン八世より、二年間の旅行扶助金が認可される。四月下旬にハンブルクに帰還した後、扶助金をもとに九月八日にパリに向けて出発する。九月十四日に同地でハインリヒ・ハイネを訪問する。パリ領事で文筆家のフェーリクス・バンベルクと親交を深め、ヘーゲル哲学へと導かれる。十月二日、ハンブルクで息子マックスが歿する。十二月四日、『マリア・マクダレーナ』を脱稿する。

▼オコンネルのアイルランド解放運動〔愛〕●ワーグナー《さまよえるオランダ人》初演〔独〕●アウエルバッハ『シュヴァルツヴァルトの村物語』(〜五四)〔独〕●ポー『黒猫』、『黄金虫』、『告げ口心臓』〔米〕●ラスキン『近代画家論』(〜六〇)〔英〕●カーライル『過去と現在』〔英〕●トマス・フッド『シャツの歌』〔英〕●ユゴー《城主》初演〔仏〕●ガレット『ルイス・デ・ソーザ修道士』〔ポルトガル〕●クラシェフスキ『ウラーナ』〔ポーランド〕●キェルケゴール『あれか、これか』〔デンマーク〕●ゴーゴリ『外套』〔露〕

一八四四年〔三十一歳〕

パリ滞在中の五月十四日、エリーゼとの第二子となる息子エルンストが、ハンブルクで誕生する(一八四七年歿)。夏に執筆した博士号請求論文をエアランゲン大学に送付する(二年後に学位取得)。九月末にパリを発ち、十月上旬からローマに滞在する。ローマでは名所旧跡を訪れ、古代やルネサンスの芸術作品も見て回る。しかし、期待したほどの感慨はなく、自身はヨハン・ヴォルフガング・フォン・ゲーテのような形姿の詩人ではなく、観念の詩人であることを自覚する。

▼バーブ運動、開始〔イラン〕●シュティフター『習作集』(〜五〇)〔墺〕●ハイネ『ドイツ・冬物語』、『新詩集』〔独〕●フライリヒラート『信条告白』〔独〕●ホーソーン『ラパチーニの娘』〔米〕●タルボット、写真集『自然の鉛筆』を出版(〜四六)〔英〕●R・チェンバース『創造の自然史の痕跡』〔英〕●ターナー《雨、蒸気、速度—グレート・ウェスタン鉄道》〔英〕●ディズレーリ『コニングスビー』〔英〕●キングレーク『イオーセン』〔英〕●サッカレー『バリー・リンドン』〔英〕●シュー『さまよえるユダヤ人』連載(〜四五)〔仏〕●デュマ・ペール『三銃士』、『モンテ＝クリスト伯』(〜四五)〔仏〕●シャトーブリアン『ランセ伝』〔仏〕●バルベー・ドールヴィイ『ダンディスムとG・ブランメル氏』〔仏〕

一八四五年〔三十二歳〕

六月から十月までナポリに滞在し、文芸史家ヘルマン・ヘットナーと交流する。旅行扶助金の支給延長願が却下されていたため、いったんローマに戻った後、十月末に同地を離れる。ハンブルクへの帰路の途上で、十一月四日からウィーンに逗留する。作家ヨハン・ルートヴィヒ・ダインハルトシュタインやフランツ・グリルパルツァーを訪問する。ウィーン出立の準備をしている矢先に、思いがけない幸運が舞い込む。ヘッベル作品の崇拝者であるツェルボーニ男爵兄弟が、ウィーンに留まるよう勧め、金銭的援助を約束してくれたのである。ヘッベルについての記事を書いたジャーナリストのジークムント・エングレンダーとの交流が始まる。また、女優クリスティーネ・エングハウスと親密に交際し、エリーゼとの関係が破綻する。年内にはやくもクリスティーネと婚約を果たす。

▼アイルランド大飢饉〔愛〕▼第一次シーク戦争開始〔印〕●マルクス、エンゲルス『ドイツ・イデオロギー』〔独〕●エンゲルス『イギリスにおける労働者階級の状態』〔独〕●**A・V・フンボルト『コスモス』**(第一巻)〔独〕●ミュレンホフ『シュレースヴィヒ・ホルシュタイン・ラウエンブルク公国の伝説、童話、民謡』〔独〕●ポー『盗まれた手紙』、『大鴉その他』〔米〕●ディズレーリ『シビルあるいは二つの国民』〔英〕●メリメ『カルメン』〔仏〕●**レオパルディ『断想集』**〔伊〕●**ペタル二世ペトロビッチ＝ニェゴシュ『小宇宙の光』**〔セルビア〕●キルケゴール『人生行路の諸段階』〔デンマーク〕

一八四六年〔三十三歳〕

五月二十六日、クリスティーネと結婚する。彼女を通じてウィーンの劇場とコンタクトをとる一方で、イタリアから草稿として持ちかえった一幕の悲喜劇『シチリアの悲劇 *Ein Trauerspiel in Sizilien*』、三幕の悲劇『ユーリア *Julia*』の執筆に従事する。十二月に息子エーミール・ヘッベルが誕生する(一八四七年歿)。

▼米墨戦争(～四八)〔米・墨〕▼穀物法撤廃〔英〕●メーリケ『ボーデン湖の牧歌』〔独〕●リア『ノンセンスの絵本』〔英〕●サッカレー『イギリス俗物列伝』(～四七)〔英〕●ホーソーン『旧牧師館の苔』〔米〕●メルヴィル『タイピー』〔米〕●バルザック『従妹ベット』〔仏〕●サンド『魔の沼』〔仏〕●ミシュレ『民衆』〔仏〕●フルバン『薬売り』〔スロヴァキア〕●ドストエフスキー『貧しき人々』、『分身』〔露〕

一八四七年〔三十四歳〕

一月九日、『シチリアの悲劇』を脱稿する。二月二十三日、五幕悲劇『ヘローデスとマリアムネ *Herodes und Mariamne*』を起稿する。クリスティーネの招待に応じて、五月二十九日にエリーゼがウィーンを訪れ、翌年の八月二十七日までヘッベル家に滞在する。十月二十三日、『ユーリア』を脱稿する。十一月に『新詩集 *Neue Gedichte*』を出版する。十二月二十五日、娘クリスティーネ・ヘッベルが誕生する。

▼婦人と少年の十時間労働を定めた工場法成立〔英〕●プレスコット『ペルー征服史』〔米〕●エマソン『詩集』〔米〕●ロングフェロー『エヴァンジェリン』〔米〕●メルヴィル『オムー』〔米〕●サッカレー『虚栄の市』(〜四八)〔英〕●E・ブロンテ『嵐が丘』〔英〕●A・ブロンテ『アグネス・グレイ』〔英〕●C・ブロンテ『ジェイン・エア』〔英〕●ミシュレ『フランス革命史』(〜五三)〔仏〕●ラマルチーヌ『ジロンド党史』〔仏〕●ラディチェヴィチ『詩集』〔セルビア〕●**ペタル二世ペトロビッチ＝ニェゴシュ『山の花環』**〔セルビア〕●ラディチェビッチ『詩集』〔セルビア〕●ネクラーソフ『夜中に暗い夜道を乗り行けば…』〔露〕●ゲルツェン『誰の罪か?』〔露〕●ゴンチャローフ『平凡物語』〔露〕●ツルゲーネフ『ホーリとカリーヌイチ』〔露〕●グリゴローヴィチ『不幸なアントン』〔露〕●ゴーゴリ『友人との往復書簡選』〔露〕●ベリンスキー『ゴーゴリへの手紙』〔露〕

一八四八年〔三十五歳〕

三月中旬、ウィーンで三月革命を体験する。インスブルックに避難した皇帝フェルディナント一世にウィーンへの帰還を請願する派遣団の一員に加わり、五月二十六日から約二週間、インスブルックに滞在する。検閲の緩和により、五月八日に『マリア・マクダレーナ』がウィーン初演としてブルク劇場で上演され、大成功を収める。十一月十四日、『ヘローデスとマリアムネ』を脱稿する。

▼カリフォルニアで金鉱発見、ゴールドラッシュ始まる〔米〕▼ロンドンでコレラ大流行、公衆衛生法制定〔英〕▼二月革命、第二共和政（〜五二）〔仏〕▼三月革命〔墺・独〕▼第一次シュレースヴィヒ・ホルシュタイン戦争（〜五二）〔独・デンマーク〕●マルクス、エンゲルス『共産党宣言』〔独〕●ポー『ユリイカ』〔米〕●メルヴィル『マーディ』〔米〕●ラファエル前派同盟結成〔英〕●W・H・スミス「鉄道文庫」を創業〔英〕●J・S・ミル『経済学原論』〔英〕●ディケンズ『ドンビー父子』〔英〕●ギャスケル『メアリ・バートン』〔英〕●マコーリー『イングランド史』（〜五五）〔英〕●サッカレー『ペンデニス』（〜五〇）〔英〕●デュマ・フィス『椿姫』〔仏〕

一八四九年〔三十六歳〕

四月一日に起稿した三幕のメルヘン喜劇『ルビー *Der Rubin*』を五月中旬までに脱稿する。同作は十一月二十一日にブルク劇場で初演される。また、同劇場で上演された『ユーディット』と『ヘローデスとマリアムネ』において、妻クリスティーネが主演女優を務める。十一月十五日から翌年の三月十五日まで「オーストリア帝国新聞」文芸欄の編集者を務める。

▼航海法廃止〔英〕▼ドレスデン蜂起〔独〕▼ハンガリー革命〔ハンガリー〕●C・ブロンテ『シャーリー』〔英〕●ラスキン『建築

の七灯』〔英〕●シャトーブリアン『墓の彼方からの回想』（〜五〇）〔仏〕●ミュルジェール『ラ・ボエーム』〔仏〕●ソロー『市民の反抗』〔米〕●フェルナン＝カバリェロ『かもめ』〔西〕●キェルケゴール『死に至る病』〔デンマーク〕●ペトラシェフスキー事件、ドストエフスキーらシベリア流刑〔露〕

一八五〇年〔三十七歳〕

年初に、ヘッベルと不仲だった青年ドイツ派の作家ハインリヒ・ラウベがブルク劇場の監督に就任し、ヘッベル夫妻は同劇場から冷遇されるようになる。七月に、妻とともにザグレブやハンブルクへ旅行する。文芸評論家ユリアン・シュミットに対する批評など、多くの論説文を記す。十一月中旬から約一か月間の執筆により、二幕の諷刺劇『ミケランジェロ *Michel Angelo*』を脱稿する。

▼オーストラリアの自治を承認〔英〕▼太平天国の乱（〜六四）〔中〕●J・E・ミレー《両親の家のキリスト》〔英〕●テニソン『イン・メモリアム』、テニソン、桂冠詩人に〔英〕●ワーズワース『序曲』〔英〕●ディケンズ『デイヴィッド・コパフィールド』〔英〕●キングズリー『アルトンロック』〔英〕●ホーソーン『緋文字』〔米〕●エマソン『代表的偉人論』〔米〕●ツルゲーネフ『余計者の日記』〔露〕

一八五一年〔三十八歳〕

四月にベルリンへ旅行する。七月に、妻やエーミール・クーとともにベルリン、ハンブルクへ旅行する。バイエルン史の入念な研究を行いながら、九月下旬に五幕悲劇『アグネス・ベルナウアー *Agnes Bernauer*』を起稿し、短期間に集中して取り組み、十二月下旬に脱稿する。

▼ルイ・ナポレオンのクーデター〔仏〕▼太平天国の乱〔中〕●ハイネ『ロマンツェーロ』〔独〕●シュトルム『インメン湖』〔独〕●ホーソーン『七破風の家』〔米〕●メルヴィル『白鯨』〔米〕●第一回ロンドン万国博覧会〔英〕●メイヒュー『ロンドンの労働とロンドンの貧民』〔英〕●ボロー『ラヴェングロー』〔英〕●E・B・ブラウニング『カーサ・グイーディの窓』〔英〕●ラスキン『ヴェネツィアの石』(〜五三)〔英〕●H・スペンサー『社会静学』〔英〕●フーコー、振り子の実験で地球自転を証明〔仏〕●アンブロワーズ・ルイ・ガルヌレ《旅、冒険、戦争》〔仏〕●サント＝ブーヴ『月曜閑談』(〜六二)〔仏〕●ゴンクール兄弟『日記』(〜九六)〔仏〕●ネルヴァル『東方紀行』〔仏〕●マルモル『アマリア』(〜五五)〔アルゼンチン〕

一八五二年〔三十九歳〕

二月から三月にかけてミュンヘンに滞在し、三月二十五日、フランツ・ディンゲルシュテット監督のもとで『アグネス・ベルナウアー』が初演される。七月に妻とともにヴェネチア、ミラノへ旅行する。

▼ロンドン議定書〔英〕▼ナポレオン三世即位、第二帝政(〜七〇)〔仏〕●ストウ夫人『アンクル・トムの小屋』〔米〕●**メルヴィル『ピェール　黙示録よりも深く』**〔米〕●ホーソーン『ブライズデール・ロマンス』〔米〕●アルバート・スミス「モンブラン登頂」ショーが大ヒット(〜五八)〔英〕●サッカレー『ヘンリー・エズモンド』〔英〕●M・アーノルド『エトナ山上のエンペドクレスその他の詩』〔英〕●デパート〈ボン・マルシェ〉誕生〔仏〕●アシェット、「鉄道文庫」発刊〔仏〕●アンブロワーズ・ルイ・

ガルヌレ《エルバ島を去るナポレオン》〔仏〕●ユゴー『小ナポレオン』〔仏〕●ゴーチエ『螺鈿七宝』〔仏〕●ルコント・ド・リール『古代詩集』〔仏〕●A・ムンク『悲しみと慰め』〔ノルウェー〕●ツルゲーネフ『猟人日記』〔露〕●トルストイ『幼年時代』〔露〕●ゲルツェン『過去と思索』（〜六八）〔露〕

一八五三年〔四十歳〕

七月にハンブルク、ヘルゴラントへ旅行する。ゲーテの『タウリス島のイフィゲーニエ』などを再読し、十二月に三幕悲劇『ギューゲスと彼の指環 *Gyges und sein Ring*』を起稿する。

▼オーストラリアの流刑植民地制廃止〔英〕▼クリミア戦争（〜五六）〔露・土〕▼ペリー提督らの黒船来航〔日〕●メルヴィル『書記バートルビー』〔米〕●C・ブロンテ『ヴィレット』〔英〕●ギャスケル『ルース』、『クランフォード』〔英〕●サッカレー『ニューカム家の人々』〔英〕●ディケンズ『荒涼館』〔英〕●キングズレー『ハイペシア』〔英〕●ゴビノー『人種不平等論』（〜五五）〔仏〕●ユゴー『懲罰詩集』〔仏〕●シュティフター『石さまざま』〔墺〕●エルベン『花束』〔チェコ〕●スラートコヴィチ『ジェトヴァの若者』〔スロヴァキア〕●ヨーカイ『ハンガリーの大尽』〔ハンガリー〕●ゴルスミト『出奔』（〜五七）〔デンマーク〕

一八五四年〔四十一歳〕

七月から八月にかけて妻とともにマリーエンバート、プラハへ、その後に単身でドレスデンへ旅行する。十一月十四日、『ギューゲスと彼の指環』を脱稿する。十一月十八日、ハンブルクでエリーゼが歿する。

▼カンザス・ネブラスカ法成立〔米〕▼米・英・露と和親条約調印〔日〕●ソロー『ウォールデン、森の生活』〔米〕●ディケンズ『ハード・タイムズ』〔英〕●パトモア『家庭の天使』（〜六二）〔英〕●ギャスケル『北と南』（〜五五）〔英〕●テニスン「軽騎兵の突撃」〔英〕●ケラー『緑のハインリヒ』（〜五五）〔スイス〕●ネルヴァル『火の娘たち』〔仏〕●モムゼン『ローマ史』（〜五六）〔独〕

一八五五年〔四十二歳〕

八月にトラウン湖畔にあるグムンデンの別荘の所有者となり、同地で夏の休暇を過ごすようになる。十月十八日、三部十一幕悲劇『ニーベルンゲン *Die Nibelungen*』を起稿する。『物語と小説集 *Erzählungen und Novellen*』を出版する。

▼印紙税廃止〔英〕▼安政の大地震〔日〕●フライターク『借方と貸方』〔独〕●メーリケ『旅の日のモーツァルト』〔独〕●ハイゼ『ララビアータ』〔独〕●ロングフェロー『ハイアワサの歌』〔米〕●ホイットマン『草の葉』（初版）〔米〕●メルヴィル『イズレイル・ポッター』〔米〕●キングズリー『おーい、船は西行きだ！』〔英〕●R・ブラウニング『男と女』〔英〕●トロロープ『養老院長』〔英〕●テニスン『モード』〔英〕●パリ万国博覧会〔仏〕●ネルヴァル『オーレリア』〔仏〕●ニェムツォヴァー『おばあさん』〔チェコ〕●アンデルセン『わが生涯の物語』〔デンマーク〕●チェルヌイシェフスキー『現実に対する芸術の美学的関係』〔露〕●トルストイ『セヴァストーポリ物語』（〜五六）〔露〕

一八五七年〔四十四歳〕

二月十八日、『ニーベルンゲン』における「ジークフリートの死」までを書き終える。四月下旬にドイツ北部までの旅行を企て、五月上旬にフランクフルトで哲学者アルトゥール・ショーペンハウアーを、シュトゥットガルトで作家エドゥアルト・メーリケを訪問する。九月に全集版の『詩集 *Gedichte*』を出版し、メーリケに贈呈する。十一月に、フリードリヒ・シラーの絶筆となった作品『デメートリウス』を新たに戯曲化する計画に言及する。すでに同年三月までに脱稿していた叙事詩『母と子 *Mutter und Kind*』により、十二月にドレスデンのティートゲン協会の賞を受賞する。

▼インド大反乱（〜五八）〔印〕●ラーベ『雀横丁年代記』〔独〕●サウス・ケンジントン博物館（現・ヴィクトリア&アルバート博物館）開館〔英〕●ディケンズ『リトル・ドリット』〔英〕●ヒューズ『トム・ブラウンの学校生活』〔英〕●サッカレー『バージニアの人々』（〜五九）〔英〕●トロロープ『バーチェスターの塔』〔英〕●ミレー《晩鐘》（〜五九）、《落穂拾い》〔仏〕●ボードレール『悪の華』〔仏〕●ゴーチエ『ミイラ物語』〔仏〕●シャンフルーリ『写実主義』〔仏〕●シュティフター『晩夏』〔墺〕●ビョルンソン『日向が丘の少女』〔ノルウェー〕

一八五八年〔四十五歳〕

五月十一日、ザクセン＝ワイマール＝アイゼナハ大公カール・アレクサンダーに謁見する。六月から七月にかけてワイマールに滞在し、同地で作曲家フランツ・リストと知り合い、大公夫妻との交際が始まる。ワイマールから帰還後の七月三十一日、未完に終わった悲劇『デメートリウス *Demetrius*』を起稿する。

▼ムガル帝国滅亡、インド直轄統治開始〔英・印〕▼プロンビエールの密約〔仏・伊〕▼安政の大獄〔日〕●W・フリス《ダービー開催日》〔英〕●モリス『グィネヴィアの抗弁その他の詩』〔英〕●トロロープ『ソーン医師』〔英〕●G・エリオット『アダム・

ビード』〔英〕●オッフェンバック《地獄のオルフェウス》〔仏〕●ニエーヴォ『一イタリア人の告白』（六七刊）〔伊〕●トンマゼーオ『イタリア語大辞典』（〜七九）〔伊〕●ネルダ『墓場の花』〔チェコ〕●ピーセムスキー『千の魂』〔露〕●ゴンチャローフ『フリゲート艦パルラダ号』〔露〕

一八五九年〔四十六歳〕

六月末にリウマチの激しい発作に襲われる。七月と八月をグムンデンで過ごした後、九月にワイマールを再訪する。

▼スエズ運河建設着工〔仏〕●ワーグナー《トリスタンとイゾルデ》〔独〕●C・ダーウィン『種の起原』〔英〕●スマイルズ『自助論』〔英〕●J・S・ミル『自由論』〔英〕●G・エリオット『アダム・ビード』〔英〕●メレディス『リチャード・フェヴェレルの試練』〔英〕●テニスン『国王牧歌』（〜八五）〔英〕●W・コリンズ『白衣の女』（〜六〇）〔英〕●ディケンズ、週刊文芸雑誌「一年中」を創刊、『二都物語』〔英〕●ユゴー『諸世紀の伝説』〔仏〕●ミストラル『ミレイユ』〔仏〕●フロマンタン『サヘルの一年』〔仏〕●ヴェルガ『山の炭焼き党員たち』（〜六〇）〔伊〕●ゴンチャローフ『オブローモフ』〔露〕●ツルゲーネフ『貴族の巣』〔露〕●ドブロリューボフ『オブローモフ気質とは何か』、『闇の王国』〔露〕

一八六〇年〔四十七歳〕

三月二十二日、『ニーベルンゲン』を脱稿する。十一月にミュンヘン、パリへ旅行する。

▼英仏通商（コブデン＝シュバリエ）条約〔欧〕▼ガリバルディ、シチリアを平定〔伊〕▼桜田門外の変〔日〕●ホーソーン『大理石

の牧神像』〔米〕●ソロー『キャプテン・ジョン・ブラウンの弁護』、『ジョン・ブラウン最期の日々』〔米〕●G・エリオット『フロス河の水車場』〔英〕●ボードレール『人工楽園』〔仏〕●ブルクハルト『イタリア・ルネサンスの文化』〔スイス〕●ムルタトゥリ『マックス・ハーフェラール』〔蘭〕●ドストエフスキー『死の家の記録』〔露〕●ツルゲーネフ『初恋』、『その前夜』〔露〕

一八六一年〔四十八歳〕

一月三十一日、ワイマールにおいてディンゲルシュテット監督により『ニーベルンゲン』の第一部と第二部が初演される。同地で五月十六日と十八日に分けて、全三部が初演される。このとき、妻クリスティーネが第二部のブルーンヒルト、第三部のクリームヒルトを演じ、大成功を収める。七月と八月をグムンデンで過ごした後、十月にハンブルクとベルリンへ旅行する。

▼ヴィルヘルム一世の即位〔独〕▼リンカーン、大統領就任。南北戦争を開始（〜六五）〔米〕▼イタリア王国成立。ヴィットーリオ・エマヌエーレ二世即位〔伊〕▼ルーマニア自治公国成立〔ルーマニア〕▼農奴解放令〔露〕●シュピールハーゲン『問題のある人々』（〜六二）〔独〕●ビートン夫人『家政読本』〔英〕●トロロープ『フラムリーの牧師館』〔英〕●G・エリオット『サイラス・マーナー』〔英〕●ディケンズ『大いなる遺産』〔英〕●ピーコック『グリル荘』〔英〕●D・G・ロセッティ訳詩集『初期イタリア詩人』〔英〕●バルベー・ドールヴィイ『十九世紀の作品と人物』（〜一九一〇）〔仏〕●ボードレール『悪の華』（第二版）、『リヒャルト・ワーグナーと〈タンホイザー〉のパリ公演』〔仏〕●バッハオーフェン『母権論』〔スイス〕●マダーチ『人間の悲劇』〔ハンガリー〕●ドストエフスキー『虐げられた人々』〔露〕

一八六二年〔四十九歳〕

六月に第二回ロンドン万国博覧会を視察するためにロンドンを訪れる。七月二十七日、シュトゥットガルトでメーリケに再会し、『ニーベルンゲン』が激賞される。七月、八月をグムンデンで過ごし、八月中旬に、カール・アレクサンダー大公の招待により、現在のテューリンゲン州アイゼナッハ近郊にあるヴィルヘルムスタール城に滞在する。

▼ビスマルク、プロイセン宰相就任〔独〕▼生麦事件〔日〕●H・スペンサー『第一原理論』〔英〕●C・ロセッティ『ゴブリン・マーケットその他の詩』〔英〕●コリンズ『無名』〔英〕●マネ《草上の昼食》(~六三)〔仏〕●ユゴー『レ・ミゼラブル』〔仏〕●ルコント・ド・リール『夷狄詩集』〔仏〕●フローベール『サラムボー』〔仏〕●ゴンクール兄弟『十八世紀の女性』〔仏〕●ミシュレ『魔女』〔仏〕●カステーロ・ブランコ『破滅の恋』〔ポルトガル〕●ヨーカイ『新地主』〔ハンガリー〕●ツルゲーネフ『父と子』〔露〕●ダーリ『ロシア諺集』〔露〕●トルストイ、「ヤースナヤ・ポリャーナ」誌発刊〔露〕

一八六三年〔五十歳〕

二月十九日、『ニーベルンゲン』第一部、第二部がウィーンで上演される。病状が悪化し、六月中旬から八月末までグムンデンにて、九月にはウィーン近郊のバーデンにて療養する。自身はリウマチとみなしていた骨の痛みと闘いながら、十月に『デメートリウス』の原稿に再着手し、十一月六日に同作の第四幕を書き終える。日記は十月二十五日の記述をもって途絶える。十一月七日、『ニーベルンゲン』でシラー賞を受賞する。骨軟化症が死因となり、十二月十三日午前五時四十分に没する。ウィーンのマッツラインスドルフの墓地に埋葬される。

▼全ドイツ労働者協会結成〔独〕▼リンカーンの奴隷解放宣言〔米〕▼薩英戦争〔英・日〕▼赤十字国際委員会設立〔スイス〕▼一月蜂起〔ポーランド〕●オルコット『病院のスケッチ』〔米〕●ロンドンの地下鉄工事開始〔英〕●G・エリオット『ロモラ』〔英〕●キングズリー『水の子どもたち』〔英〕●フロマンタン『ドミニック』〔仏〕●テーヌ『イギリス文学史』（～六四）〔仏〕●ボードレール『現代生活の画家』、『ウージェーヌ・ドラクロアの作品と生涯』〔仏〕●リトレ『フランス語辞典』（～七三）〔仏〕●ルナン『イエス伝』〔仏〕●ザッハー＝マゾッホ『密使』〔墺〕●マチツァ・スロヴェンスカー創設〔スロヴァキア〕

訳者解題

クリスティアーン・フリードリヒ・ヘッベルは、一八一三年に当時デンマーク王国領だったホルシュタイン公国の北ディトマルシェン地方における小さな町ヴェッセルブーレンに生まれた。貧しい出自から身を起こした彼は、移住先のハンブルクで知り合った恋人エリーゼ・レンジング（Elise Lensing 一八〇四－五四）の献身的な援助を受けながら、一八四〇年に三幕悲劇『ユーディット *Judith*』（一八四一）を初演にこぎつけ、世間の耳目を集めた。以降の彼は、ローベルト・シューマン（Robert Schumann 一八一〇－五六）のオペラの原作となった『ゲノフェーファ *Genoveva*』（一八四三）、最後の市民悲劇と称される『マリア・マクダレーナ *Maria Magdalena*』（一八四四）などの戯曲を次々と執筆していった。彼は一八三六年からハイデルベルク、次いでミュンヘンに遊学した後、デンマーク国王の扶助により一八四三年からパリやローマなどを旅行し、その帰路に立ち寄ったウィーンで運命が展開する。同地で知り合った女優クリスティーネ・エングハウス（Christine Enghaus 一八一七－一九一〇）

と結婚したヘッベルは、上演作品を次々に成功させ、劇作家としての名声を確立するのである。本書『ニーベルンゲン *Die Nibelungen*』三部作（一八六一初演、一八六二）は、ウィーン時代のヘッベルの代表作であるとともに、一八六三年に歿した彼の完成をみた最後の戯曲となる。同作による一八六三年のシラー賞の受賞は、彼の栄光の頂点と、近づきつつあった人生の終点を示している。エーミール・クー（Emil Kuh 一八二八－七六）のヘッベル伝によれば、受賞の報を受けたヘッベルは、「これが人間の運命なのだ。われわれはあるときにはワインを欠き、あるときにはグラスを欠くものだ」と語ったという。五十年の生涯というのは決して長命の部類に入るものではなかろうが、長年彼に人生を捧げたレンジングの生涯と奇しくも同じ長さであった。かつてヘッベルが住み込みで働いた教区管理所の建物を利用したヴェッセルブーレンのヘッベル博物館では、彼が馭者と一緒に寝ていたという階段下の小さな寝台や、一八三九年に徒歩で旅したミュンヘンからハンブルクまでの経路を記した地図を眺めることができる。作家稼業へとみずからの人生を軌道修正していく道程は平坦なものではなく、その難題に立ち向かったヘッベルの胆力の一端が垣間見える。

シラー（Friedrich Schiller 一七五九－一八〇五）以後の十九世紀ドイツ語圏を代表する悲劇作家であるヘッベルは、古典劇から近代劇への過渡期にあって、古代、中世の伝説や歴史的題材から近現代的な心理劇をつくりあげた。その作品は、彼の没後、十九世紀から二十世紀にかけての世紀末芸術運動の頃にふたたび注目を集め、フロイト（Sigmund Freud 一八五六－一九三六）やブレヒト（Bertolt Brecht 一八九八－一九五六）など、後世の思想家や作家にも影響を及ぼした。また、彼は戯曲にとどまらず、短編小説や抒情詩も手がけており、批評家としても健筆をふるった。さらに、彼が長年にわたって自身の歩みを内省的な視点から綴った日記は、第一級の文学的資料と評されている。

『ニーベルンゲン』三部作の成立史と解説

本書の冒頭に訳出した妻クリスティーネへの献辞のなかで述べられているように、ヘッベルのニーベルンゲン伝説との取り組みは、彼の若年時にまでさかのぼる。それは、彼が一八三五年二月に故郷ヴェッセルブーレンからハンブルクに移住したときのことである。後援者である女流作家アマーリア・ショッペ（Amalia Schoppe 一七九一－一八五八）の家を初めて訪問したヘッベルは、彼女の蔵書のなかに中世の英雄叙事詩『ニーベルンゲンの歌』を見つけ、これに読みふけったという。しかしながら、この題材はその後長らく、ヘッベルのなかでいわば放置されることになった。彼が改めてニーベルンゲン伝説に取り組み、みずからの作品へと結実させる契機となったのは、一八五三年にエルンスト・ラウパッハの戯曲『ニーベルンゲンの財宝』に、妻がクリームヒルト役で出演したことである。同年一月二十六日の劇評のなかでヘッベルは、「われわれが長らく胸に抱いてきた願望」として、「〈劇的なニーベルンゲンの財宝〉がいよいよ実際に引きあげられるとすれば、〈ドイツ〉民族にとって何たる利益になろうか」と語っている。その際、みずからの主たる課題を、「心ひそかに愛する男からはにかんで身を隠す、臆病で内気な乙女が、自身の兄の首を薊の首のように切り落とす、恐ろしい復讐の鬼にいたるまで」の過程を描き出すことと見定めたヘッベルは、ラウパッハ作品から離れ、改めて中世の英雄叙事詩に回帰すべきであることを説いている。

一八五四年夏にマリーエンバートに滞在していたヘッベルは、作家フリードリヒ・フォン・ウエヒトリッツ（Frierich von Uechtritz 一八〇〇－七五）と「ニーベルンゲンを悲劇作品へと改作」する構想を語り合ったという。そして『ギューゲスと彼の指環 *Gyges und sein Ring*』（一八五六）が完成した後、一八五五年秋から悲劇『ニーベルンゲン』の執筆が始まった。ヘッベルの同年十月十八日の日記には、『ニーベルンゲン』の執筆に真剣に着手したこと、最初の一幕が完成間近であること、ハーゲンとジークフリートがすでに登場しており、クリームヒルトが最初の言葉を投じるところであることが記されている。二週間後には、決定稿の序幕を含んだ第一幕が書きあげられていた。この時点では全体は二部構成となり、第一部には「クリームヒルトの苦悩」という表題が与えられる予定だった。同年の年末までに二幕が完成し、ヘッベルの大晦日の日記によれば、その出来は満足できるものだが、全体の見通しが立たず、先を書き続けるかどうかが躊躇われる、と記されている。『ニーベルンゲンの歌』は、戯曲化のために十分な素材を与えてくれる作品とは言いがたかったようで、ヘッベルは同年十一月二日の日記のなかで、同作が「合図によってのみ語りかける聾唖《ろうあ》の詩のように思えた」と明かすほどに頭を悩ませていたようである。

一八五六年を迎えたヘッベルは、数か月にわたって叙事詩『母と子 *Mutter und Kind*』（一八五九）の執筆に従事した後、秋から『ニーベルンゲン』の執筆を再開した。彼はこのとき、実際の上演を考慮して、すでに執筆していた二幕を一幕にまとめ、短い十幕で構成する予定だった戯曲を長い五幕へと変更することを企図している。十月二十七日の日記のなかで、ハーゲンがやり遂げる「名場面」の完成が告げられた後、十一月二十一日付のウエヒトリッツ宛書簡においてヘッベルは、「十分には明かされない象形文字のように、全体へとそそり立つブルーンヒルト」像の記述を「もっとも難しい課題」であると位置づけ、自身の創意を凝らしてこの課題に対処せざるをえなかったことを明かしている。もっとも、この執筆はうまく進捗したようで、同年大晦日の日記では、執筆箇所には「沈められた財宝のなかの魔法の黄金がすでにいくばくか含まれている」と書かれている。これに先立つ十二月二十八日に、ヘッベルは妻クリスティーネと友人クーの前で自作の朗読をおこない、手応えを感じたことも自信を深める要因となった。そして一八五七年二月十八日の日記において、彼は「ニーベルンゲン悲劇の第三幕を書き終え、これにより第一部（ジークフリートの死）を完結させた」ことを記している。

しかし、それから二年以上もの間、『ニーベルンゲン』の執筆は中断される。その理由として、一八五七年のヘッベルは『母と子』の完成に時間を取られたこと、コッタ社で詩の全集を刊行したこと、また、『ニーベルンゲン』の執筆を継続するか、悲劇『デメートリウス *Demetrius*』を手がけるか、という点で迷いが生じたことが挙げられる。さらに追い打ちをかけるように、一八五八年十二月に「ジークフリートの死」の演出をハインリヒ・ラウベ（Heinrich Laube 一八〇六―八四）が拒否したことは、完成途上にあった『ニーベルンゲン』からヘッベル自身が距離をおく原因になった。そこからの転機となったのは、一八五九年の秋にドレスデンにおいて、ナポリ滞在時の友人で文芸史家であるヘルマン・ヘットナー（Hermann Hettner 一八二一―八二）とニーベルンゲンについて話し合ったことである。ふたたび創作意欲が掻き立てられたヘッベルは、同年十月二十六日の日記において「クリームヒルトの復讐」の第一幕を書き終えたことや全体を三部構成にすることを記している。「クリームヒルトの復讐」第二幕と第三幕は、それぞれ約三週間で書きあげられている。第二幕の完成を告げる十一月二十二日の日記では、ジークフリート誕生のくだり（決定稿では削除されている）や水の精の予言が書かれたこと、第三幕の完成を告げる十二月十七日の日記では、作家がこれほど一気呵成に筆を進めた作品は他になく、心身の消耗が激しいため、晩になると熱を出していることが明かされている。体調が悪化しつつあったヘッベルは、一八六〇年三月七日の日記において、「クリームヒルトの復讐」第四幕の完成を報告するとともに、ひどい偏頭痛に悩まされ、クリスマス期間から二月上旬まで何もできなかったと記している。そしてその約二週間後の三月二十二日の日記において、ついに『ニーベルンゲン』三部作の脱稿が告げられる。「いまちょうど夜七時に、私は〈クリームヒルトの復讐〉第五幕の末尾の行を書きつける。外では今年初めての春の嵐が吹き荒れ、雷鳴がとどろき、私の書き物机の背後の窓から青い稲妻が光を放っている。完成ではなくとも、終えたのである。」

一八六一年一月三十一日、ワイマールにて、ヘッベル作『ニーベルンゲン』三部作のうち、第一部と第二部がフランツ・ディンゲルシュテット（Franz Dingelstedt 一八一四－八一）の演出により、作家自身の立会いのもとで初演され、二月十七日にも再演された。さらにワイマールでは、同年五月十六日に第一部と第二部が上演された後、二日後の十八日に第三部が初演された。この二日間の公演のなかで、クリスティーネが第二部ではブルーンヒルトを、第三部ではクリームヒルトを演じた。ウィーンでは、ラウベのもとで一八六三年二月十九日に第一部と第二部が上演されたが、第三部の上演は、ヘッベルの死後のこととなった。一八七一年にラウベの後継者となったディンゲルシュテットが、自身のブルク劇場での活動をヘッベルの『ニーベルンゲン』三部作で始めたのである。同作の初版は、一八六二年にハンブルクのホフマン・ウント・カンペ社より刊行された。手稿は、ワイマールのゲーテ・シラー文庫に保管されている。

十九世紀は、ニーベルンゲン伝説がとりわけ戯曲化を通じてさかんに受容された時代である。その嚆矢となる後期ロマン派の作家フリードリヒ・ド・ラ・モット・フケー（Friedrich de la Motte Fouqué 一七七七－一八四三）の『北欧の英雄』三部作（一八一〇）のほか、先述のラウパッハの『ニーベルンゲンの財宝』、エマーヌエル・ガイベル（Emanuel Geibel 一八一五－八四）の『ブルーンヒルト』（一八五七）

といった作品に、ヘッベルは批評家として対峙している。一八五八年五月十五日付の劇評として公表された、これらの作品に対する考察は、彼が自作を構想するうえでも重要な役割を果たしているため、まずはその批評を一瞥しておこう。フケーの『北欧の英雄』は、第一部「大蛇殺しのジグルト」(序幕と全六幕、一八〇八)、第二部「ジグルトの復讐」(序幕と全六幕、一八一〇)、第三部「アスラウガ」(序幕と全三幕、一八一〇)からなる三部作である。これらは北欧の伝承、とりわけ『ヴォルスンガ・サガ』を基軸として『スノリのエッダ』なども取り入れた筋書きであり、ドイツの伝承である『ニーベルンゲンの歌』からの影響はわずかな点にとどまる。ヘッベルによれば、フケー作品では「真に詩的なもの」が生まれており、個々の登場人物の特徴づけも粗末にされているわけではない。しかしながら、作中に「不自然な崇高さ」が漂っているために、登場人物が血の通った人間であるようには見えない。フケーは、かれらを「数学的な値のように並べる」だけで、行動の動機づけを描かないので、鑑賞者を感動させることも震撼させることもあまりない、という。

ラウパッハの『ニーベルンゲンの財宝』は、序幕と全五幕からなり、劇場で上演された最初のニーベルンゲン戯曲として、ヘッベルだけでなくワーグナー(Richard Wagner 一八一三-八三)にも観劇された。序幕は、竜に連れ去られたクリームヒルトをジークフリートが救出するという十六世紀の韻文『不死身のザイフリート』に由来する逸話から始まり、北欧の伝承も取り込まれた内容であるが、その後の全五幕は、大筋において『ニーベルンゲンの歌』の結末までを再現するものとなっている。

ヘッベルによれば、ラウパッハ作品は舞台効果が功を奏しているが、「雑然とした絵画」という観が否めないうえに、動機づけが本末転倒である、という。底知れぬ神話的な力というのは、本来、動機を描くことができないもの、説明不可能なものであるはずだが、ラウパッハはその動機をあえて描こうとする一方で、登場する武人たちを人間へと引き戻し、感情から説明するという表現可能な動機づけには手をつけなかった、と記されている。

ガイベルの『ブルーンヒルト』は、全五幕の悲劇である。グンターとブルーンヒルト、およびジークフリートとクリームヒルトという二組の夫婦がヴォルムスで誕生するところから物語が始まり、ジークフリートの死にいたるまでの筋書きはおおむね『ニーベルンゲンの歌』の前半部に沿ったものだが、ブルーンヒルトとジークフリートがかつて愛しあった逸話が重要なモチーフとなっている点や、彼女が彼の後を追って自害する帰結にいたる点には北欧の伝承の影響が認められる。とはいえ、すべての場面は宮廷で展開され、竜や魔法の頭巾といった神話的素材が登場しないため、ヘッベルによれば、この作品は神話と断絶しているという。ブルーンヒルトは巨人的な力を備えているが、その姿は「花や蝶のなかにいる鯨」のようであり、「底知れぬものと人間的でしかないものの不思議な混交」が生じている。宮廷譚から出現するはずの「暗い、血なまぐさい寓話を、またもや宮廷譚へと貶める」のが同作だとすれば、この作品をニーベルンゲン伝承の戯曲化の成功例とみなすことはできない、と彼は述べている。

ヘッベルは以上の三作品を論じるに際して、叙事詩『ニーベルンゲンの歌』は果たして戯曲化に耐えうるかという問いを設定し、この問いは未解決のままである、つまり先行事例によって叙事詩が戯曲化に適した素材であるとは判断できないという結論に達している。そしてヘッベル自身も、自作を通じてこの課題に挑むことになる。彼は『ニーベルンゲンの歌』の内容に忠実な劇作を志すことを繰り返し強調しているが、原作に忠実であろうとすればするほど、叙事詩と戯曲のジャンル的相違が壁として立ちはだかる。『ニーベルンゲンの歌』は、たしかにドラマチックな内容ではあるが、叙事詩であり、語り手の叙述を通じて物語が進行するため、登場人物に語らせない形式、つまり登場人物の沈黙によってその偉大さを表現することが可能である。しかし戯曲では、登場人物の台詞のやりとりが物語を進める基本形式であり、かりに内的独白といった手法を用いるにしても、すべてを言語化せざるをえないのではないか、という点にヘッベルは心を砕くことになった。そもそもこの問題は、ヘッベルと同時代の批評家フリードリヒ・テオドール・フィッシャー（Friedrich Theodor Vischer 一八〇七－八七）が提起したものである。ゆえにフィッシャー自身は『ニーベルンゲンの歌』の戯曲化ではなく、音楽を伴うオペラ化を推奨し、ワーグナーはそれに従ったという経緯がある。ヘッベルもフィッシャーの見解をよく心得て、自作の指針にも据えたため、一八六二年に『ニーベルンゲン』三部作を出版したとき、謝辞とともにこれをフィッシャーに送付している。実際にヘッベル作品を読むと、フケー、ラウパッハ、ガイベルの作品以上に、括弧書きでの動作や状況の指示が多用されている。また、ある登場人物の発言が次の登場人物の発言と応答としてかみ合わず、各々が恣意的に発話しているように見える箇所が少なくない。非言語的な表現手段の援用や、発言の底流にある心理の造形は、フィッシャーの見解を意識したヘッベルなりの試みだったのだろうし、筋書きの明快さよりも、文脈依存度の高い場面や奥行きのある人物像の表現が求められた結果であると言えよう。

フケーやラウパッハ作品についてヘッベルが述べている「動機づけ（Motivierung）」という視点は、彼の作品を眺める際にも興味深いものである。ラウパッハ作品についての見解から考えれば、ヘッベルにとって神話的なものは「動機づけ」を描くことのできないもの、人間世界は「動機づけ」を描くべきものである。ヘッベル作品において前者を代表するのがブルーンヒルトとイーゼンラントの世界であり、後者を代表するのがヴォルムスの宮廷を取り巻く世界であろう。ブルーンヒルトの人物像には、『ニーベルンゲンの歌』に見られない創作的要素が多く含まれている。その例として、フケー作品だけではなく、ワーグナーの『ニーベルングの指環』（一八七六全曲初演）にも接続する、北欧の神々の末裔という彼女の位置づけや、それに伴う彼女の超自然的能力などが挙げられる。原始的で不可解なイーゼンラントの世界は、昼の世界に対する夜の世界、現世的無常に対する常住不滅の世界とも語られている。かたや、現世的な闘争と人間的な愛憎に満ちた世界は、ヴォルムスのブルグント族を軸にして展開される。『ニーベルンゲンの歌』との比較において、ヘッベル作品では、とりわけ第三部のクリームヒルトの再婚をめぐる叙述が圧倒的に量を増している。エッツェルのもとに嫁ぐ彼女の心境は、『ニーベルンゲンの歌』ではわずかな言及にとどまるのに対して、ヘッベル作品ではその「動機づけ」が徹底して掘り下げられるのである。例えば、ヘッベル作品のクリームヒルトは、エッツェルとの夫婦の床を「拷問の一瞬」と称し、広間での凄惨な戦闘以上の苦しみだったことを訴えている。『ニーベルンゲンの歌』では、異教徒のもとに嫁ぐことへの彼女の疑念が表明されている程度で、同衾への抵抗感までは語られていない。ヘッベル作品におけるクリームヒルトの行動の「動機づけ」は、結局のところ、ジークフリートへの愛情とそこから転じたハーゲンへの復讐心という一点から説明されうる仕掛けとなっている。ラウパッハ作品と比べても、その点は異彩を放つ。ラウパッハ作品のクリームヒルトが再婚を決意したのは、ハーゲンに対してジークフリートの復讐を果たすためというより、自身へのブルーンヒルトの侮辱に対して恨みを晴らすためである。その結果、ブルーンヒルトとその息子は、ライン河に身を投げることになり、彼女はそれを見届けるのである。刺激への反応という刹那的な行動をとるこのクリームヒルトに対して、ヘッベル作品では、根本的な「動機づけ」に貫かれた、不撓不屈の人物像が形成されている。

ヘッベル作品について、ブルーンヒルトとジークフリートが神話的世界の住人であり、人間界の闘争のなかで神話的世界が終結し、最終的にキリスト教時代の到来が告げられるという時代的区分にもとづく解釈はひとつの定番となってきた。ジークフリートに魅せられるブルーンヒルトについて、第二部第四幕第九場では「最後の巨人族の女を最後の巨人族の男へと向かわせる魔力」が語られているし、異教の神々の時代の終焉は作中でたびたび話題になっている。また、司祭が信仰の力について雄弁に語り、禁欲を実践する巡礼者も登場していることは、ヘッベル作品に独特なキリスト教への傾斜である。戯曲の末尾において、ディートリヒが「十字架のもとで息絶えたおかたの名において」世界の統治を引き継ぐと誓いを立てることも印象深い。このように異教からキリスト教への移行を告げる作中の記述が見つかることは事実であるが、これによってテキストの複雑な事情が詳らかになるわけでもない。たしかにブルーンヒルトは神話的登場人物だが、とりわけブルグント族の国に送られた後、「弱くなった身」(第二部第三幕第七場) として人間界に軸足を移す。クリームヒルトとの口論などは世俗的な権力闘争であり、その延長線上でジークフリート殺害の命が下される。しかし、ジークフリートが歿した後、彼女は墓所に引きこもり、不可解な謎と化す。解読されるべきルーン文字のようにも見えるその姿は、彼女がふたたび神話的世界へと回帰したことを示しているとも解される。戦闘、透視、予知などの神がかった能力が剝奪され、喪に服しているだけの不気味なブルーンヒルトの姿は、益体もないように見えるのだが、同時期にフン族の国へと舞台を移した、暴力と陰謀に満ちた人間的世界との対照性を作りだしている。また、戯曲の第二部において彼女が喪失したはずの神話的能力は、第三部では能力の主体を替えて、エッツェルの天空の名馬についての語りや、ディートリヒと水の精の逸話などのなかにいまだ認められる。人間によって踏破されない世界、解明できない力というのは、ヘッベル作品において最後まで命脈を保っているように見える。

ヘッベル作品のジークフリートは、一方で作者ヘッベルがブルーンヒルトとともに神話的出自を与えようとした人物であることが知られている。しかし他方で、『ニーベルンゲンの歌』に沿った彼の宮廷的出自も否定されるものではない。彼は、巨人的な力でブルグント族を制圧してクリームヒルトを獲得するのではなく、ブルーンヒルトの身柄を対価にした交渉事によって彼女を獲得する。それが彼の意思ではなく、ブルグント族に嵌められた結果であるにせよ、そもそも力比べを口実にして彼がヴォルムスにやってくることが一連の事件の発端であることに変わりはない。ジークフリートは竜の血を浴びることによって新しい属性を獲得するものの、みずからの力を見極めることができておらず、もとより人間界の住人でしかないとも考えられる。クリームヒルトとの睦み合いなど、じつに世俗的な場面がヘッベル作品に設けられていることも、ジークフリートの複合的人物像に拍車をかけている。

時代区分に関連した最近の解釈として、例えば、ヘッベル研究者のモニカ・リッツァーは、「十字架のもとで息絶えたおかた」というのは、神の子ではなく、世界のために犠牲を厭わない者のことを意味し、ヘッベル作品のディートリヒ像はキリスト教ではなく、ニーチェ（Friedrich Nietzsche 一八四四－一九〇〇）の超人思想に寄せられている、と指摘している。一例を挙げるならば、第三部第四幕第一場におけるフォルカーの歌は、資本となる宝玉が細分化するなかで、ますます多くの人間を巻き込み、世界の破滅にいたるまでの禍々しい闘争が繰り広げられるさまを伝えている。その様相は、キリスト教世界の台頭という時代をはるかに下って、近代世界の終末すら予感させるものである。みずからの自由意志で行動するディートリヒは、没落の後に来たるべき者としての役割を担う。

近代世界が少なからず意識されたヘッベル作品のなかで、キリスト教の存在には、時代区分とは異なる意義も認められるだろう。この戯曲は、司祭や救世主に対するハーゲンの悪態から始まっている。ヘッベル自身、一八五七年六月三日付のウエヒトリッツ宛書簡のなかで『ニーベルンゲンの歌』前半の司祭、後半のリューデガーを「ハーゲンと釣り合うおもり」と称しており、宗教は二項対立を形成する一項として、最終的にハーゲン歿後の世界にふたたび頭をもたげるものである。その終着点は、悲劇的結末だけを伝える『ニーベルンゲンの歌』の最終節とは異色なものであるし、かといってラウパッハ作品の末尾で「主はあわれみながら、われらの民族を野蛮な遊牧民の卑劣な支配から解放し、陰気な異教徒からこの世を救済してくださった」と語られるような救済の到来を告げるものでもない。独文学研究者のヴィルヘルム・エムリッヒによれば、末尾のディートリヒの言葉には、権力や所有を断念し、キリストの磔刑として表現されるような苦しみを受け入れることによってのみ、世界はより良い未来へと導かれるというヘッベルの確信が投影されているという。キリスト教精神は、その敵対者（ハーゲン）と懐疑論者（クリームヒルト）の過激な個人主義が破滅をたどったのちに回帰する。反復のなかで差異化が生じ、戯曲末尾でのそれが冒頭のそれと完全に同一ではないとするならば、冒頭でのキリスト教は個人主義によって突き破られる殻のような位置づけにあるのに対し、末尾のそれは過激な個人主義者の轍を踏んではならないという警鐘と化しているように思われる。世界を託されたディートリヒが、その傑出した力を個人主義に向けるのではなく、人間世界全体への奉仕に向ける人物として描かれていることはその証左となるのではないか。

十九世紀以降のニーベルンゲン受容において、ヘッベルの『ニーベルンゲン』三部作が、ワーグナーの『ニーベルングの指環』四部作と双璧をなす作品となったことは、後年の受容史が示している。ワーグナーの楽劇は、北欧のニーベルンゲン伝承、とりわけ『ヴォルスンガ・サガ』を起点とし、フケー作品などを経て制作された大長編作品であり、二十世紀にナチズム政権下で受容されたこと、とりわけヒトラー（Adolf Hitler 一八八九－一九四五）によって愛好されたことはよく知られている。近年では、ウリ・エーデル（Uli Edel 一九四七－）監督によって二〇〇四年に映画化が実現している。かたや、ヘッベルの三部作は、二十世紀前半にフリッツ・ラング（Fritz Lang 一八九〇－一九七六）監督のサイレント映画『ニーベルンゲン』二部作（一九二四）の原作となり、二十世紀後半においては例えば、フォルカー・ブラウン（Volker Braun 一九三九－）の戯曲『ジークフリート／女性調書／ドイツ的狂暴』（一九八六初演）によって現代劇として翻案された。

翻訳について

ヘッベルの作品集、全集である次の三版のなかで、本書の底本には（一）を使用した。（一）に収録されていない未公表の序文「親愛なる読者諸氏へ」については（二）から訳出した。ヘッベルの歴史校訂版全集である（三）も随時参照し、（二）とともに年譜、訳者解題の作成に役立てた。

（一）Friedrich Hebbel: *Werke in zwei Bänden.* Hrsg. von Karl Pörnbacher, Textauswahl von Gerhard Fricke, Anmerkungen von Karl Pörnbacher unter Mitwirkung von Werner Keller, Nachwort von Werner Keller. München/Wien: Carl Hanser 1978.

（二）Friedrich Hebbel: *Werke.* 5 Bde. Hrsg. von Gerhard Fricke, Werner Keller und Karl Pörnbacher. München: Carl Hanser 1963-1967.

（三）Friedrich Hebbel: *Sämtliche Werke. Historisch-kritische Ausgabe.* Besorgt von Richard Maria Werner. 1. Abt.: Werke. 12 Bde. Berlin: B. Behr 1901-1904; 2. Abt.: Tagebücher. 4 Bde. Berlin 1905; 3. Abt.: Briefe. 8 Bde. Berlin 1904-1907.

また、既訳書としてF・ヘッベル『ニーベルンゲン（関口存男誕生百周年記念著作集〈ＰＯＤ版〉翻訳・創作篇九）』（関口存男訳、三修社、二〇一三）を参照し、随所で啓発を受けた。

本書は企画から刊行まで予定以上の歳月を要することとなったが、訳者を温かい目で見守り、適切な助言を惜しまなかった幻戯書房の中村健太郎氏に衷心よりお礼を申しあげる。

二〇二四年四月　訳者識

参考文献

〔欧文〕

▶Emanuel Geibel: Brunhild. Eine Tragödie aus der Nibelungensage. In: Ders.: *Gesammelte Werke.* In acht Bänden. Stuttgart: Verlag der J. G. Cotta'schen Buchhandlung 1883, Bd. 6, S. 1-106.

▶Friedrich Hebbel: *Briefwechsel mit Freunden und berühmten Zeitgenossen.* 2 Bde. Hrsg. von Felix Bamberg. Berlin: G. Grote'sche Verlagsbuchhandlung 1890/1892.

▶Ernst Raupach: Der Nibelungen-Hort. Tragödie in fünf Aufzügen, mit einem Vorspiel. In: Ders.: *Dramatische Werke ernster Gattung.* Bd. 2. Hamburg: Hoffmann und Campe 1835, S. 169-354.

▶Friedrich Theodor Vischer: *Kritische Gänge.* 2 Bde. Tübingen: Ludwig Friedrich Fues 1844, Bd. 2.

▶Wilhelm Emrich: *Hebbels Nibelungen. Götzen und Götter der Moderne.* Mainz: Akademie der Wissenschaften und der Literatur 1974.

▶Saeko Ishikawa-Beyerstedt: *Friedrich Hebbels Einfluss auf die Moderne. Seine Rezeption in dramatischen Bearbeitungen von „Judith" bis „Die Nibelungen"*. Marburg: Tectum 2014.

▶Emil Kuh: *Biographie Friedrich Hebbels.* 2 Bde. 2., unveränderte Aufl. Wien/Leipzig: Wilhelm Braumüller 1907.

▶Anni Meetz: *Friedrich Hebbel.* 3. Aufl. Stuttgart: J. B. Metzler 1973.

▶Monika Ritzer: *Friedrich Hebbel. Der Individualist und seine Epoche. Eine Biographie.* Göttingen: Wallstein 2018.

▶Ursula Schulze: *Das Nibelungenlied.* Mit 11 Abbildungen. Durchgesehene und bibliographisch ergänzte Ausgabe. Stuttgart: Reclam 2013.

〔邦文〕

▶『アイスランドサガ』谷口幸男訳、新潮社、一九七九年。

▼『エッダ——古代北欧歌謡集』谷口幸男訳、新潮社、一九七三年。
▼『ニーベルンゲンの歌』（全二冊）相良守峯訳、岩波書店、一九五五年。
▼石川栄作「エルンスト・ラウパッハの戯曲《ニーベルンゲンの財宝》」（徳島大学総合科学部「言語文化研究」第九巻、二〇〇二年、三七－六九頁）。
▼石川栄作「ド・ラ・モット・フケー作《大蛇殺しのジグルト》」（徳島大学総合科学部「言語文化研究」第六巻、一九九九年、六五－一二一頁）。
▼石川栄作『《ニーベルンゲンの歌》を読む』講談社、二〇〇一年。
▼石川栄作「ヘッベルの悲劇《ニーベルンゲン》三部作」（徳島大学総合科学部「言語文化研究」第八巻、二〇〇一年、二七－七五頁）。
▼奥田敏広「近代国家と神話——ヘッベルの《ニーベルンゲン族　あるドイツ悲劇》における巨人の〈戴冠〉をめぐって」（京都大学人間・環境学研究科ドイツ語部会「ドイツ文學研究」第六三号、二〇一八年、一－二五頁）。
▼ヨアヒム・ケーラー『ワーグナーのヒトラー——〈ユダヤ〉にとり憑かれた預言者と執行者』橘正樹訳、三交社、一九九九年。
▼谷口茂『内なる声の軌跡——劇作家ヘッベルの青春と成熟』冨山房、一九九二年。

[著者略歴]

フリードリヒ・ヘッベル[Friedrich Hebbel 1813–63]

ドイツの劇作家、詩人、小説家。デンマーク王国領ホルシュタイン公国のヴェッセルブーレンに生まれる。一八四〇年、処女作『ユーディット』を発表し好評を博す。その後、ロベルト・シューマンの同名のオペラの原作となった『ゲノフェーファ』、『マリア・マクダレーナ』などを発表。一八三六年にミュンヘンなどに遊学後、デンマーク国王の扶助によりパリやローマを旅行。ウィーンで女優クリスティーネ・エングハウスと結婚、劇作家としての名声を確立した。十九世紀ドイツ最大の悲劇作家と称され、フロイトやブレヒトなど、後世の思想家や作家にも大きな影響を及ぼした。

[訳者略歴]

磯崎康太郎[いそざき・こうたろう]

一九七三年、神奈川県生まれ。現在、福井大学教授。専門は近現代ドイツ文学。著書に『アーダルベルト・シュティフターにおける学びと教育形態』(松籟社)、『ドイツ語圏のコスモポリタニズム 「よそもの」たちの系譜』(共著、共和国)、訳書にアーダルベルト・シュティフター『書き込みのある樅の木』、アライダ・アスマン『記憶のなかの歴史——個人的経験から公的演出へ』(ともに松籟社)などがある。

〈ルリユール叢書〉
ニーベルンゲン 三部《さんぶ》のドイツ悲劇《ひげき》
二〇二五年二月一〇日 第一刷発行
著者 フリードリヒ・ヘッベル
訳者 磯崎康太郎
発行者 田尻 勉
発行所 幻戯書房
郵便番号一〇一-〇〇五二
東京都千代田区神田小川町三-十二 岩崎ビル二階
電話 〇三(五二八三)三九三四
FAX 〇三(五二八三)三九三五
URL http://www.genki-shobou.co.jp/
印刷・製本 中央精版印刷

ISBN978-4-86488-316-0 C0397

〈ルリユール叢書〉発刊の言

厖大な情報が、目にもとまらぬ速さで時々刻々と世界中を駆けめぐる今日、かえって〈遅い文化〉の意義が目に入りやすくなってきました。例えば、読書はその最たるものです。それというのも読書とは、それぞれの人が自分のリズムで本を読み、日々の生活や仕事、世界が変化する速さとは異なる時間を味わう営みでもあります。人間に深く根ざした文化と言えましょう。本はまた、ページを開かないときでも、そこにあって固有の時間を生みだすものです。試しに時代や言語など、出自を異にする本が棚に並ぶのを眺めてみましょう。ときには数冊の本のなかに、数百年、あるいは千年といった時間の幅が見いだされるかもしれません。そうした本の背や表紙を目にすることから、すでに読書は始まっています。

気になった本を手にとり、一冊また一冊と読んでいくと、目には見えない書物同士の結び目として「古典」と呼ばれる作品があることに気づきます。先人の知を尊重し、これを古典として保存、継承していくなかで書物の世界は築かれているのです。かつて盛んに翻訳刊行された「世界文学全集」も、各国文学の古典を次代の読者へと手渡し、共有する試みでした。

古今東西の古典文学は、書物という形をまとって、次代や言語を越えて移動します。〈ルリユール叢書〉は、どこかの書棚でよき隣人として一所に集う――私たち人間が希望しながらも容易に実現しえない、異文化・異言語・異人同士が寛容と友愛で結びあうユートピアのような――〈文芸の共和国〉を目指します。

また、それぞれの読者にとって古典もいろいろです。私たちは、そのつど本を読みながら、時間をかけた読書の積み重ねのなかで、自分だけの古典を発見していくのです。〈ルリユール叢書〉は、新たな古典のかたちをみなさんとともに探り、育んでいく試みとして出発します。

Reliure〈ルリユール〉は「製本、装丁」を意味する言葉です。
ルリユール叢書は、全集として閉じることのない
世界文学叢書を目指し、多種多様な作品を綴じながら、
文学の精神を紐解いていきます。
一冊一冊を読むことで、読者みずからが〈世界文学〉を
作り上げていくことを願って――

［本叢書の特色］

❖名作の古典新訳から異端の知られざる未発表・未邦訳まで、世界各国の小説・詩・戯曲・エッセイ・伝記・評論などジャンルを問わず紹介していきます（刊行ラインナップをご覧ください）。

❖巻末には、外国文学者ならではの精緻、詳細な作家・作品分析がなされた「訳者解題」と、世界文学史・文化史が見えてくる「作家年譜」が付きます。

❖カバー・帯・表紙の三つが多色多彩に織りなされた、ユニークな装幀。

〈ルリユール叢書〉刊行ラインナップ

［以下、続刊予定］

心霊学の理論	ユング＝シュティリング［牧原豊樹＝訳］
愛する者は憎む	S・オカンポ／A・ビオイ・カサーレス［寺尾隆吉＝訳］
スカートをはいたドン・キホーテ	ベニート・ペレス＝ガルドス［大楠栄三＝訳］
アルキュオネ　力線	ピエール・エルバール［森井良＝訳］
綱渡り	クロード・シモン［芳川泰久＝訳］
汚名柱の記	アレッサンドロ・マンゾーニ［霜田洋祐＝訳］
エネイーダ	イヴァン・コトリャレフスキー［上村正之＝訳］
不安な墓場	シリル・コナリー［南佳介＝訳］
撮影技師セラフィーノ・グッビオの手記	ルイジ・ピランデッロ［菊池正和＝訳］
笑う男［上・下］	ヴィクトル・ユゴー［中野芳彦＝訳］
ロンリー・ロンドナーズ	サム・セルヴォン［星野真志＝訳］
箴言と省察	J・W・v・ゲーテ［粂川麻里生＝訳］
パリの秘密［1〜5］	ウージェーヌ・シュー［東辰之介＝訳］
黒い血［上・下］	ルイ・ギユー［三ツ堀広一郎＝訳］
梨の木の下に	テオドーア・フォンターネ［三ッ石祐子＝訳］
殉教者たち［上・下］	シャトーブリアン［高橋久美＝訳］
ポール＝ロワイヤル史概要	ジャン・ラシーヌ［御園敬介＝訳］
水先案内人［上・下］	ジェイムズ・フェニモア・クーパー［関根全宏＝訳］
ノストローモ［上・下］	ジョウゼフ・コンラッド［山本薫＝訳］
雷に打たれた男	ブレーズ・サンドラール［平林通洋＝訳］
化粧漆喰［ストゥク］	ヘアマン・バング［奥山裕介＝訳］
サッフォの冒険／エローストラトの生涯	アレッサンドロ・ヴェッリ［菅野類＝訳］

＊順不同、タイトルは仮題、巻数は暫定です。＊この他多数の続刊を予定しています。